DONGSUH MYSTERY BOOKS 117

HIS LAST BOW

셜록 홈즈 마지막 인사

아더 코난 도일/조용만 조민영 옮김

동서문화사

옮긴이 조용만(趙容萬)

경성제대 영문과를 졸업하고 고려대에서 문학박사 학위를 받다. 코리아타임스 논설위원·서울대사대·동국대 영문학 강의. 고려대 영문과 교수를 지내다. 지은책《문학개론》《평전 : 육당 최남선》, 소설집《고향에 돌아와도》《영결식》《구인회 만들 무렵》, 수필집《방의 숙명》《청빈의 서》, 옮긴책 오웰《동물농장》몸《인간의 굴레》등이 있다.

옮긴이 조민영(趙敏英)

경기여고를 졸업하고 이화여대 영문과를 졸업하다.
옮긴책 코난 도일 셜록홈즈 시리즈가 있다.

DONGSUH MYSTERY BOOKS 117
셜록 홈즈 마지막 인사
코난 도일 지음/조용만 조민영 옮김
초판 발행/1977년 12월 1일
중판 발행/2003년 9월 1일
발행인 고정일/발행처 동서문화사
창업 1956. 12. 12. 등록 16-345(윤)
서울강남구신사동540-22 ☎546-0331~6 (FAX) 545-0331
www.epascal.co.kr

*

편찬·필름·제작 일체「동판」자본으로 이루어짐에 따라
출판권 소유권자「동판」에서 제조출판판매 세무일체를 전담합니다.
사업자등록번호 211-90-02201
ISBN 89-497-0213-4 04840
ISBN 89-497-0081-6 (세트)

셜록 홈즈 마지막 인사

차례

The Solitary Cyclist

The Dancing Men

The Hound of the Baskervilles

The Second Stain

The Speckled Band

The Reigate Squire

The Boscombe Valley Mystery

The Red-Headed League

The Norwood Builder

The Abbey Grange

The Final Problem

The Bruce-Partington Plans

셜록 홈즈는 가끔 류머티즘이 도져 고생은 하고 있어도 여전히 건강하게 지내고 있는데, 친구들이 알면 기뻐할 일이다. 그는 수년동안, 이스트본에서 8킬로미터 떨어진 고원의 작은 농장에 거주하면서 철학과 농업에 몰두했다. 이 휴식 기간 동안에도 여러 건의 정중한 사건 의뢰가 있었지만 탐정 일에서 영영 손을 떼기로 결심한 그는 모두 거절했다. 그러나 영국과 독일 간에 전운이 감돌자 정부의 요구에 응해 자신의 놀라운 지식과 활동력을 다시 한번 발휘했는데, 그 역사적 결과에 대해서는 《마지막 인사》편에서 상세히 설명할 예정이다. 한 권의 책을 완성하기 위해, 내 노트에서 오랫동안 잠자고 있던 예전의 사례들을 추가했다.

——의학박사 존 H. 왓슨

등장인물

셜록 홈즈 범죄연구가

왓슨 홈즈의 친구. 홈즈 시리즈의 화자

마이크로프트 홈즈의 형

허드슨 부인 홈즈의 하숙집 주인

그렉슨

레스트레이드 } 런던 경시청 경감

모튼

베인스 서리 주 경찰서 경감

Wisteria Lodge

등나무 집

존 스콧 에클스의 이상한 경험

노트를 살펴보니, 그것은 1892년 3월도 거의 끝나갈 무렵 바람이 몹시 불어대던 날이었다고 씌어 있다. 점심식사 중 전보를 받고 홈즈는 급히 답장을 적어 보냈다. 그는 아무 말도 하지 않았지만 계속 신경이 쓰이는지 식사가 끝나자 생각에 잠긴 얼굴로 파이프를 입에 문 채 전보를 이따금씩 곁눈질하면서 난로 앞에 서 있었다. 불현듯 그는 장난스럽게 눈을 빛내며 나를 향해 돌아섰다.

"왓슨, 나는 자네를 학자로서 높이 인정하고 있네. 자네는 '기괴하다'는 말을 어떻게 정의하겠나?"

"기묘하다든가 이상하다는 뜻이겠지."

나는 말했다.

홈즈는 내 말에 고개를 가로저었다.

"아마 그것만은 아닐걸세. 어떤 비극과 공포의 의미가 바닥에 깔려 있지. 자네가 그동안 참을성 많은 독자들을 괴롭혀 온 이야기 중에서 기괴한 것들을 생각해 보게. 그중에서 범죄로 발전한 것이 얼마나 많은지 알 수 있을 거야. 그 붉은 머리 클럽 사건을 생각해 보게. 처음에는 기괴해 보였지만 결국엔 중대한 절도 미수 사건으로 끝났잖은가. 또 기괴하기 짝이 없던 다섯 개의 오렌지 씨앗 사건도 있었지. 연쇄 살인 음모와 직결되었던 사건 말일세. '기괴하다'는 말은 내게 경계심을 불러일으킨다네."

"그 전보에 '기괴하다'고 쓰여 있나?"

홈즈는 큰 소리로 전보를 낭독했다.

도저히 믿어지지 않는 기괴한 일을 겪었음. 상담 원함.

스콧 에클스, 채링크로스 우체국

"여자인가 남자인가?"

나는 물었다.

"물론 남자일게 뻔하지. 여자들은 전보에 반송 우표를 붙여서 보내지 않네. 만약 여자라면 직접 찾아왔을 거야."

"그 사람을 만날 생각인가?"

"왓슨, 지난번에 칼더스 대령을 잡아넣은 뒤 내가 얼마나 심심해하고 있는지 자네도 잘 알고 있네. 할일을 못 찾으면 내 마음은 헛도는 기계처럼 산산조각나고 말걸세. 일을 하기 위해 만들어졌건만 인생은 진부하네. 신문은 볼 것이 없지. 범죄 세계에서는 용맹함도 낭만도 영영 사라진 것 같으이. 그런데 자네는 그걸 말이라고 묻는 건가? 이 사건을 맡을 작정이냐고. 비록 이 사건이 아무리 시시하게 보인다 할지라도 말일세. 하지만 내 생각이 틀리지 않다면, 의뢰인이 온 것 같네."

계단에서 규칙적인 발자국 소리가 들리더니 잠시 후 키가 크고 체격이 좋고 회색 구레나룻을 기른, 근엄하고 점잖은 신사가 방 안으로 들어왔다. 선이 굵은 얼굴과 점잔빼는 태도가 그가 살아온 내력을 드러내고 있었다. 짧은 각반에서 금테 안경에 이르기까지, 그는 철저한 보수파에 국교 신자, 전통과 관습을 지키는 선량한 시민이 분명했다. 그러나 무언가 놀라운 경험 때문에 타고난 침착성을 잃고 있었는데, 그것은 헝클어진 머리, 화가 나서 벌겋게 달아오른 뺨, 당황해 하고 흥분한 태도들에 고스란히 드러나 있었다.

사내는 곧장 용건을 꺼냈다.

"홈즈 선생, 나는 대단히 기괴하고 불쾌한 일을 겪었습니다. 내 평생 그런 꼴을 당한 건 처음이었지요. 정말 괘씸하고 무례하기 짝이 없는 일입니다. 어떻게 된 건지 꼭 알아야겠습니다."

그는 화가 나서 씩씩거렸다.

"스콧 에클스 씨, 부디 앉아주시기 바랍니다."

홈즈는 달래듯이 말했다.

"먼저, 어떻게 저를 찾아오게 되셨는지 말씀해 주시겠습니까?"

"예. 그러지요. 경찰을 끌어들일 만한 일은 못됩니다만, 그래도 자초지종을 들어보시면 선생은 내가 이대로 가만히 있을 수 없다는 데 동의하실 겁니다. 나는 사설탐정이라는 집단을 전적으로 신뢰하는 편은 아니지만 그래도 선생의 명성을 듣고……."

"알겠습니다. 그러면 두 번째 질문이 되겠습니다만, 어째서 곧장 오시지 않으셨습니까?"

"그게 무슨 말씀이십니까?"

홈즈는 시계를 흘끗 들여다보고 말했다.

"지금 2시 15분입니다. 에클스 씨가 전보를 치신 건 1시쯤이었습니다. 하지만 머리며 옷차림을 보니 잠자리에서 일어나자마자 무슨 일을 당한 게 분명하군요."

의뢰인은 빗지도 않은 머리를 쓰다듬고 면도도 하지 않은 턱을 매

만졌다.

"홈즈 선생, 그 말이 옳습니다. 내 꼴은 생각도 못했군요. 그런 집 구석에서 한시라도 빨리 빠져나오고 싶었으니까요. 하지만 나는 여 기 오기 전에 몇 가지를 직접 알아보고 다녔습니다. 부동산 회사에 갔더니 가르시아 씨는 집세를 완불했으니 등나무 집에는 전혀 문제 가 없다고 하더군요."

"에클스 씨, 진정하십시오."

홈즈는 껄껄 웃으며 말했다.

"당신은 제 친구 왓슨 박사와 비슷하군요. 이야기를 할 때 앞뒤 순서를 거꾸로 하는 나쁜 습관이 있으니 말입니다. 부디 생각을 정리한 뒤에, 도대체 무슨 일 때문에 머리도 안 빗고 면도도 하지 않은 지저분한 모습으로, 정장용 구두에 조끼 단추도 제대로 채우지 못한 차림으로 저의 도움을 청하러 오시게 되었는지, 사건이 일어난 순서대로 정확하게 말씀해 주시기 바랍니다."

의뢰인은 서글픈 얼굴로 자신의 우스꽝스러운 몰골을 내려다보았다.

"홈즈 선생, 지금 내 꼴은 정말 말씀이 아니지만 이런 경험은 난생처음입니다. 이제부터 그 이상한 일에 대해 다 털어놓겠습니다. 얘기를 듣고 나면 선생도 내가 이런 꼴로 뛰쳐나올 수밖에 없었다는 걸 이해하실 겁니다."

하지만 그의 이야기는 허리가 잘리고 말았다. 바깥에서 떠들썩한 소리가 나더니, 허드슨 부인의 안내를 받아 경찰처럼 보이는 건장한 사내 둘이 들어왔다. 그중 한 사람은 우리와 구면인 런던 경시청의 그렉슨 경감이었다. 그는 용감하고 정력적이며 한계는 있지만 상당이 유능한 형사였다. 그는 홈즈와 악수를 나눈 다음 같이 온 사람을 서리 경찰서의 베인스 경감이라고 소개했다.

"홈즈 씨, 우리는 지금 사람을 찾는 중인데 단서를 쫓아 여기까지 오게 됐습니다."

그렇게 말하고 나서 그렉슨은 불독 같은 눈으로 손님을 쳐다보았다.

"물론 당신이 리 마을 포팸 저택의 존 스콧 에클스 씨지요?"

"그렇습니다만."

"우린 아침부터 당신을 찾았습니다."

"전보를 추적해서 여길 찾았군요."

홈즈가 말했다.

"홈즈 씨, 바로 그겁니다. 우린 체링크로스 우체국에서 냄새를 맡고 여기로 달려왔지요."

"하지만 내 뒤를 밟는 이유가 뭡니까? 무슨 용건으로 그러는 겁니까?"

"스콧 에클스 씨, 에셔 근교 등나무 집의 주인 알로이셔스 가르시아 씨가 간밤에 사망했습니다. 우리는 그 사건에 관한 당신의 진술을 듣고자 합니다."

우리 의뢰인은 눈도 깜박거리지 않고 멍하니 있었는데, 얼마나 놀랐는지 얼굴이 하얗게 질렸다.

"죽었다고요? 그 사람이 죽었다고 하셨나요?"

"그렇습니다. 죽었습니다."

"하지만 어떻게? 사고인가요?"

"살해당한 것이 틀림없습니다."

"오, 하느님! 이렇게 끔찍한 일이! 설마, 설마 나를 의심하는 건 아니겠지요?"

"사망자의 주머니에서 발견된 당신 편지를 보고 우리는 당신이 지난밤 그의 집에 묵기로 했다는 걸 알았습니다."

"그건 사실입니다."

"역시 묵으셨단 말씀이지요?"

형사는 수첩을 꺼내들었다.

"그렉슨 씨, 잠깐만."

셜록 홈즈가 말했다.

"당신이 원하는 건 솔직한 진술입니다. 안 그렇습니까?"

"그리고 나는 스콧 에클스 씨에게, 그러한 진술이 나중에 불리한 증거로 사용될 수 있다는 걸 알려줄 의무가 있습니다."

"마침 에클스 씨는 이야기를 시작하려던 참인데 당신들이 들어왔던 겁니다. 왓슨, 이분한테 소다수를 탄 브랜디를 좀 갖다드리는 게 좋을 것 같네. 자, 에클스 씨, 듣는 사람이 많아진 것에 대해서는 신경 쓰지 마시고 아까 하려던 이야기를 그대로 시작해 주십시오."

브랜디를 쭉 들이키자 손님의 얼굴에 화색이 돌아왔다. 그는 의심스러운 눈초리로 경감의 수첩을 흘끗 쳐다보더니 이내 이상한 경험을 털어놓기 시작했다.

"나는 독신입니다만 성격이 사교적이라서 친구가 많은 편이지요. 내 친구 중에는 켄징턴의 앨버말 저택에 사는, 멜빈이라는 은퇴한 양조업자가 있습니다. 몇 주 전 그 집에 초대 받아 가르시아라는 젊은 친구를 알게 되었지요. 내가 듣기로는 스페인계 사람으로 대사관과 무슨 관련이 있다고 했습니다. 유창한 영어에 붙임성 있는 태도, 게다가 정말 보기 드문 미남자였지요.

나는 그 젊은 친구와 금방 친해졌습니다. 가르시아는 처음부터 내가 마음에 들었는지 만난 지 이틀 만에 리에 있는 우리 집으로 나를 찾아왔습니다. 그러다가 에셔와 옥숏 사이에 있는 '등나무 집' 이라는 자기 집에 와서 며칠 놀다 가라고 나를 초대하더군요. 어제 저녁 때 나는 약속대로 그곳에 갔습니다.

내가 가기 전에 가르시아는 자기 집 식솔에 대해 설명해 주었습니다. 충직한 하인을 하나 데리고 있는데, 같은 스페인 사람이고 집안일을 하면서 자신을 시중드는 일까지 도맡아 한다고 했지요. 영어도 아주 잘한다고 했습니다. 그리고 솜씨 좋은 요리사가 있는데, 여행하다가 만난 혼혈인으로 요리 솜씨가 아주 그만이라는 것이었습니다. 가르시아가 서리 한복판에 이렇게 별난 집은 없을 거라고 하기에 나도 그 말에 맞장구친 기억이 납니다. 그런데 가서 보니 그 집은 내가 생각했던 것보다 훨씬 이상한 집안이었습니다.

나는 에셔 남쪽으로 3킬로미터쯤 떨어진 그 집까지 마차를 타고 갔습니다. 집은 꽤 컸고 큰길에서 쑥 들어간 곳에 자리 잡고 있었는데, 구부러진 진입로 양쪽으로 키 큰 상록수가 늘어서 있었지요. 사람이 전혀 손질하지 않은 듯한 낡고 황폐한 건물이었습니다. 마차가 풀이 무성하게 자란 진입로를 지나 비바람에 얼룩진 현관 앞에서 멈췄을 때, 잘 알지도 못하는 사람의 집을 방문하다니 나도 참 멍청하다는 생각이 들었습니다. 하지만 가르시아는 손수 현관문을 열어주며 아주 반갑게 나를 맞이하더군요. 얼굴이 가무잡잡하고 음울해 보이는 하인이 가방을 받아들고 나를 침실로 안내해 주었습니다. 집 전체가 음침하기 짝이 없었지요. 저녁식사는 단둘이 했는데, 주인은 나를 즐겁게 해주려고 최선을 다했지만 마음이 산란한지 두서없는 이야기만 늘어놓아 무슨 말을 하는 건지 통 알아들을 수가 없었습니다. 그는 손가락으로 계속 식탁을 두드리는가 하면 손톱을 물어뜯기도 하고 끊임없이 초조해하는 증세를 보였습니다. 저녁식사는 접대도 형편없었지만 요리도 별로였지요. 그리고 말없는 하인이 음침하게 지키고 서 있으니 명랑해질래야 명랑해질 수 없었습니다. 분명히 말하지만 나는 저녁식사를 하는 동안, 무슨 핑계를 대어 리로 돌아갈 수 있다면 얼마나 좋을까 하는 생각을 몇 번이나 했는지 모릅니다.

두 신사께서 조사하고 있는 사건과 관계 있을 법한 일이 하나 기억나는군요. 물론 그때는 무심코 넘겨버렸지만요. 저녁식사가 끝날 무렵 하인이 편지를 한 통 가져왔습니다. 가만 보니 주인은 그걸 읽고 나서 한층 더 멍해지고 이상해지는 것 같았습니다. 나와 대화를 나누는 척하던 것도 아예 그만두고 말없이 앉아서 줄담배를 피우며 골똘히 생각에 잠겼지요. 물론 그게 무슨 편지인지에 대해서는 한 마디도 하지 않았습니다. 11시쯤에 나는 침실로 갈 수 있게 되어 무척 기뻤습니다. 그런데 얼마 뒤 가르시아가 방문을 빼꼼 열더니——그때 방은 어두웠지요——내게 초인종을 울렸느냐고 물었습니다. 나는 그런 적 없다고 했지요. 그 친구는 거의 1시가 다 됐다며 이렇게 늦은 시간에 실례했다고 사과했습니다. 나는 금세 곯아떨어져 밤새 푹 잤습니다.

정말 놀라운 건 이제부텁니다. 잠을 깨보니 벌써 방 안이 환했습니다. 시계를 보니 거의 9시가 다 됐더군요. 8시에 깨워달라고 특별히 부탁을 해놓았기 때문에 이렇게 잊어버릴 수가 있나 싶어서 나는 침대에서 뛰어내려 하인을 부르려고 초인종 줄을 잡아당겼습니다. 대답이 없더군요. 나는 초인종 줄을 몇 번이고 자꾸 당겨보았지만 역시 아무 대답이 없었습니다. 그래서 초인종이 고장난 줄 알았지요. 나는 무척 기분이 나빠져서 서둘러 옷을 걸치고 더운 물을 요구할 작정으로 아래층으로 뛰어 내려갔습니다. 하지만 놀랍게도 집에는 아무도 없었습니다. 나는 홀에서 큰소리로 사람을 불렀습니다. 여전히 대답은 없었지요. 그래서 이 방 저 방을 뛰어다녔습니다. 모두 텅 비어 있더군요. 가르시아가 전날 밤에 자신의 침실을 보여 주었으므로 나는 그 방으로 달려가 방문을 두드렸습니다. 대답이 없었습니다. 그래서 문을 열고 안으로 들어갔지요. 방은 비어 있었고 침대에는 사람이 들어가서 잔 흔적이 없었습니다. 하인과 주인이 한꺼번에 사라진 겁니다. 외국인 주인, 외국인 하인, 외국인 요리사, 모두가 밤사이에 종적을 감추고 말았습니다! 등나무 집의 방문은 그렇게 끝났지요."

셜록 홈즈는 두 손을 마주 비벼대며 혼자 키득키득 웃었다. 그가 수집해 놓은 이상한 사건들의 목록에 괴이한 사건을 하나 더 덧붙이게 된 것이다. 홈즈가 말했다.

"제가 아는 한 당신의 경험은 비할 바 없이 독특한 것입니다. 그 다음에 어떻게 하셨습니까?"

"나는 머리 끝까지 화가 치밀었습니다. 처음에는 내가 어처구니없는 장난에 당했다고 생각했지요. 나는 짐을 챙겨가지고 현관문을 부서져라 쾅 닫고 나왔습니다. 그리고 가방을 들고 에셔로 향했지요. 그 고장에서 제일 큰 부동산 회사인 '앨런 형제 사'를 찾아가서 알아보았더니 등나무 집을 임대해 준 곳이 바로 거기더군요. 나를 바보로 만들려는 목적으로 그런 짓을 했을 리는 없고 혹시 임대료를 떼어먹으려는 수작이 아닌가 하는 생각이 들었거든요. 3월도 다 가고, 4분기 지불일(영국에서 일반적으로 집세 내는 날, 3월 25일)이 코앞에 닥쳐왔으니까요. 하지만 이런 추측은 맞지 않았습니다. 부동산업자는, 관심은 고맙지만 집세는 이미 선불로 받았다고 했습니다. 그래서 런던으로 와서 스페인 대사관을 찾아가 보았지요. 대사관에서는 그런 사람은 모른다는 대답이었습니다. 그 길로 가르시아를 처음 만난 멜빌을 만나러 갔지만 그 집 사람들은 나보다도 그에 대해 잘 모르더군요. 나는 홈즈 선생이 곤경에 빠졌을 때 도움을 주시는 분이라기에 선생의 답신을 받고 마침내 이렇게 오게 된 겁니다. 하지만 형사 양반, 당신이 여기 오자마자 한 애기를 생각해 보니 할 말이 더 있으시겠군요. 무슨 비극이 벌어진 게 틀림없으니까요. 분명히 말씀드리지만 내 애기는 모두 사실이고, 그리고 내 입으로 말한 것 말고는 그 가르시아라는 자의 운명에 대해 아무것도 모릅니다. 내가 원하는 건 오직 할 수 있는 한 경찰 수사를 돕는 것입니다.”

“스콧 에클스 씨, 이해합니다. 다 이해합니다.”

그렉슨 경감은 대단히 호의적인 말투로 말했다.

“말씀을 들어보니 우리가 알아낸 사실과 거의 일치하는군요. 예를 들면, 저녁식사를 할 때 배달되었다는 그 편지 말입니다. 혹시 그게 어떻게 됐는지 기억하십니까?”

“예, 압니다. 가르시아가 구겨서 불 속으로 던져버렸지요.”

“베인스 경감, 그것이 어떻게 되었지요?”

시골 경관은 불그레한 얼굴에 뚱뚱한 사내였다. 뺨과 이마에 굵게 잡힌 주름 사이에 숨어 있다시피 한, 유난히 빛나는 두 눈이 그를 둔감하지 않게 보이게 했다. 사내는 천천히 미소를 지으며 누렇게 변한

꼬깃꼬깃한 종이를 주머니에서 꺼냈다.

"홈즈 씨, 가르시아는 이걸 벽난로 격자 너머로 멀찌감치 던져버렸습니다. 나는 잿더미 뒤쪽에서 불에 타지 않은 이 종이 조각을 찾아냈지요."

홈즈는 빙그레 웃으며 경감의 노고를 치하했다.

"이 종이 조각 하나를 찾아내려고 온 집 안을 샅샅이 뒤진 모양입니다그려."

"꼼꼼히 조사했지요, 그게 제 방식입니다. 그렉슨 경감, 읽어볼까요?"

런던의 형사는 고개를 끄덕였다.

"이건 아무 무늬도 없는 보통 크림색 종이입니다. 크기는 4분의 1 절지. 날이 짧은 가위로 두 번에 걸쳐 잘라냈지요. 그리고 세 번 접어서 자주색 밀랍을 붙인 다음, 타원형 물체로 서둘러 찍어 눌러 봉인했습니다. 수신인은 등나무 집의 가르시아 씨로 되어 있습니다. 내용은 이렇습니다.

색깔은 녹색과 흰색. 녹색은 열림, 흰색은 닫힘. 가운데 계단, 첫 번째 복도, 오른쪽으로 일곱 번째 녹색 벽걸이. 행운을 기원함. D.

편지는 여자의 글씨로 촉이 가는 펜으로 썼지만 수신인 주소는 다른 사람, 또는 다른 펜을 가지고 쓴 것이 분명합니다. 보시다시피 글씨가 훨씬 굵고 힘이 넘칩니다."

"매우 색다른 편지군요."

홈즈는 편지를 재빨리 훑어보며 말했다.

"베인스 경감, 조사할 때 이렇게 세세한 부분까지 주의를 기울인 것에 대해 경의를 표하겠습니다. 몇 가지 사소한 점을 덧붙일 수 있을 겁니다. 타원형의 봉인은 틀림없이 납작한 커프스단추로 찍은 것입니다. 그것 말고 이런 모양으로 찍혀 나오는 게 또 있겠습니까? 그리고 종이를 자른 가위는 둥근 손톱 가위입니다. 여기 두개의 잘라낸 부분을 들여다보면 둘 다 짧지만 똑같이 완만한 곡선을 그리고 있는 게 똑똑히 보이지요."

시골 경관은 너털웃음을 터뜨렸다.

"완벽하게 조사한 걸로 알았더니 그래도 빠뜨린 게 있었군요. 솔직히 말해서 이 편지로 알 수 있는 것은, 그들이 무슨 일을 꾸미고 있었다는 것과 항상 그렇듯이 배후에 여자가 있다는 것 뿐입니다."

스콧 에클스 씨는 이런 대화가 오가는 동안 안절부절못하고 있다가 말했다.

"경찰에서 내 증언을 뒷받침해줄 편지를 발견했다니 정말 다행입니다. 하지만 가르시아에게 무슨 일이 생겼는지, 그리고 그 집 하인들이 어떻게 됐는지에 대해 좀 들려주십시오."

그러자 그렉슨이 말했다.

"가르시아에 대해서라면 쉽게 대답해 드릴 수 있습니다. 그는 오늘 아침 등나무 집에서 거의 1.5킬로미터 떨어진 옥숫 공유지에서 시체로 발견됐습니다. 모래주머니 같은 것으로 심하게 얻어맞아 머리가 거의 으깨지다시피 했지요. 단순히 상처를 입은 정도가 아니라 짓이겨졌다고 해도 지나치지 않습니다. 사건 현장은 반경 4백 미터 이내에는 집 한 채 없는 외진 곳입니다. 가르시아는 뒤에서 공격당한 것이 분명한데, 범인은 그가 죽은 다음에도 한참 동안 구타를 계속했습니다. 정말 지독한 범행입니다. 발자국을 비롯해서 범인의 단서가 될 만한 것은 전혀 없습니다."

"도난당한 물건은?"

"없습니다. 뭘 훔치려고 했던 흔적은 아예 없었지요."

"이렇게 마음 아프고 끔찍한 일이 다 있다니!"

스콧 에클스 씨가 의분에 찬 목소리로 말했다.

"하지만 나로서는 정말 난처하기 짝이 없습니다. 나는 집주인이 한밤중에 밖에 나갔다가 그렇게 비참한 죽음을 맞은 일과는 아무 상관도 없습니다. 그런데 내가 어떻게 그 일에 휘말리게 된 겁니까?"

"간단합니다."

베인스 경위가 대답했다.

"피살자의 주머니에서 나온 것이 당신이 보낸 편지뿐이었는데, 거기에는 당신이 그날 밤 그 집에서 묵을 예정이라고 씌어 있었습니다. 피살자의 이름과 주소를 알게 된 것도 편지 봉투에 적혀 있었기 때문이지요. 우리는 오늘 아침 9시 넘어서 피살자의 집에 도착했는데 집에는 아무도 없더군요. 나는 등나무 집을 조사하는 한편 런던의 그렉슨 경감에게 당신의 행방을 추적하라는 전보를 쳤습니다. 그 다음에 런던으로 올라와서 그렉슨 경감과 합류한 뒤 여기로 온 겁니다."

그렉슨이 일어서며 말했다.

"내 생각에는 이 문제를 공식적으로 정리해야 할 것 같습니다. 스콧 에클스 씨, 함께 경찰서로 가주셨으면 합니다. 진술서를 작성해야 하니까요."

"좋습니다. 지금 가지요. 하지만 홈즈 선생, 나의 사건 의뢰는 여전히 유효합니다. 선생께서는 진실을 파헤치는 일에 비용과 노력을 아끼지 마시도록 부탁드리겠습니다."

내 친구는 시골 경관 쪽을 보았다.

"베인스 경감, 나와 협력해서 일하는 데 이의가 없으시겠지요?"

"물론입니다. 오히려 영광이지요."

"경감의 일처리가 굉장히 신속하고 능률적입니다. 혹시 피살자가 죽은 정확한 시간에 대한 단서는 없었습니까?"

"그는 밤 1시부터 거기 있었던 것 같습니다. 그때쯤에 비가 왔는데, 가르시아가 살해된 것은 분명히 비가 오기 전이었습니다."

"하지만 베인스 씨, 그건 있을 수 없는 일입니다."

의뢰인이 소리쳤다.

"나는 가르시아의 목소리를 똑똑히 들었습니다. 밤 1시에 내 방으로 찾아온 사람은 가르시아가 틀림없다는 것을 맹세할 수 있습니다."

"놀랍긴 하지만 전혀 불가능한 일은 아니지요."

홈즈는 빙긋이 웃으며 말했다.

"무슨 단서라도 있습니까?"

그렉슨이 물었다.

"언뜻 보기에 이 사건은 그렇게 복잡해 보이지 않습니다. 확실히 색다르고 흥미로운 특징이 있는 건 사실이지만 말입니다. 나는 최종적인 견해를 밝히기 전에 사실을 좀더 수집해야 합니다. 그런데 베인스 경감, 그 집을 조사할 때 이 편지 말고는 눈에 띄는 게 없었습니까?"

시골 경관은 수상쩍은 눈으로 내 친구를 쳐다보았다.

"아니오, 한두 가지 대단히 특이한 물건들이 있었지요. 제가 경찰서에서 일을 다 처리한 뒤에 같이 현장으로 가서 의견을 들려주시겠습니까?"

"물론 그렇게 하겠습니다."

셜록 홈즈는 초인종을 누르며 말했다.

"허드슨 부인, 이 손님들을 배웅해 주십시오. 그리고 급사한테 이 전보를 부치라고 하세요. 반신료 5실링도 함께 계산하라고 하십시오."

손님들이 돌아간 뒤 우리는 한동안 말없이 앉아 있었다. 홈즈는 눈썹을 찌푸린 채 줄담배를 피워대며 뭔가 깊은 생각에 잠겨 있을 때으레 그렇듯 고개를 내민 채 눈을 빛내고 있었다. 그가 문득 나를 돌아보며 물었다.

"여보게 왓슨, 자네는 이 사건을 어떻게 생각하나?"

"나는 스콧 에클스라는 사람의 그 수수께끼 같은 이야기는 어떻게 된 건지 도무지 갈피를 잡을 수가 없네."

"그러면 살인사건은?"

"글쎄, 피살자의 집 하인들이 사라졌다는 걸 아울러 생각하면 하인들이 어떤 식이로든 사건에 연루돼서 경찰의 추적을 피해 달아났다고 볼 수밖에 없겠는데."

"그렇게 볼 수도 있겠지. 하지만 언뜻 생각하기에도 두 하인이 주인을 살해하기로 공모하고, 하필이면 손님이 온 날 밤을 택해 해치웠다는 건 아주 이상한 일이 아닐까? 다른 날 주인이 혼자 있을 때 얼마든지 덮칠 수 있었을 텐데."

"그렇다면 어째서 달아난 거지?"

"바로 그걸세. 왜 달아났을까? 그건 가볍게 넘길 수 없는 중대한 사실일세. 또 한 가지 중대한 점은 의뢰인 스콧 에클스의 기묘한 경험이지. 자, 왓슨, 이 두 가지 사실을 동시에 설명한다는 것은 인간의 능력에서 벗어나는 일일까? 하지만 그 설명이 이상야릇한 글귀가 적혀 있는 의문의 편지와도 일치한다면 그것은 일시적으로는 가설로 인정할 가치가 있지 않겠나. 그리고 앞으로 밝혀질 새로운 사실이 사건의 구성에 모두 딱 들어맞는다면 그 가설은 정답이 될걸세."

"그런데 그 가설이라는 게 대체 뭔가?"

홈즈는 반쯤 눈을 감고 의자에 몸을 기댔다.

"여보게, 자네도 가르시아가 장난을 쳤다고는 절대로 생각할 수 없겠지. 결과적으로 중대한 사건이 발생했고 스콧 에클스를 등나무 집으로 끌어들인 것은 그 사건과 모종의 관련이 있네."

"하지만 무슨 관련이 있다는 거지?"

"사건의 연결 고리를 하나하나 생각해 보세. 언뜻 보기에도 스페인 청년과 스콧 에클스의 갑작스럽고 기이한 우정에는 부자연스러운 점이 있네. 관계를 급진전시킨 쪽은 스페인 청년이었지. 가르시아는 에클스를 처음 만나고 바로 그 다음날에, 런던의 반대쪽 끝에 있는 에클스의 집을 찾아갔네. 그리고 긴밀하게 연락을 주고받다가 마침내 에클스를 에서로 초대했지. 그럼, 가르시아는 에클스한테 무엇을 원했을까? 에클스는 가르시아에게 무엇을 줄 수 있었을까? 나는 에클스에게 무슨 매력이 있는지 잘 모르겠네. 뛰어나게 지적인 편도 아니고 재치가 풍부한 라틴계와 잘 맞을 것 같지도 않은 사람일세. 그렇다면 스페인 청년이 만난 사람 중에서 하필 에클스가 선택된 이유가 뭘까? 그에게 무슨 특별한 자질이 있는 것일까? 사실 그렇게 보이네. 그의 점잔빼는 태도는 평범한 영국인의 전형적인 것일세. 다른 영국인에게 깊은 인상을 줄 만한 증인으로는 적격이지. 자네도 똑똑히 보았듯이, 에클스의 진술이 예사롭지 않은 것이었는데도 두 형사는 눈꼽만큼도 의심하지 않고 곧이곧대로 받아들이지 않았나."

"하지만 에클스가 무슨 증언을 해주기를 바랐다는 건가?"

"일이 이렇게 되고 보니 결과적으로는 아무 역할도 못하게 됐지만, 만약 다른 방향으로 진행됐다면 증인으로서 아주 중대한 역할을 했을 걸세. 나는 그렇게 보네."

"알겠어. 에클스는 알리바이를 입증해 줄 수 있었다는 거지?"

"바로 그걸세. 에클스는 가르시아의 알리바이를 입증해 줄 수 있었을 거야. 일단, 등나무 집의 모든 사람이 모종의 음모를 꾸미고 있었다고 가정해 보세. 그것이 무엇이었던 간에 그들이 계획한 일은 밤 1시 이전에 해치울 예정이라고 하세나. 그들은 시계 바늘을 돌려놓거나 해서 스콧 에클스를 그가 생각하는 것보다 이른 시간에 침실로 보낼 수 있었을 거야. 아무튼 사실이 어떻든 간에 가르시아가 에클스의 침실로 찾아와서 지금 1시라고 말했을 때 사실은 12시밖에 안 됐을 가능성이 높네. 만약 가르시아가 계획대로 무슨 일을 끝내고 그 시간에 돌아와 있었다면, 그는 어떤 혐의도 물리칠 수 있는 강력한 증인을 갖게 되었을걸세. 흠잡을 데 없이 완벽한 영국인이 법정에 출두해서 피고인은 계속 집에 있었다고 증언해 줄 테니까 말이야. 에클스는 최악의 상황에 대비하는 안전장치가 되는 셈이지."

"그렇구먼. 잘 알겠네. 그런데 다른 녀석들이 모습을 감춘 건 어떻게 된 건가?"

"나는 아직 사건을 제대로 조사하지 못했지만, 해결하기 힘든 문제가 있을 것 같지는 않네. 그렇지만 자료 수집도 하기 전에 논증부터 하면 실수하기 쉽네. 가설에 맞춰 무의식적으로 사실을 왜곡할 우려가 높으니까."

"그럼 그 편지는?"

"거기 뭐라고 씌어 있었더라? '색깔은 녹색과 흰색', 무슨 경마 얘기를 하는 것 같군. '녹색은 열림, 흰색은 닫힘', 이건 분명히 신호일세. '가운데 계단, 첫 번째 복도, 오른쪽으로 일곱 번째, 녹색 벽걸이', 이건 밀회의 약속이군. 사건의 배후에는 질투심 많은 남편이 있을지도 모르겠어. 위험한 만남이라는 것만은 틀림없네. 그렇지 않다면 여자가 '행운을 기원'한다고 쓰지는 않았을 거야. 'D',

이것은 안내자의 이름일 테지."

"가르시아는 스페인 사람일세. 혹시 'D'가 스페인에서 여자이름으로 흔한 돌로레스(Dolores)를 뜻하는 게 아닐까?"

"왓슨, 좋은 생각이군. 정말 좋은 생각이야. 하지만 그럴듯하지는 않아. 같은 스페인 사람이면 스페인 말을 썼을 테니까. 편지를 쓴 사람은 영국인이 분명하네. 자, 우린 그 훌륭한 경감이 돌아올 때까지 인내심을 갖고 기다리는 수밖에 없네. 그리고 그동안에 다만 몇 시간이라도 권태가 불러일으키는 참을 수 없는 피로에서 벗어날 수 있게 된 행운에 감사라도 드리는 게 좋겠네."

서리의 형사가 돌아오기 전에 홈즈가 친 전보에 답신이 왔다. 홈즈는 답신을 읽고 막 수첩에 끼워 넣으려다가 기대에 찬 내 얼굴을 흘끗 쳐다보았다. 그는 껄껄 웃으며 전보를 내게 던져주었다.

"우린 상류 사회로 이동할걸세."

전보에는 이름과 주소가 가득 씌어 있었다.

딩글 저택, 헤링비 공
옥숏 타워즈, 조지 폴리엇 경
퍼디 저택, 치안 판사 하인스 하인스 씨
포튼 홀, 제임스 베이커 윌리엄 씨
높은 다락집, 헨더슨 씨
네더 월슬링 목사관, 조슈아 스톤 목사

"이것은 우리의 조사 반경을 확실히 좁혀 줄걸세."

홈즈가 말했다.

"베인스 경감도 꼼꼼한 사람이니까 이와 비슷한 계획을 세우리라고 생각되지만 말이야."

"무슨 말인지 모르겠군."

"왓슨, 우린 이미 가르시아가 저녁식사 때 받은 편지가 어떤 밀회 약속을 담고 있다는 결론을 내렸네. 그런데 편지에 씌어진 내용이 정확하다고 할 때, 이 약속을 지키려면 가운데 계단으로 올라가서 복도에서 일곱 번째 문을 찾아야 하네. 어때, 얼마나 큰 저택인지 짐작이 가나? 또 그 저택은 옥숏에서 2, 3킬로미터 이상 떨어져 있지 않을걸세. 왜냐하면 여러 가지 정황을 고려해 봤을 때 가르시아는 걸어서 그 집에 갔다가 알리바이를 증명할 수 있을 만한 시각, 즉 밤 1시까지 등나무 집에 돌아오려고 했던 것이 분명하니까 말이야. 그런데 옥숏 인근의 대저택이라고 하면 뻔하기 때문에 나는 스콧 에클스가 말한 부동산 회사에 전보를 쳐서 그런 저택의 명단을 손에 넣는 손쉬운 방법을 택한 걸세. 이 전보에 있는 게 바로 그런 저택들일세. 이중 어느 한 곳에 실마리가 있는 게 틀림없네."

우리가 베인스 경감과 동행해서 서리의 아름다운 에셔 마을에 도착한 것은 저녁 6시가 다 되어서였다.

홈즈와 나는 그곳에서 며칠 묵을 준비를 해왔고 황소 여관에 편안한 방을 잡았다. 마침내 우리는 베인스 경감과 함께 등나무 집을 향해 출발했다. 쌀쌀하고 어두운 3월 저녁이었다. 차가운 바람과 함께 안개비를 정면으로 받으며 우리들이 지나가는 황량한 공유지라든가 비극이 일어난 목적지라든가 모든 곳이 무대 장치로는 안성맞춤이었다.

산 페드로 (남미에 있는)의 호랑이 _{가공의 국명}

추위에 떨며 우울한 기분으로 3킬로미터쯤 걸어가자 높다란 나무 대문이 나왔고, 그것은 곧장 음산한 밤나무 진입로로 이어졌다. 그늘진 진입로를 구부러져 들어가니 어둠에 잠긴 야트막한 집 한 채가 나왔다. 집은 우중충한 회색 하늘을 배경으로 칠흑같이 검게 보였다. 현관 왼편 창문으로 희미한 불빛이 새어나왔다. 베인스가 말했다.

"경관 하나를 배치해 두었지요. 창문을 두드려봅시다."

그는 잔디밭을 가로질러가서 손바닥으로 유리창을 탕탕 쳤다. 희뿌연 유리창 너머로 난롯가에 앉아 있던 한 사람이 튕기듯 벌떡 일어서는 게 어렴풋이 보이더니, 뒤이어 날카로운 고함소리가 터져 나왔다. 곧 얼굴이 하얗게 질린 경관 하나가 숨을 거칠게 몰아쉬며 문을 열었다. 그의 부들부들 떨리는 손에서 촛불이 흔들리고 있었다.

"월터스, 무슨 일인가?"

베인스가 날카롭게 물었다.

경관은 손수건으로 이마를 닦더니 안도의 한숨을 길게 내쉬었다.

"경감님, 이렇게 와주셔서 안심입니다. 오늘 밤은 시간이 어찌나 더디게 지나가는지! 저도 담력이 예전만큼은 못한 것 같습니다."

"담력이라고 했나, 월터스? 난 자네가 그렇게 약해 빠진 친구인 줄은 몰랐네."

"허, 경감님, 이렇게 외지고 조용한 집 안엔 아무도 없지 부엌에는 이상한 것까지 있잖습니까? 그래서 경감님이 창문을 두드렸을 때 저는 그게 또 온 줄 알았습니다."

"뭐가 또 왔다는 건가?"

"악마 말입니다. 제 생각에는 그렇습니다. 그게 창가에 나타났지요."

"창가에 뭐가 나타났다는 거지? 언제?"

"2시간쯤 전이었습니다. 막 어두워질 무렵이었지요. 저는 의자에 앉아서 책을 읽고 있었습니다. 무심코 고개를 들었더니 얼굴 하나가 아래쪽 창문에 붙어서 저를 바라보고 있지 않겠습니까. 오, 하느님, 그런 얼굴은 처음 봤습니다! 꿈에 나타날까 겁이 날 지경입니다."

"쯧쯧! 월터스, 경찰관으로서 그게 할 말인가?"

"압니다, 경감님. 저도 압니다. 하지만 벌벌 떨리는 걸 어떡합니까. 아니라고 해봤자 소용없는 일이지요. 경감님, 그 얼굴은 흑인도 아니고 백인도 아닌, 꼭 진흙탕에 우유를 엎질러놓은 것처럼 묘한 색깔이었지요. 게다가 크기가 어땠는지 아십니까? 경감님 얼굴의 두 배는 됐습니다. 그리고 그 생김새, 빤히 쳐다보는 그 커다란 퉁방울눈이며 배고픈 짐승처럼 하얀 이빨을 드러내고 있는 거하며. 분명히 말씀드리지만 저는 그게 갑자기 사라질 때까지 손가락 하나 까딱할 수 없었고 숨조차 쉴 수 없었지요. 저는 밖으로 뛰어나가서

관목 숲 사이를 돌아다녔지만 다행히 아무도 없더군요."

"월터스, 자네가 정직한 사람이라는 걸 몰랐다면 나는 자네한테 벌점을 주었을걸세. 만약 그게 정말 악마였다 하더라도 근무 중인 경관은 그 악마를 체포하지 못한 것을 다행스러워하는 일은 없어야 하네. 혹시 자네가 신경과민으로 허깨비를 본 건 아니겠지?"

"적어도 그 문제만큼은 쉽게 밝혀낼 수 있습니다."

홈즈가 작은 손전등에 불을 켜며 말했다.

"그렇군요."

그는 잔디밭을 잠깐 들여다보더니 말했다.

"32센티미터짜리 신발입니다. 신체의 다른 부분이 발 크기와 비례한다면 거인임에 틀림없겠군요."

"그자는 어떻게 됐나?"

"관목 숲을 지나 큰길로 달아난 것 같습니다."

경감은 생각에 잠긴 근엄한 얼굴로 말했다.

"흠, 그자가 누구였는지 무슨 일로 왔었는지 몰라도 지금은 여기 없습니다. 우리는 먼저 둘러봐야 할 것이 더 있습니다. 자, 홈즈 씨, 내가 집 안을 안내하도록 하겠습니다."

여러 개의 침실과 거실을 찬찬히 살펴보았지만 특별한 것은 없었다. 이 집 사람들은 맨몸으로 집을 빠져나간 것이 분명했다. 가구에서 자질구레한 세간에 이르기까지 모든 물건이 고스란히 남아 있었다. 런던의 하이 홀본에 있는 '막스' 양복점의 상표가 붙은 옷가지도 잔뜩 있었다. 이미 전신으로 조회해 보았으나 막스 양복점에서는 신용이 좋다는 것 빼고는 고객에 대해 아는 게 없었다. 소지품으로는 잡동사니와 파이프 서너 개, 소설 네댓 권(그중 두 권은 스페인어 소설이었다), 구식 공이치기 권총, 기타가 하나 있었다.

"여긴 아무것도 없습니다."

베인스는 손에 촛불을 들고 방에서 방으로 걸어가며 말했다.

"그럼 이제 부엌을 보여드리겠습니다."

집 뒤쪽 천장이 높은 어두운 방이 부엌이었는데, 한쪽 구석에는 요리사가 침대로 쓴 듯한 밀짚을 깐 자리가 있었다. 식탁에는 지난밤 만찬의 흔적인지, 먹다 남은 음식과 지저분한 접시가 나뒹굴고 있었다. 베인스가 말했다.

"이걸 좀 보십시오, 이것에 대해 어떻게 생각하십니까?"

경위는 찬장 뒤편에 서 있는 이상한 물체 앞에서 걸음을 멈추고 촛불을 치켜들었다. 그것은 워낙 쪼글쪼글하게 오그라들고 말라 비틀어

져 주름투성이가 된 까닭에 원래 모습을 짐작하기가 어려웠다. 하지만 시커먼 가죽의 질감을 지닌 것이었고 난쟁이의 형상과 비슷한 데가 있었다. 내 눈에는 처음엔 흑인 아기의 미라처럼 보였지만, 자세히 보니 형편없이 쪼그라든 늙은 원숭이 같기도 했다. 나중에는 도대체 그게 인간인지 짐승인지조차 헷갈렸다. 그것은 하얀 조개껍질 목걸이를 두 줄 두르고 있었다.

"대단히 흥미롭군요, 대단히 흥미로워요!"

홈즈는 이 으스스한 형체를 유심히 쳐다보며 말했다.

"이밖에 또 뭐가 있습니까?"

베인스는 묵묵히 개수대 앞으로 가서 촛불을 들었다. 털을 뽑지 않은 커다란 흰 새가 잔인하게 온몸을 난도질당한 채 사방에 흩어져 있었다. 홈즈는 목이 잘린 머리에 붙은 볏을 손가락으로 가리켰다.

"흰 수탉이군요, 정말 흥미롭군요! 아주 재미있는 사건입니다."

베인스 경감은 소름 끼치는 전시품을 남김없이 보여주었다. 개수대 밑에서는 피가 들어 있는 양동이를 끄집어냈다. 그리고 식탁 아래서는 시커멓게 그을은 작은 뼈 조각을 수북이 담은 쟁반을 꺼냈다.

"뭔가를 죽이고 또 뭔가를 불에 태운 겁니다. 이 뼈다귀는 전부 화덕에서 끄집어낸 것들이지요. 오늘 아침에 의사를 불렀는데 인간의 뼈는 아니라고 하더군요."

홈즈는 빙긋이 웃으며 두 손을 마주 비볐다.

"베인스 경감, 이렇게 특이하고 교훈적인 사건을 맡게 된 데 대해 축하드려야겠군요. 이렇게 말하는 게 실례일지 모르겠지만 당신의 능력은 여태까지의 직무에는 아까울 정도입니다."

베인스 경감의 작은 눈이 기쁨으로 반짝거렸다.

"홈즈 씨, 옳은 말씀이십니다. 우리 같은 사람은 촌구석에서 어물어물하다가 일생을 종치기 일쑤지요. 이런 사건이 발생했으니 모처럼 호기를 맞은 셈인데 사실 이 기회를 놓치고 싶지 않습니다. 당신은 이 뼈에 대해 어떻게 생각하십니까?"

"새끼 양이나 새끼 염소 같군요."

"그럼 저 하얀 수탉은?"

"대단히 기묘한 것이지요. 이제까지 그 예가 없다고 해도 좋겠지요."

"그렇습니다, 홈즈 씨. 이 집에는 대단히 별난 행동을 하는 대단히 별난 사람들이 살았던 게 분명합니다. 그중 하나는 죽었지요. 이 집에 있던 두 짝패가 쫓아가서 죽인 것일까요? 만약 그게 사실이라면 우리는 그자들을 붙잡아야 합니다. 그래서 지금 항구마다 경찰을 배치해 놓았지요. 하지만 내 생각은 좀 다릅니다. 그렇고말고요, 내 생각은 아주 달라요."

"그럼 무슨 가설이라도?"

"홈즈 씨, 나는 그걸 내 힘으로 입증할 작정입니다. 그래야 명예가되지 않겠습니까? 당신은 벌써 이름을 날렸지만 나는 이제부터니까요. 나중에 당신의 도움을 받지 않고 사건을 해결했다고 말할 수있다면 정말 기쁠 겁니다."

홈즈는 기분 좋게 껄껄 웃었다.

"좋습니다, 경감. 당신은 당신 방식대로 하고 나는 내 방식대로 하기로 합시다. 하지만 당신이 요구한다면 언제든지 내가 수집한 정보를 제공하겠습니다. 이 집에서는 더 이상 볼 게 없는 것 같으니다른 데로 가보는 게 낫겠군요. 또 만납시다. 그리고 행운을 빕니다!"

다른 사람들은 그냥 넘겨버렸을 여러 가지 미묘한 표정과 태도를보고 나는 홈즈가 단서를 잡았다고 느꼈다. 그는 지나가는 구경꾼처럼 태연자약했지만 빛나는 눈과 한층 활달한 태도에는 억제된 흥분과긴장의 빛이 엿보여, 나는 사냥감이 눈 앞에 있다는 것을 확신했다.평소의 습관대로 그는 침묵으로 일관했고 나는 나대로 전과 다름없이아무것도 묻지 않았다. 쓸데없이 그의 정신 집중을 방해하지 않고 범인 체포에 조그만 힘이나마 보태며 재미를 나누는 것으로도 족했던것이다. 자세한 경위는 때가 되면 다 내 귀에 들어올 테니까.

그래서 나는 기다렸지만 실망스럽게도 기다린 보람은 없었다. 하루하루가 지나갔지만 내 친구는 어떤 행동도 취하지 않았다. 어느 날아침에 그는 런던에 갔다 왔는데 무심결에 슬쩍 흘린 얘기를 듣고 나는 그가 대영 박물관에 다녀왔다는 것을 알았다. 이렇게 한 번 나갔다 온 걸 빼면 그는 주로 오랫동안 산보를 하거나(혼자 나가는 일도많았다), 그동안 사귄 마을의 수다쟁이들과 잡담을 하며 시간을 보냈다.

"왓슨, 시골에서 보내는 일주일은 자네에게 매우 귀중한 시간이 될

걸세. 관목 울타리에서 또다시 새순이 돋고 개암나무에서 꽃눈이 터지는 것을 볼 수 있다는 건 정말 즐거운 일이지. 모종삽이랑 채집통, 초보자를 위한 식물학 책을 들고 나가면 정말 유익한 하루를 보낼 수 있거든."

그는 이러한 것들을 들고 여기저기 배회했지만 저녁때 채집해 온 식물은 보잘것없었다.

우리는 산책길에 이따금씩 베인스 경감과 마주쳤다. 그 친구와 인사를 나눌 때마다 불그레 살찐 얼굴에는 미소가 흘러넘쳤고 작은 눈은 반짝거렸다. 그가 사건에 대한 얘기를 꺼낸 적은 별로 없었지만, 지나가면서 한두 마디 흘린 얘기에 따르면 그쪽의 수사 진행 상황도 그리 불만족스럽지는 않은 듯했다. 하지만 사건이 일어난 지 닷새 후에 아침신문을 펼쳐들었을 때, 나는 큰 활자로 씌어진 다음과 같은 기사 제목을 보고 솔직히 놀랄 수밖에 없었다.

옥슛 사건 해결
용의자 체포

내가 기사 제목을 읽어주자 홈즈는 벌에 쏘인 사람처럼 벌떡 일어섰다.

"맙소사!"

그는 소리쳤다.

"베인스가 그를 잡아들인 건 아니겠지?"

"아무래도 그런 모양이야."

나는 말하고 다음과 같은 기사를 읽기 시작했다.

'지난 밤 늦게 옥슛 살인 사건의 용의자를 체포했다는 소식이 전해

지면서 에셔와 인근 지역은 흥분에 싸여 있다. 독자들은 등나무 집의 가르시아 씨가 옥솟 공유지에서 시체로 발견된 일과 시체에는 심한 폭행의 흔적이 남아 있던 것, 그리고 그날 밤 그 집 하인과 요리사가 도망쳐서 그들이 이 범행에 연루된 인상을 주었던 일을 기억하고 있을 것이다. 피살자가 집에 귀중품을 보관하고 있었고 이것을 훔치기 위해 범행이 저질러졌다는 추측이 제기되었으나 이를 뒷받침할 만한 확실한 증거는 없었다. 사건을 담당한 베인스 경감은 도망자들의 소재를 백방으로 수소문한 끝에, 이들이 멀리 도망치지 않고 미리 준비해 놓은 은신처에 숨어 있다는 믿을 만한 증거를 확보했다. 이들을 찾아내는 것은 처음부터 시간문제였는데, 창문 너머로 등나무 집 요리사의 모습을 목격한 몇몇 상인의 증언에 따르면 요리사는 대단히 특이한 외모를 가진, 흑인의 특징이 두드러진 누런 얼굴을 한 추악한 흑백 혼혈의 거인이기 때문이었다. 사건이 일어난 당일 저녁에 이 남자는 대담하게 등나무 집으로 돌아왔다가 월터스 경관에게 발각되어 추격당했다. 베인스 경감은 요리사가 집으로 돌아온 데에는 어떤 목적이 있고, 따라서 다시 올 가능성이 높다고 보아 등나무 집을 비우고 관목 숲에 경관을 잠복시켰다. 요리사는 지난밤 덫에 걸렸고 다우닝 경관과 격투 끝에 체포되었는데, 경관은 이 야만인에게 심하게 물어 뜯겨 중상을 입었다.

용의자가 치안 판사 법원 (영국에서 다양한 위법 행위에 대해 우선 적으로 형사 관할권을 갖는 하급 법원)에 회부되면 경찰의 재구류 요청이 받아들여질 가능성이 높아 앞으로 사건 수사에 큰 진전이 있을 것으로 전망된다.'

"당장 베인스를 만나봐야겠네."
홈즈는 모자를 집어 들고 외쳤다.

"그 사람이 집을 나서기 전에 어떻게든 만나야 해."

우리는 마을길을 서둘러 내려갔는데, 예상대로 경감은 막 집을 나서고 있었다.

"홈즈 씨, 이것 보셨습니까?"

그가 우리에게 신문을 내밀며 물었다.

"그렇습니다, 보았지요. 내가 친구로서 충고를 한마디 하고 싶은데 너무 무례하다고 생각하지 마십시오."

"홈즈 씨, 충고라니요?"

"나는 이 사건을 나름대로 신중하게 조사해 왔지만 당신이 옳은 단서를 잡았다는 생각은 들지 않습니다. 뚜렷한 확신이 없다면 지나치게 깊이 들어가지 않는 편이 좋을 겁니다."

"홈즈 씨, 정말 친절하시군요."

"당신을 위해 드리는 말씀이오."

순간적으로 베이스 경감의 작은 눈이 반짝 빛났다.

"홈즈 씨, 우린 각자의 방식에 충실하기로 했지요. 나는 지금 그렇게 하고 있습니다."

"그건 그렇습니다. 나를 나쁘게 생각하지는 마십시오."

"아닙니다. 나는 당신이 순전히 호의에서 그런 말을 하셨다고 믿습니다. 하지만 홈즈 씨, 누구에게나 저마다의 방식이 있습니다. 당신은 당신대로, 나는 나대로 말이지요."

"그 얘기는 그만하기로 합시다."

"정보는 얼마든지 제공해 드리겠습니다. 우리가 체포한 녀석은 짐수레를 끄는 말처럼 힘이 세고 악마처럼 흉포한 야만인입니다. 그자는 다우닝의 엄지손가락을 물어뜯다시피 했지요. 그러고 있는 동안 체포했지만 말입니다. 영어는 거의 한마디도 못하기 때문에 우리가 들을 수 있는 건 짐승 같은 신음소리뿐입니다."

"그리고 당신은 그가 주인을 죽였다는 증거를 확보했다는 거지요?"

"홈즈 씨, 나는 그런 말을 한 적 없습니다. 절대로요. 하지만 누구한테나 나름대로의 방식이 있으니까. 선생은 선생 방식대로 하면 되고, 나는 나대로 하면 됩니다. 우리는 그렇게 합의한 겁니다."

돌아서면서 홈즈는 어깨를 으쓱했다.

"도저히 못 말리겠군. 내가 보기엔 낭떠러지를 향해 달려가고 있는 것 같은데 말이야. 흠, 경감 말마따나 저마다의 방식대로 하고 그 결과를 지켜보는 수밖에. 하지만 저 사람한테는 도저히 이해가 안 가는 구석이 있단 말이야."

황소 여관으로 돌아왔을 때 셜록 홈즈가 말했다.

"왓슨, 그 의자에 앉아보게. 오늘 밤에 자네 도움이 필요할지도 모르니까 상황 돌아가는 걸 알려줘야겠네. 이번 사건에 대해 내가 지금까지 알아낸 걸 다 말해 주겠네. 이 사건은 전체적으로 보면 단순하지만 범인을 체포하는 데에는 예상 밖으로 어려움이 크지. 그쪽으로는 우리가 메워야 할 간격이 아직 넓다네.

먼저 가르시아가 살해된 날 저녁때 받은 편지에 대해 생각해 보세. 그의 하인들이 사건에 연루됐다는 베인스 경감의 생각은 잠시 젖혀두세나. 그것은 알리바이를 입증하기 위한 목적으로 이용됐다고 볼 수밖에 없는 스콧 에클스를 초대한 사람이 다름 아닌 가르시아라는 것만 봐도 알 수 있지. 그렇다면 살해당한 날 밤에 추진된 어떤 계획, 그것도 범죄의 냄새가 물씬 풍기는 계획을 세웠던 것은 가르시아 자신이었네. 범죄라고 말한 까닭은, 알리바이가 필요한 것은 범죄 계획을 세운 자들뿐이기 때문일세. 그럼 누가 그의 목숨을 노렸을까? 그것은 가르시아가 목표로 했던 상대가 틀림없네. 여기까지는 틀림없네.

그러면 가르시아의 하인들이 실종된 이유를 살펴보세. 둘 다 모종의 범죄 음모의 공범들이었어. 가르시아가 성공리에 계획을 실행하고 돌아왔다면, 혹시 있을지도 모르는 혐의는 영국인 에클스라는 증인이 다 막아 주었을걸세. 하지만 그들의 계획은 위험하기 짝이 없는 것이었고, 그래서 가르시아가 정해진 시간까지 돌아오지 않는다면 그는 계획을 실행하는 과정에서 희생당했을 거라고 봐야 했네. 그런 경우에, 두 사람은 미리 정해 놓은 장소로 달아나 경찰의 수사망을 피하고 뒷날 다시 일을 꾸미기로 사전에 계획해 놓았던 거야. 어때, 모든 사실과 제대로 들어맞는 가설 아닌가?"

마구 헝클어진 수수께끼가 모두 풀린 것 같았다. 항상 그랬던 것처럼 나는 어째서 이렇게 명백한 사실을 미처 보지 못했는지 의아한 생각이 들었다.

"그런데 요리사는 왜 집에 돌아온 거지?"

"급하게 도망치느라 뭔가 소중한 것, 도저히 버릴 수 없는 것을 남겨놓고 갔다고 볼 수 있지. 그래서 그는 여러 번 등나무 집에 나타났던 게 아닐까?"

"흠, 그 다음엔?"

"이제 가르시아가 저녁식사 때 받은 편지 얘기를 해보겠네. 그것은 저쪽에도 공모자가 있다는 걸 말해 주고 있지. 그런데 저쪽은 어디를 말하는 것일까? 나는 그곳이 어떤 큰 저택을 가리킨다는 것과, 큰 저택은 얼마 안 된다는 것을 알았네. 처음 이 마을에 와서 사건과 관련 있을법한 이곳저곳을 계속 돌아다니며 식물 채집을 하는 틈틈이 나는 큰 저택을 답사하고 그곳에 사는 사람들에 대해 면밀히 조사했네. 내 시선을 잡아끈 것은 한 집, 오로지 한 집뿐이었지. 그것은 옥숏 외곽으로 1.5킬로미터, 그리고 비극의 현장에서는 겨우 8백 미터밖에 떨어져 있지 않은 제임스 1세(1601~25) 시대에 건축된 유명한 높은 다락집이었네. 다른 저택 사람들은 극적인 삶과는 거리가 먼 생활을 하고 있는 평범하고 건실한 이들이었지. 하지만 높은 다락집의 헨더슨 씨는 아무리 봐도 흥미로운 모험을 했을 법한 재미있는 사람이었네. 그래서 나는 헨더슨 씨와 그의 집 사람들에게 주의를 집중했네.

왓슨, 그 집 사람들은 이상하기 짝이 없었지만 그중에서도 가장 이상한 사람은 역시 주인인 헨더슨 씨였다네. 나는 그럴싸한 구실을 만들어서 그를 만나보았는데, 생각에 잠긴 듯한 움푹 팬 검은 눈은 내 속마음을 훤히 들여다보는 것 같았네. 나이는 50살쯤, 머리는 반백이지만 숱 많은 검은 눈썹에 사슴처럼 날랜 걸음걸이, 그리고 강하고 활동적이면서도 사납고 독선적인 사람일세. 양피지 같은 얼굴 뒤에 높은 기백을 숨기고 있고 제왕의 풍모를 지니고 있지. 외국인이 아니라면 열대 지방에서 오래 살았던 게 분명하네. 얼굴이 누렇고 바짝 말랐지만 가죽 채찍처럼 질기니까 말이야. 친구이자 비서인 루카스 씨는 외국인이 틀림없어. 초콜릿빛 피부에 정중하지만 교활해 보이는 고양이 같은 인상으로, 역겨울 정도로 상냥한 말투로 말하더군. 왓슨, 보다시피 등나무 집과 높은 다락집에 공통적으로 외국인이 등장하면서 우리가 메워야 할 간격은 좁아지기 시작했네.

헨더슨과 루카스는 서로에게 비밀이 없는 절친한 친구 사이이고 집안의 중심인물일세. 하지만 우리의 당면 목표를 생각할 때 중요하게 부각되는 사람이 하나 더 있지. 헨더슨한테는 11살, 13살짜리 딸이 있네. 이 아이들의 가정교사는 40살 남짓한 영국 여성, 버넷 양일세. 또 충직한 하인이 하나 있네. 이 여섯 명이 진짜 가족을 이뤄서 함께 여행을 다닌다네. 헨더슨은 유난히 여행을 좋아해서 항상 돌아다니거든. 이 가족이 1년간 집을 비웠다가 저택으로 돌아온 건 겨우 몇 주 전일세. 게다가 헨더슨은 엄청난 갑부라서 어떤 변덕이든 돈으로 다 만족시킬 수 있을 정도라네. 그 밖에 규모가 큰 영국의 시골집들이 으레 그렇듯 그 집에는 먹성 좋고 일하기 싫어하는 집사와 시종, 하녀들로 넘쳐난다네.

지금까지 말한 것 중의 일부는 마을 사람들한테 들었고 일부는 내가 직접 관찰해서 알아냈지. 세상에 불만을 잔뜩 품고 해고된 하인한테서만큼 정보를 알아내기 쉬운 데는 없는 법인데 나는 요행히 적임자를 하나 찾아냈다네. 요행이라고 말했지만, 사실 내가 열심히 찾지 않았다면 그런 요행은 없었을걸세. 베인스 말마따나 누구한테나 저마다의 방식이라는 게 있거든. 나는 내 방식을 통해 높은 다락집에서 최근까지 정원사로 일하다가 오만한 주인의 비위를 건드리는 바람에 별안간 해고된 존 워너를 찾아냈네. 워너에게는 또 주인을 두려워하고 싫어하는 점에서는 그 못지않은 집안의 하인 친구들이 있었지. 그래서 나는 그 저택의 비밀을 캐낼 수 있었다네.

왓슨, 그들은 정말 별난 사람들일세! 내가 죄다 알고 있다고는 할 수 없겠지만 어쨌거나 정말 별난 사람들이야. 그 저택은 좌우 양쪽의 두 채로 되어 있는데 한 채에는 하인들이, 다른 한 채에는 가족들이 산다네. 가족의 식사를 날라주는 헨더슨의 하인을 빼면 그 둘은 완전히 분리되어 있지. 두 채의 건물을 연결하는 문이 하나 있는데, 필요한 물건은 다 거길 통해 나른다네. 가정교사와 아이들은 정원에 나가는 걸 빼면 외출하는 일이 거의 없지. 헨더슨은 무슨 일이 있어도 혼자 다니는 법이 없고 말일세. 흑인 비서가 그림자처럼 따라다닌다네. 하인들 사이에는 주인이 뭔가를 몹시 두려워하고 있다는 소문이 돌고 있어. 워너가 그러더군. '돈을 받고 악마한테 영혼을 팔아넘겼답니다. 그리고 악마가 빚을 받으러 올까봐 벌벌 떨고 있대요.' 주인 일가가 어디 출신인지, 또 어떤 사람들인지는 아무도 모른다네. 게다가 헨더슨은 성격이 아주 난폭하다더군. 채찍으로 사람을 때린 일이 두 번이나 있는데, 배상금으로 돈을 두둑이 집어준 덕분에 고소는 당하지 않고 끝났다네.

자, 여보게, 이 새로운 정보를 바탕으로 상황을 판단해 보세. 우린 문제의 편지가 그 묘한 집안에서 나왔고, 그것은 가르시아에게 어떤 계획을 실행하라는 신호였다고 추측할 수 있네. 편지는 누가 썼을까? 그건 성채 안에 있는 사람이고 여자였네. 그렇다면 그게 가정교사 버넷 양이 아니면 누구겠나? 어느 모로 보나 그렇게 생각할 수밖에 없네. 어쨌든, 우리는 그것을 하나의 가설로 삼고 그 결과를 살펴보세. 버넷 양의 나이와 성격을 고려하면 내가 처음에 생각했던 것처럼 남녀 문제는 전혀 아니라고 볼 수 있지.

만약 편지를 쓴 사람이 버넷 양이라면 그녀는 아마 가르시아의 친구이자 공모자일걸세. 그렇다면, 가르시아가 죽었다는 소식을 듣게 되면 그녀는 어떻게 나올까? 만약 그가 어떤 극악무도한 행동을 꾀했다가 살해되었다면 그녀는 입을 다물겠지. 그래도 마음 속에는 그를 살해한 자에 대한 격렬한 증오심을 품을 테고 살인범에게 복수하기 위해 가능한 노력을 아끼지 않을걸세. 그렇다면 우리는 버넷 양을 만나서 도움을 청해 볼 수 있지 않을까? 처음에는 그렇게 생각했어. 하지만 지금 불길한 일이 생겼네. 버넷 양은 살인사건이 일어난 그날 밤부터 모습을 감추고 있어. 그날 저녁부터 그녀를 본 사람이 없네. 버넷 양이 지금 살아 있기는 한 걸까? 혹시 같은 날 밤에 자신이 불러낸 친구와 똑같은 운명을 맞이한 게 아닐까? 아니면 그냥 어딘가 감금되어 있는 걸까? 우리는 아직 어떻게 된 건지 모르고 있네.

왓슨, 자네도 상황이 얼마나 난감한지 알겠지? 지금 영장을 청구할 만한 근거는 전혀 없네. 치안 판사 앞에서 우리의 모든 추리는 허무맹랑한 얘기로 들릴 거야. 가정교사의 실종은 아무런 이유도 되지 않네. 그렇게 이상한 집안에서 누군가 일주일 정도 안 보이는 것은 아무 일도 아니니까. 하지만 버넷 양은 지금 생명의 위협을 받고 있을지도 모르거든. 내가 할 수 있는 일은 그 집에서 감시의 눈길을 떼지 않고 나의 밀정 워너가 정문 앞을 감시하게 하는 것일세. 그런데 언제까지 이렇게 놔둘 수는 없어. 합법적으로 할 수 있는 일이 아무것도 없다면 우리가 위험을 무릅써야 해.”

"그건 무슨 말이지?"

"나는 가정교사의 방을 알고 있네. 별채 지붕으로 올라가면 그 방에 들어갈 수 있지. 나는 오늘 밤에 자네랑 같이 그 집으로 출동해서, 수수께끼의 핵심을 잡을 수 있는지 보고 싶네."

솔직히 말해 그리 썩 내키는 일은 아니었다. 살인의 그림자가 드리워진 낡은 저택, 기이하고 무시무시한 사람들, 거기 접근했다가 당할지 모르는 위험, 그리고 불법 행위를 저지른다는 의식이 나를 망설이게 했다. 하지만 홈즈의 냉정한 추리에는 그가 권하는 어떤 모험도 거절할 수 없게 만드는 무엇인가가 있었다. 그렇게 하는 것, 오직 그렇게 하는 것만이 해결책이었다. 나는 묵묵히 그의 손을 잡았다. 주사위는 이미 던져진 것이다.

하지만 우리의 조사 활동은 그렇게 모험적인 것이 되지는 않았다. 오후 5시, 3월의 저녁 어스름이 밀려들기 시작하는 시간에 흥분한 촌사람 하나가 방 안으로 뛰어들어왔다.

"홈즈 선생님, 그 사람들이 달아났습니다. 마지막 기차를 타고 갔습니다요. 버넷 양이 뛰어내리기에 제가 마차에 태워서 여기로 모시고 왔습죠."

"잘했네, 워너!"

홈즈는 벌떡 일어서며 외쳤다.

"왓슨, 사건 해결이 멀지 않았네."

마차에는 신경을 지나치게 쓴 탓에 반쯤 축 늘어진 여자가 타고 있었다. 매부리코에 바짝 마른 여자의 얼굴에는 최근에 겪은 비극의 자취가 아로새겨져 있었다. 그녀는 맥이 풀린 듯 고개를 떨구고 있다가 얼굴을 들고 멍한 눈으로 이쪽을 쳐다보았는데, 커다란 회색 홍채 한가운데 동공이 까만 점처럼 졸아든 채 보였다. 아편을 먹은 것이 틀림없었다.

"홈즈 선생님, 저는 선생님 말씀대로 문을 지키고 있었습니다."
우리의 밀정인 해고된 정원사가 말했다.

"그런데 집 안에서 마차가 나오기에 역까지 뒤를 밟았지요. 버넷 양은 꼭 자면서 걷는 사람 같았지만 그 사람들이 억지로 기차에 밀어넣으려고 하는 순간에 정신을 차리고 버둥거렸습니다요. 그 사람들한테 밀려 기차에 타긴 했지만 다시 뛰어내리셨지요. 그래서 저는 버넷 양을 모시고 나와 마차를 잡아타고 여기로 달려온 겁니다. 그런데 버넷 양을 부축하고 갈 때, 기차 창문에 나타났던 얼굴은 죽어도 못 잊을 겁니다. 꺼먼 눈에 얼굴을 찌푸린 누런 악마가 설치고 다니면 저는 오래 못 살 겁니다요."

우리는 가정교사를 2층으로 안고 올라가 소파에 뉘었다. 진하게 끓인 커피를 두 잔 마시자 그녀의 머리에선 약 기운이 가셨다. 홈즈는 호출을 받고 달려온 베인스에게 간단히 상황을 설명했다.

"아니, 당신은 내가 찾고 있던 바로 그 증인을 확보하셨군요."

경감은 내 친구의 손을 잡아 흔들며 따뜻한 어조로 말했다.

"나는 처음부터 당신과 같은 단서를 추적하고 있었습니다."

"뭐라고! 그럼 경감도 헨더슨을 쫓고 있었다는 겁니까?"

"그렇습니다. 당신이 높은 다락집의 관목 숲 속에 엎드려 있을 때 나는 그곳 농원의 나무 위에 올라가 당신을 내려다보고 있었지요. 누가 먼저 증거를 잡느냐 하는 문제였습니다."

"그런데 혼혈인 요리사는 왜 체포했습니까?"

베인스는 클클거리고 웃었다.

"자칭 헨더슨이라는 자는, 자신이 의심받고 있다는 사실을 알고 있었기 때문에 위험이 사라졌다고 판단될 때까지는 바짝 엎드려서 움직이지 않을 게 분명했습니다. 내가 엉뚱한 사람을 체포한 것은 그자를 안심시키기 위한 것이었지요. 나는 헨더슨이 방심한 틈을 타서 버넷 양과 접촉할 수 있을 거라고 생각했습니다."

홈즈는 경감의 어깨에 손을 얹었다.

"당신은 형사로서 크게 출세할 겁니다. 직관력이 뛰어난 분이니까요."

베인스는 기쁜 듯이 얼굴을 붉혔다.

"나는 일주일 내내 사복 형사를 기차역에 잠복시켜 놓았습니다. 높은 다락집 사람들이 어딜 가면 절대로 놓치지 말고 따라붙으라고 했지요. 하지만 그들이 버넷 양을 놓쳤을 때는 난감해서 어쩔 줄 몰랐을 겁니다. 그래도 선생 쪽 사람이 숙녀 분을 구출했으니 정말 다행한 일이지요, 숙녀 분의 증언이 없으면 일당을 체포할 수 없으니까 한시바삐 진술을 듣는 게 좋겠습니다."

"버넷 양은 점점 기운을 되찾고 있습니다."

홈즈는 가정교사를 물끄러미 바라보며 말했다.

"그런데 베인스 경감, 그 헨더슨이라는 자는 어떤 인물입니까?"

"헨더슨의 본명은 돈 무리요입니다."

경감은 대답했다.

"한때 산 페드로의 호랑이로 불렸던 잡니다."

산 페드로의 호랑이! 순간적으로 그가 살아온 역정이 뇌리를 스쳤다. 그는 문명의 탈을 쓰고 한 나라를 지배한 군주 중에서 가장 음란하고 잔혹한 전제 군주로 악명을 떨쳤다. 사납고 두려움을 모르며 힘에 넘치는 인간, 돈 무리요는 10년이 넘는 세월 동안 겁에 질린 국민을 상대로 온갖 악행을 저질렀다. 중앙아메리카 전역에서 그의 이름을 듣고 떨지 않은 사람이 없었다. 그런 세월 끝에 결국 대중들이 그에게 대항하여 일어났다. 하지만 그는 잔인할뿐더러 교활하기 짝이 없는 인간이었고, 반란 소식을 전해 듣자마자 비밀리에 보물을 챙겨 충성스러운 지지자들과 함께 배를 타고 달아났다. 다음날, 반란군은 궁전으로 쳐들어갔지만 궁은 텅 비어 있었다. 독재자는 두 아이와 비서를 데리고 전 재산을 챙겨서 나라를 떠났다. 그가 세상에서 모습을 감춘 그 순간부터 유럽의 신문에는 그의 행방에 대한 추측 기사가 수시로 지면을 장식했다.

"그렇습니다. 산 페드로의 호랑이, 돈 무리요입니다."

베인스는 말했다.

"홈즈 씨, 조사해 보면 알겠지만 산 페드로의 국기는 편지에 나와 있는 것처럼 녹색과 흰색입니다. 나는 자칭 헨더슨이라는 자를 파리, 로마, 마드리드에서 바르셀로나까지 뒤쫓았는데, 1886년, 바르셀로나에 그의 배가 입항한 적이 있다는 걸 알아냈습니다. 사람들은 그동안 복수를 위해 그의 행방을 찾고 있었는데, 소재를 알아낸 건 최근의 일입니다."

"그자를 찾아낸 건 1년 전의 일이었지요."

어느 틈에 일어나 앉아 이야기를 열심히 듣고 있던 버넷 양이 말했다.

"그자를 암살하려는 시도가 벌써 한 번 있었지만 악령이 지켜준 덕인지 그자는 목숨을 구했습니다. 그런데 또다시 기사도 정신에 투철한 고귀한 가르시아는 쓰러지고 그 괴물은 살아남았습니다. 하지만 다음 사람이 계속 나타나서 정의가 실현되는 그날은 꼭 올 겁니다. 그것은 내일 태양이 떠오르는 것처럼 분명한 일입니다."

그녀는 여윈 두 손을 그러쥐었고 수척한 얼굴은 뿌리 깊은 증오심 때문에 창백해졌다. 홈즈가 물었다.

"버넷 양, 하지만 당신은 어떻게 이 사건에 끼어들게 되었습니까? 영국 숙녀가 어떻게 이런 살인 모의에 가담했지요?"

"제가 이 일에 참여한 것은 정의를 세울 수 있는 다른 방법이 없기 때문이에요. 수년 전 산 페드로가 피바다가 되었을 때, 그리고 그 사내가 한 배 가득 보물을 밀반출했을 때, 영국 정부는 어떤 태도를 취했습니까? 당신네들한테 그런 일은 다른 별에서 벌어진 범죄나 마찬가지였습니다. 하지만 우리는 알고 있습니다. 우린 슬픔과 고통 속에서 진실을 배웠지요. 우리에게 돈 무리요와 같은 악마는 지옥에도 없을 겁니다. 그리고 희생자들이 여전히 복수를 부르짖고 있는 한 우리 삶에 평화는 없습니다."

"그건 사실입니다."

홈즈는 말했다.

"그자는 버넷 양이 말씀하신 대로 잔학한 인간이었습니다. 나는 그자의 악독함에 대해서는 잘 알고 있습니다. 그런데 당신은 어떤 일을 당하셨습니까?"

"모두 다 말씀드리지요. 그 악당은 장래에 유력한 경쟁자가 될 만한 인물이라면 누구든지 이런저런 구실을 붙여서 살해했습니다. 그래요, 제 남편은 산 페드로의 런던 주재 공사였고, 저의 본명은 시뇨라 (이탈리아 어에서 성인 여자에게 붙이는 경칭) 빅토르 두란도예요. 남편과 저는 런던에서 만나 결혼했습니다. 그이는 세상의 어느 남자보다 더 고귀한 사람이었지요. 그런데 불행히도 무리요의 귀에 남편의 인물됨이 뛰어나다는 소문이 들어갔고, 무리요는 무슨 구실을 만들어서 그이를 본국으로 추방한 다음 총살했습니다. 그이는 자신의 운명을 예감했는지 혼자 가겠다고 고집을 부렸지요. 그이의 재산은 몰수됐고 나는 빈털터리가 되어 찢어지는 가슴을 안고 홀로 남겨졌습니다.

그 뒤에 폭군은 몰락했습니다. 그자는 형사님께서 말씀하신 대로 도망쳤지요. 하지만 그자 때문에 인생을 망친 숱한 사람들, 사랑하는 이들이 그자의 손에 고문당하고 죽음을 당하는 걸 목격한 유가족들은 가만히 있으려고 하지 않았습니다. 사람들은 똘똘 뭉쳐서 목적을 이루기 전까지는 절대로 해체되지 않을 결사를 만들었지요. 몰락한 독재자가 헨더슨이라는 이름으로 행세하고 있다는 사실이 알려진 뒤, 제게는 그의 집에 침투해서 그의 동정을 동지들에게 알리라는 임무가 맡겨졌습니다. 저는 그 집에 가정교사로 들어가 주어진 임무를 다했지요. 그는 매일 식사 때마다 마주치는 여인이 남편을 자신의 손에 빼앗긴 여자라는 건 몰랐습니다. 저는 그를 보고 미소를 짓고 그의 아이들에게 의무를 다하면서 좋은 기회가 오기를 기다렸습니다. 파리에서 암살 시도가 있었지만 실패로 돌아가고 말았지요. 그의 가족들은 추적자들을 따돌리기 위해 전 유럽을 바쁘게 옮겨 다닌 끝에, 마침내 처음 영국에 도망쳐왔을 때 사놓은 이 집으로 돌아왔습니다. 하지만 여기에서도 정의의 사자들이 기다리고 있었습니다. 그자가 등나무 집으로 돌아온다는 사실을 알고 산페드로의 전직 고관의 아들인 가르시아는 하층 계급 출신의 믿을 만한 동료 둘과 함께 기다렸습니다. 그 세 사람은 똑같은 복수심을 불태우고 있었지요. 가르시아는 낮에는 거의 아무것도 할 수 없었습니다. 무리요는 잠시도 경계를 늦추지 않았고, 한창때 로페즈라는 이름으로 부렸던 심복 루카스와 함께가 아니고서는 한 발짝도 밖에 나가지 않았으니까요. 하지만 밤에는 혼자 자기 때문에 무리요를 해치울 가능성이 있었습니다. 어느 날 저녁, 저는 가르시아에게 미리 약속한 대로 마지막 편지를 썼습니다. 무리요는 방심하지 않고 끊임없이 침실을 바꿨으니까요. 저는 문을 열어놓은 다음 진입로에 면한 창문에 녹색이나 흰색 등불을 내걸어서, 만사가 계획대로 됐는지 아니면 거사를 다음으로 미뤄야 하는지 신호해 주기로 했습니다.

하지만 모든 게 엇나갔습니다. 어떻게 된 건지는 모르겠지만 저는 비서 로페즈의 의심을 사고 있었지요. 그는 제 뒤로 살금살금 다가왔다가 제가 편지를 다 쓰자 저를 덮쳤습니다. 그자는 주인과 합세해서 저를 방에다 끌어다놓고 배신자라고 몰아세웠습니다. 그자들은 뒤탈만 염려되지 않았다면 그 자리에서 저를 찔러 죽였을 겁니다. 둘은 한참 논란을 벌인 끝에 저를 죽이는 건 너무 위험하다는 결론을 내렸지요. 하지만 가르시아는 없애기로 했습니다. 그자들은 저에게 재갈을 물렸고, 무리요는 제 팔을 비틀면서 가르시아의 주소를 대라고 했습니다. 그것이 가르시아에게 어떤 일이 될지 알았다면, 저는 팔이 떨어져 나가는 한이 있어도 맹세코 입을 다물었을 거예요. 로페즈는 제가 쓴 편지에 자기 손으로 주소를 적은 다음 커프스단추로 봉인을 해서 하인 호세를 시켜 편지를 보냈

습니다. 가르시아를 어떻게 죽였는지는 모르지만 그를 때려눕힌 자가 무리요라는 것은 분명합니다. 로페즈는 뒤에 남아서 저를 감시했으니까요. 무리요는 길모퉁이의 가시 금작화 덤불에 숨어 있다가 가르시아가 지나갈 때 덮친 것이 분명합니다. 처음에 그들은 가르시아를 집 안에 끌어들여 도둑으로 몰아서 죽일 작정이었지요. 하지만 조사를 받게 되었다가는 자신들의 정체가 드러나는 것은 시간 문제였고, 그렇게 되면 자신들에 대한 암살 시도는 더 잦아질 거라고 생각했습니다. 그자들은, 가르시아가 죽으면 사람들이 겁을 먹고 자신들에 대한 추적을 중단할 거라고 생각했습니다.

그자들이 한 짓을 제가 똑똑히 알고 있다는 것만 빼면 이제 아무 문제도 없었습니다. 몇 번이고 그들이 저를 죽이려고 했다는 걸 저는 알고 있습니다. 저는 감금당한 상태에서 너무도 무시무시한 협박에 시달렸고, 그자들은 제 의지를 꺾기 위해 저를 잔인하게 학대했습니다. 여기, 이 찔린 어깨 좀 보세요. 양쪽 팔도 온통 멍투성이입니다. 한번은 창 밖으로 소리를 질러 구원을 청하려다가 재갈을 물게 된 적도 있습니다. 그들은 닷새 동안 저를 이렇게 잔인하게 가둬놓고 음식도 목숨을 부지할 만큼밖에 주지 않았습니다. 그런데 오늘 오후에 잘 차린 점심식사가 들어왔는데, 먹고 나서야 그들이 음식에 약을 탔다는 걸 깨달았습니다. 저는 꿈결처럼 몽롱한 상태에서 질질 끌려가다시피 해서 역으로 가는 마차를 탔습니다. 그리고 똑같은 상태에서 기차에 태워졌지요. 기차 바퀴가 구르기 시작할 때에야 비로소 지금이라면 달아날 수 있다는 생각이 뇌리를 스쳤습니다. 저는 뛰어내렸고 그자들은 저를 도로 태우려고 했지요. 저를 마차에 태워준 그 착한 양반의 도움이 없었다면 도망치지 못했을 겁니다. 고맙게도 이제는 그들의 손아귀에서 영영 벗어났군요."

우리 모두는 온 정신을 집중해서 이 놀라운 증언에 귀 기울였다. 침묵을 깬 사람은 홈즈였다.

"어려움은 끝나지 않았습니다."

홈즈는 고개를 절레절레 흔들며 말했다.

"수사는 끝났지만 법적 공방은 이제 시작이니까요."

"옳은 말일세."

나는 말했다.

"말주변이 좋은 변호사라면 가르시아를 죽인 걸 정당방위로 몰아갈 수 있네. 과거에 백 가지 죄를 지었다 해도 지금 재판할 수 있는 건 이 사건뿐이잖은가."

"걱정 마십시오."

베인스가 웃으며 말했다.

"법적으로 그런 판단이 내려지진 않을 겁니다. 한 사람한테 아무리 위협을 느꼈다 해도 그를 살해할 목적으로 유인해 낸 것은 도저히 정당방위가 될 수 없습니다. 그렇습니다, 우리는 높은 다락집 사람들을 다음번 길퍼드 순회 법정에 세울 수 있을 겁니다."

지금은 지난 일이 되었지만 산 페드로의 호랑이가 죄과를 받기까지는 좀더 세월이 흘러야 했다. 약삭빠르고 대담한 무리요와 그 비서는, 에드먼턴 거리의 셋집에 들어갔다가 커즌 광장으로 통하는 뒷문으로 빠져나가 추적자들을 따돌렸다. 그날부터 이들은 영국에서 완전히 자취를 감추었다. 6개월 뒤, 마드리드의 에스쿠리알 호텔 방에서 몬탈바 후작과 그의 비서 시뇨르(이탈리아 어에서 성인 남자에게 붙이는 경칭) 룰러가 살해됐다. 그것은 무정부주의자의 소행으로 추측되었으나 범인은 잡히지 않았다. 베인스 경감은 살해된 사람들의 용모파기를 가지고 베이커 거리를 찾아왔다. 비서는 검은 얼굴이었고 주인은 권위적인 용모에 마력을 띤 검은 눈, 숱 많은 눈썹의 소유자였다. 우리는 좀 늦은 감이 있어도 마침내 정의가 실현되었다는 것을 믿어 의심치 않았다.

"왓슨, 이건 정말 복잡하기 이를 데 없는 사건이었네."

홈즈는 저녁 한때 담배를 피우며 말했다.

"자네는 깔끔하게 정리하는 걸 좋아하지만 이번만큼은 그렇게 하는 게 쉽지 않겠군. 두 대륙을 배경으로 정체를 알 수 없는 두 집단이 관련된데다가 스콧 에클스라는 점잖은 영국인이 끼어들면서 사건이 한층 복잡해졌으니까 말일세. 에클스가 사건에 휘말린 것은, 죽은 가르시아가 생각이 깊고 자기 보호 본능이 뛰어난 인물이라는 걸 단적으로 보여주는 사례일세. 또 여러 가지 가능성이 어지럽게 얽힌 상태에서 베인스 경감처럼 훌륭한 협력자를 만나 사건의 본질을 꿰뚫고 복잡한 미로를 헤쳐갈 수 있었던 것도 짚고 넘어가야 할 점이지. 아직도 이해되지 않는 부분이 있나?"

"요리사가 등나무 집으로 되돌아 온 까닭은 뭔가?"

"난 부엌에 있던 그 괴상한 물건으로 충분히 설명이 된다고 보네. 그 사내는 산 페드로의 오지에서 온 미개인이었고, 그 물건은 그의 숭배 대상이었네. 그가 동료와 함께 미리 준비해 놓은 피신처로——제3의 인물이 먼저 가 있었을 거야——달아날 때, 동료는 그에게 그런 위험한 물건은 버리고 가자고 설득했겠지. 하지만 못내 미련을 버리지 못한 요리사는 다음날 그걸 가지러 돌아왔고, 창문을 통해 집 안을 살피다가 월터스 경관이 집을 지키고 있는 걸 알았네. 그는 사흘을 더 기다렸고, 미신인지 신앙심인지 때문에 다시 그곳으로 돌아갔네. 베인스 경감은 노련하게 내 앞에서는 별것 아닌 척했지만 실은 그 물건의 중요성을 간파하고 있었고, 그래서 주인이 그걸 가지러 올 경우에 대비해서 그물을 쳐둔 걸세. 왓슨, 더 궁금한 게 있나?"

"토막 난 닭, 양동이 속의 피, 불에 탄 뼈, 부엌의 그 괴상한 것들은 다 뭐지?"

홈즈는 수첩을 뒤적이며 빙그레 웃었다.

"나는 언젠가 아침결에 대영 박물관에 가서 그런 주제에 대한 책을 찾아보았네. 에커먼의 《부두교와 흑인 종교》에 이런 구절이 있더군.

진짜 부두교 숭배자들은 중요한 일을 할 때마다 반드시, 부정한 신을 달래기 위해 제물을 바치는 의식을 치른다. 극단적인 경우에는 인간을 제물로 바치고 인육을 먹는 의식을 취하지만 좀더 일반적인 제물은 흰 닭이나 검은 염소로, 닭은 산 채로 토막 내고 염소는 목을 딴 다음 불에 태운다.

　이제 자네도 알겠지만 그 미개인 친구는 제대로 의식을 치른 걸세. 어때, 기괴하지 않은가?"
홈즈는 느릿느릿 수첩을 덮으며 한마디 덧붙였다.
"그런데 일전에도 내가 말한 것처럼, 기괴한 것에서 끔찍한 것까지의 거리는 한 걸음밖에 안 되거든."

The Cardboard Box
소포 상자

내 친구 셜록 홈즈의 놀라운 지적 능력을 생생하게 드러내주는 몇 가지 전형적인 사례를 고르는 과정에서, 나는 되도록 선정적이지 않으면서도 그의 능력을 공정하게 보여주는 이야기를 고르려고 애써왔다. 하지만 불행하게도 범죄 행위에서 선정성을 완전히 배제한다는 것은 불가능하다. 따라서 기록자는 이야기의 핵심이 되는 세부 사항을 생략하여 사건에 대한 그릇된 인상을 주어야 할 것인가, 아니면 주관을 개입시키지 않고 사건을 있는 그대로 설명해야 할 것인가 하는 딜레마에 빠지게 된다. 전제는 간단히 이 정도로 하고 나는 유난히 끔찍하지만 기이하기 짝이 없던 어느 사건에 대해 설명하려한다.

푹푹 찌는 8월의 어느 날이었다. 베이커 거리는 화덕 속처럼 뜨거웠고, 길 건너편에 늘어선 노란 벽돌집 위에서 빛나는 강렬한 태양빛은 눈이 아플 정도였다. 이것이 겨울날 안개 속에서 그토록 음침하게 서 있던 흐릿한 벽돌집들인지 의심스러울 정도였다. 홈즈는 커튼을 반만 걷어놓은 채 소파에 누워 아침에 배달된 편지 한 통을 여러 번 되풀이해서 읽고 있었다. 나로 말할 것 같으면 인도에서 복무하는 동안 추위보다는 더위에 익숙해졌기 때문에 32도 기온쯤은 아무렇지도 않았다. 하지만 신문은 재미없었다. 의회는 폐회했다. 사람들이 빠져 나간 도시는 텅 비었고, 나는 뉴포리스트의 숲 속 빈터나 사우스시의 자갈 해변이 그리웠다. 하지만 난 은행 잔고가 바닥나 휴가를 미룰 수밖에 없었지만 내 친구는 시골이든 바다든 아예 관심도 없었다. 그는 5백만 런던 시민 한가운데 자리 잡고 앉아서 해결되지 않은 사건의 소문이나 범죄에 대한 의혹이 조금이라도 있으면 그 어느 것에라도 응하겠다는 기세로 서류를 펼치고 꼼꼼히 살피는 것이었다. 그에게는 하고많은 재주가 있지만 자연을 감상하는 재주는 없었고, 기분 전환이 되는 일이라곤 단 하나, 도시의 범죄자에게서 관심을 돌려 시골 범죄자를 추적하는 일이었다. (이 대목은 《셜록 홈즈의 회상》의 〈입원환자편〉의 도입부 와 같다. 그러나 원서에 따라 그대로 번역하여 싣는다)

홈즈가 편지에 정신을 쏟느라 얘기할 상황이 아닌 걸 보고 나는 재미없는 신문을 팽개치고 의자에 기대 앉아서 백일몽에 잠겼다. 갑자기 홈즈가 말을 거는 바람에 내 생각은 중단되었다.

"왓슨, 자네 생각이 옳아. 분쟁을 해결하는 방법치고 그건 참으로 어리석은 짓이지."

"그렇고말고!"

나는 이렇게 소리치고 나서야 비로소 그가 내 마음 속에 있는 생각을 입 밖에 냈다는 사실을 깨달았다. 나는 자세를 바로하고 놀란 눈으로 그를 응시했다.

"홈즈, 어떻게 된 건가?"

나는 외쳤다.

"내 머리로는 도저히 짐작이 안 가는군."

그는 내가 당황하는 걸 보고 배꼽을 쥐고 웃어댔다.

"자네도 기억하고 있을 걸세. 얼마 전 내가 에드거 앨런 포의 단편에서 뒤팡이 치밀한 추리로 친구의 생각을 알아맞히는 대목을 읽어주었을 때, 자넨 그걸 단순히 작가의 놀라운 상상력 정도로 치부했어. 나부터도 자네가 믿지 못하는 그런 일을 하는 습관이 있다고 했는데도 말일세. "

"오, 그건 아닐세！"

"여보게, 자네가 입으로는 그렇게 말하지 않았는지 몰라도 눈을 동그랗게 떴거든. 그래서 나는 방금 자네가 신문을 내던지고 생각에 잠기는 걸 보고, 자네 생각을 읽어낼 수 있는 절호의 기회를 잡은 것이 몹시 기뻤네. 그리고 우리는 결국 통한다는 사실이 증명됐지. "

하지만 나는 아직 좀처럼 납득이 되지 않았다.

"자네가 읽어준 소설에서 뒤팡은 주인공의 행동을 보고 결론을 내렸네. 내 기억이 맞는다면 주인공은 돌무더기에 걸려 비틀거리고 하늘의 별을 쳐다보는 등의 행동을 했지. 하지만 나는 조용히 의자에 앉아 있기만 해서 자네한테 어떤 실마리도 주지 않았을 텐데？ "

"자넨 자신의 표정을 무시하는군. 인간에게 얼굴은 감정을 표현하는 도구일세. 그런데 자네 얼굴은 감정에 아주 충실하거든. "

"그건 내 얼굴에서 생각을 읽어냈다는 뜻인가？ "

"자네 얼굴, 특히 눈에서. 자넨 어떻게 몽상이 시작됐는지 기억나지 않는 모양이군？ "

"응, 전혀. "

"그럼 말해 줌세. 맨 처음에 눈에 띈 것은 자네가 신문을 내던지는 행동이었네. 그 다음엔 30초쯤 멍한 표정으로 앉아 있더니 새로 액자에 넣은 고든 장군(중국 태평천국 난, 이집트·수단 평정으로 유명한 영국 군인. 1833~1885)의 초상화를 바라보더군. 나는 자네의 표정이 바뀌는 걸 보고 어떤 생각을 시작했다는 걸 알았지. 하지만 그것은 오래 가지 않았네. 자네는 책 더미 위에 올려놓은 헨리 워드 비처(유명한 미국 목사. 1813~1887)의 초상화로 시선을 옮겼어.

그 다음에 벽을 흘끗 바라보았는데 물론 그 의미는 명확했지. 비처 목사의 초상화를 액자에 넣어서 걸어놓는다면 벽에 장식도 되고, 저 위에 걸려 있는 고든 장군의 초상화와도 잘 어울릴 거라고 생각했던 거야."

"내 생각을 놀랍게 꿰뚫었군!"

나는 큰 소리로 말했다.

"여기까지는 틀림없을 걸세. 그런데 자네의 생각은 다시 비처에게 돌아갔지. 자네는 용모의 특징을 연구하는 사람처럼 눈을 가늘게 뜨고 그의 사진을 유심히 쳐다보았네. 그러다가 눈에서 힘을 빼긴 했지만 비처의 초상화를 계속 바라보며 생각에 잠긴 표정이었지. 자네는 비처가 겪은 여러 가지 사건을 떠올리고 있었어. 나는 자네가 이 대목에서, 비처가 남북 전쟁 때 북부를 위해 떠맡은 임무를 생각하지 않을 수 없다는 걸 잘 알고 있었지. 나는 그에 대한 영국의 일부 과격분자들의 언행에 대해 자네가 몹시 분개하던 일을 기억하고 있으니까 말일세. 자네는 그때 몹시 흥분했기 때문에, 비처 생각을 하면 자연히 그 일이 떠오르리라는 걸 나는 알고 있었네. 잠시 후 자네가 그의 사진에서 눈을 떼는 걸 보고, 혹시 생각이 남북 전쟁 쪽으로 흘러간 게 아닌가 의심했는데 아니나 다를까, 자네는 표정이 굳어지더니 두 눈을 번뜩이면서 주먹을 불끈 쥐더군. 나는 자네가 그 필사적인 전투에서 남북 양편이 보여준 용맹함을 생각하고 있다고 확신했네. 하지만 자네는 점점 슬픈 표정이 되더니 고개를 흔들었어. 그때의 슬픔과 공포, 그리고 헛되이 스러져간 생명이 생각났던 거지. 그러다가 쓴웃음을 지으며 옛날에 부상당했던 자리로 슬그머니 손을 가져갔네. 그것은 국제적인 분쟁을 전쟁이라는 방식으로 해결하는 어리석음에 생각이 미쳤다는 걸 드러내주었지. 바로 그때 나는 동의의 표시로 그건 정말 어리석은 거라고 말했고, 기쁘게도 내 모든 추리가 옳았다는 사실을 알았네."

"바로 맞추었네! 자네 설명을 들었지만 솔직히 말해서 아직도 놀라울 뿐이라네."

"왓슨, 분명히 말해 두지만 이런 건 아주 유치한 짓일세. 자네가 지난번에 내 말을 못 믿겠다고만 하지 않았어도 굳이 이런 얘기를 꺼내지는 않았을 거야. 그건 그렇고, 지금 나는 남의 생각을 읽어내는 것보다 훨씬 어려운 문제를 하나 들고 있네. 자네, 신문에서 크로이든의 크로스 거리에 살고 있는 쿠싱 양에게 배달된 괴상한 소포에 대한 짧은 기사는 읽었겠지?"

"아니, 못 봤는데."

"미처 못 본 모양이군. 그 신문 이리 던져주게. 자, 여기 경제란 밑에 있군. 자네가 큰 소리로 읽어보는 게 좋겠어."

나는 친구가 도로 던져준 신문을 집어 들고 그가 말한 기사를 읽었다. 제목은 '소름 끼치는 소포'였다.

'크로이든의 크로스 거리에 사는 수잔 쿠싱 양은, 어떤 악질적인 뜻이 있는 것이 아니라면 몹시 무례한 장난이라고 볼 수밖에 없는 행위를 당했다. 어제 오후 2시, 우체부가 갈색 포장지로 싼 작은 소포를 배달했다. 마분지 상자 안에는 굵은 소금이 가득 채워져 있었다. 소금을 쏟아낸 쿠싱 양은 잘라낸 지 얼마 안 된 것이 분명한 사람의 귀 두 개를 발견하고 질겁했다. 그 상자는 전날 아침에 벨파스트에서 소포로 발송된 것이다. 발송자 주소는 없었는데 사건을 더욱 알 수 없게 만드는 것은, 50살의 노처녀 쿠싱 양은 그동안 조용히 살아왔고 아는 사람도 거의 없어서 우편으로 뭔가가 배달되는 일 자체가 드물다는 사실이다. 하지만 몇 년 전 쿠싱 양이 펜지에 살 때 세 명의 의대생에게 방을 세준 적이 있는데, 너무 시끄러운데다 생활 습관이 불규칙해서 어쩔 수 없이 학생들을 쫓아냈다. 경찰에서는 쿠싱 양을 상대로 세 학생이 쫓아낸 집주인을 원망한 나머지 해부실의 시체에서 귀를 잘라 보내어 겁을 주려고 했던 것이라 보고 있다. 또한 쿠싱 양은 세 학생 중의 하나가 아일랜드 북부의 벨파스트 출신이었던 것으로 기억하고 있어 이러한 가설에 무게를 실어주고 있다. 한편 이 사건은 영국 경찰계의 최고 두뇌 레스트레이드 경감에게 맡겨졌고, 현재 활발한 수사가 진행중이다.'

"〈데일리 크로니클〉에도 같은 기사가 실렸네."

내가 다 읽고 나자 홈즈가 말했다.

"또 우리 친구 레스트레이드도 있지. 오늘 아침에 그 사람한테 이런 편지가 왔거든.

이 사건은 당신에게 잘 맞을 듯합니다. 우린 사건 해결의 희망을 갖고 있지만 단서를 찾는 데 약간 어려움을 겪고 있습니다. 물론 벨파스트 우체국에 전보를 쳐서 문의해 보았지만, 거기서는 그날 많은 소화물을 보냈기 때문에 특정 소포를 확인할 수 없고 또 보낸 사람도 기억하지 못한답니다. 상자는 반 파운드들이 감로(甘露) 담배 상자인데 우리한테는 아무런 단서도 되지 않습니다. 내가 보기엔 의대생 설이 가장 그럴듯한 것 같지만, 당신이 잠깐 시간을 낼 수 있다면 이곳에 와주었으면 좋겠습니다. 나는 하루 종일 쿠싱 양의 집이나 경찰서에 있을 예정입니다.

왓슨, 어떻게 하겠나? 날씨는 무덥지만 크로이든에 같이 내려가겠나? 자네의 기록에 올릴 만한 뜻밖의 수확이 될지도 모르네."

"그렇지 않아도 할일이 없을까 하고 기다리고 있었네."

"그럼 그렇게 하기로 하세. 초인종을 울려서 구두를 갖다달라고 하고 마차도 부르게. 난 실내복을 딴 걸로 갈아입고 담뱃갑를 가득 채워가지고 금방 나오겠네."

기차를 타고 가는 동안 소나기가 한바탕 쏟아져 크로이든은 런던보다는 한결 시원했다. 홈즈가 미리 전보를 쳐놓은 까닭에 여전히 작은 몸집에 강인하고 민첩하고 족제비 같은 인상의 레스트레이드가 역에 마중 나와 있었다. 역에서 걸어서 5분 거리에 쿠싱 양의 집이 있는 크로스 거리가 있었다.

크로스 거리는 현관의 돌계단을 흰색으로 산뜻하게 칠해 놓은 2층 짜리 벽돌 주택이 늘어서 있는 긴 거리였다. 앞치마를 두른 여자들이 삼삼오오 현관 계단에 모여서 이야기를 나누고 있었다. 레스트레이드는 거리의 중간쯤에 있는 집 앞에서 걸음을 멈추고 문을 두드렸다. 하녀가 나와 문을 열어주었다. 우리는 쿠싱 양이 앉아 있는 거실로 안내되었다. 쿠싱 양은 조용해 보이는 여성이었는데, 크고 온화한 눈매에 희끗거리는 머리가 양쪽 관자놀이 위로 곡선을 이루며 드리워져 있었다. 무릎에는 수를 놓고 있던 의자 커버를 올려놓았고, 옆의 의자에는 색색의 비단 실이 들어 있는 바구니가 놓여 있었다.

"그 끔찍한 것들은 창고에 있어요."

레스트레이드가 들어서자 쿠싱 양이 말했다.

"그걸 좀 가져가 주셨으면 좋겠군요."

"그렇게 하지요, 쿠싱 양. 나는 그저 홈즈 씨에게 당신이 있는 데서 그걸 보여드리려고 이 집에 놔두고 있었던 겁니다."

"형사님, 왜 제가 보는 앞에서 그걸 봐야 하나요?"

"홈즈 씨가 뭔가 질문할 게 있을 듯싶어서요."

"저는 아무것도 모른다고 분명히 말씀드렸는데, 저한테 뭘 더 물어보겠다는 건가요?"

"알겠습니다."

홈즈는 달래듯이 말했다.

"그렇지 않아도 이번 일 때문에 심려가 크셨을 겁니다."

"말도 마세요. 저는 내성적인 편이라서 그동안 거의 집 안에서만 살아왔어요. 신문에 제 이름이 실리고 경찰이 제 집에 들락거리는 건 처음 당하는 일이지요. 레스트레이드 경감님, 저는 그것들을 여기 들여놓고 싶지 않아요. 보고 싶으면 창고로 가서 보세요."

집 뒤편의 비좁은 정원에 작은 창고가 서 있었다. 레스트레이드는 그 속에서 갈색 종이와 끈으로 포장한 누런 마분지 상자를 꺼내왔다. 우리는 정원 한쪽에 있는 벤치에 가서 앉았고, 홈즈는 레스트레이드가 건네준 상자를 차근차근 살펴보았다.

"끈이 무척 흥미를 끄는군요."

홈즈는 끈을 햇빛에 비춰보고 킁킁 냄새를 맡아보았다.

"레스트레이드 경감, 이 끈에 대해서 어떻게 생각합니까?"

"타르를 칠한 끈 아닙니까."

"바로 그겁니다. 이건 타르를 칠한 노끈입니다. 당신은 쿠싱 양이 가위로 끈을 잘랐다고 했는데, 끝이 두 가닥으로 풀려 있군요. 이건 아주 중요한 증거가 될 겁니다."

"그게 뭐가 중요하다는 건지 모르겠소."

레스트레이드가 말했다.

"중요한 건 매듭이 그대로 남아 있다는 겁니다. 매듭을 지은 방식이 아주 독특하군요."

"아주 깔끔한 매듭이지요. 그 점은 이미 기록해 놓았습니다."

레스트레이드가 흡족한 듯 말했다.

"그럼 끈 얘기는 이 정도로 해두지요."

홈즈는 빙그레 웃으며 말했다.

"이제 포장지를 살펴봅시다. 갈색 포장지인데, 특이한 커피 향이 풍기는군요. 뭐라고요? 그건 미처 몰랐다고요? 내가 보기엔 틀림없는 것 같은데요. 주소는 활자체로 썼는데 '크로이든, 크로스 거리, S. 쿠싱 양.' J펜인 것 같은데, 아무튼 촉이 굵은 펜으로 썼고 품질이 나쁜 잉크를 사용했습니다. '크로이든(Croydon)'을 쓸 때 처음을 'i'로 썼다가 나중에 'y'로 고쳐 썼습니다. 글씨체에 남성적인 특징이 뚜렷한 걸 보니 소포를 보낸 사람은 남자가 분명합니다. 많이 배운 사람은 아니고 크로이든 시에 대해 잘 모르는 사람이군요. 여기까지는 아주 좋습니다! 상자는 누런색의 반 파운드들이 감로 담배 상자이고 밑바닥 왼쪽 구석에 엄지손가락 자국이 두 개 남아 있는 걸 빼면 달리 눈에 띄는 건 전혀 없군요. 상자에 가득 찬 굵은 소금은 짐승 가죽을 저장할 때나 상업용으로 쓰이는 왕소금입니다. 그리고 그 속에 괴상하기 짝이 없는 내용물이 묻혀 있군요."

이렇게 말하면서 그는 두 개의 귀를 끄집어내, 무릎에 판자를 올려놓고 그 위에 얹어 자세히 살펴보았다. 레스트레이드와 나는 양쪽에 앉아서 윗몸을 앞으로 구부리고 이 소름 끼치는 신체 일부와 우리 친구의 골똘히 생각에 잠긴 얼굴을 번갈아 쳐다보았다. 마침내 홈즈는 그것을 도로 상자에 넣고 잠시 깊은 생각에 잠겼다.

홈즈가 마침내 입을 열었다.

"잘 보셨겠지만 이 귀는 한 사람 것이 아닙니다."

"그렇소, 나도 그건 보았습니다. 하지만 이게 의대생들의 못된 장난이 틀림없다면, 해부실에서 짝이 다른 귀를 두 개 구해서 보내는 것도 어려운 일이 아니겠지요."

"옳은 말씀입니다. 하지만 이건 장난이 아닙니다."

"확실합니까?"

"그럴 가능성은 전혀 없습니다. 해부실의 시체에는 방부제를 주입해 놓습니다. 이 귀에는 그런 흔적이 전혀 없지요. 게다가 갓 잘라낸 것입니다. 또 이건 날이 무딘 칼로 잘라냈는데 의대생이 했다면 그럴 리가 없습니다. 그리고 의학 공부를 하는 사람이라면, 방부제로 왕소금이 아니라 정제 알코올을 떠올렸을 겁니다. 다시 말하지만 이건 단순한 장난이 아닙니다. 우리는 지금 심각한 범죄를 수사하고 있는 것입니다."

그 말과 함께 친구의 표정이 무섭게 굳어지는 걸 보자 나는 막연한 전율을 느꼈다. 이 야만적인 행위의 배후에 뭔가 기괴하고 납득할 수 없는 비극이 숨어 있는 듯했다. 하지만 레스트레이드는 반밖에 믿지 않는 사람 같은 태도로 고개를 흔들었다.

"장난으로만 볼 수 없는 요소가 있는 건 사실입니다. 하지만 그와 반대되는 근거가 훨씬 많소. 우리는 쿠싱 양이 20년간 펜지와 여기에서 조용하고 점잖은 생활을 해왔다는 사실을 잘 알고 있습니다. 쿠싱 양은 그동안 단 하루도 집을 떠나본 적이 없다고 해도 지나친 말이 아닙니다. 그리고 범죄자가 자신이 저지른 죄의 증거물을 소포로 부칠 이유가 없지 않습니까? 게다가 쿠싱 양이 그럴듯하게 연기를 하고 있는 게 아니라면 우리와 마찬가지로 이 일이 어떻게 된 건지 전혀 모르는 게 분명합니다. 그렇지 않소?"

"그건 우리가 해결해야 할 문제지요."

홈즈는 대꾸했다.

"내 추리가 옳다는 가정 하에서 출발할 생각인데, 그렇다면 어디에선가 두 사람이 살해된 것입니다. 하나는 여자 귀인데 작고 섬세한 모양에 귀고리를 했던 흔적이 있습니다. 다른 하나는 남자 귀이고 햇볕에 잔뜩 그을은데다가 역시 귀고리를 했던 흔적이 있습니다. 이 두 사람은 아마 죽었을 겁니다. 그렇지 않다면 진작에 이들의 소식을 들을 수 있었겠지요. 오늘은 금요일입니다. 소포를 부친 것은 목요일 아침이고요. 그렇다면 비극적인 사건이 발생한 것은 수요일이나 화요일, 아니면 그 이전이었을 겁니다. 두 사람이 살해당했다면 쿠싱 양에게 자신이 저지른 범죄의 증거물을 보낸 것은 범인 말고는 생각할 수 없겠지요? 우리는 소포를 보낸 사람을 찾아내야 하는 겁니다. 그런데 그에게는 쿠싱 양에게 이 소포를 보낼 만한 이유가 있었을 겁니다. 무슨 이유일까요? 그것은 자신이 누군가를 죽였다는 사실을 알리거나 소포를 받는 사람에게 고통을 주는 것이 목적이었을 겁니다. 하지만 그런 경우라면 쿠싱 양은 누가 범인인지 알 겁니다. 과연 쿠싱 양은 알고 있을까요? 나는 의문입니다. 누가 이런 소포를 보냈는지 알고 있다면 어째서 경찰을 불렀을까요? 귀를 어디다가 묻어버리면 이 사건은 아무도 모를 겁니다. 쿠싱 양이 범인을 감싸주고 싶었다면 분명히 그렇게 했을 겁니다. 하지만 범인을 두둔할 생각이 없다면 이름을 댔겠지요. 이게 바로 우리가 밝혀내야 할 문제입니다."

홈즈는 멍한 눈으로 정원의 울타리 너머를 응시하며 높고 빠른 목소리로 말하고 있었는데, 갑자기 벌떡 일어서더니 집을 향해 걷기 시작했다. 그가 말했다.

"쿠싱 양에게 몇 가지 물어볼 게 있습니다."

"그럼 나는 먼저 가보겠습니다."

레스트레이드가 말했다.

"다른 볼일이 있거든요. 난 쿠싱 양에게서 더 들을 게 없습니다. 날 만나려면 경찰서로 오시오."

"이따가 기차역으로 가는 길에 들르지요."

홈즈는 대답했다. 잠시 뒤 홈즈와 나는 거실로 돌아갔고, 쿠싱 양은 무표정한 얼굴로 앉아서 여전히 조용하게 의자 커버에 수를 놓고 있었다. 우리가 들어서자 그녀는 수놓던 것을 무릎 위에 내려놓고 탐색하는 듯한 푸른 눈으로 우리를 날카롭게 주시했다.

"아무리 생각해도 이번 일에는 뭔가 착오가 있는 게 틀림없어요. 그 소포는 저한테 온 게 아닐 거예요. 저는 런던 경시청에서 나온 분한테도 몇 번이나 이 얘기를 했는데 귀를 기울이지 않더군요. 제가 아는 범위에서는 세상에 저한테 원한을 품을 사람은 없답니다. 그런데 누가 왜 이런 몹쓸 장난을 치겠어요?"

"쿠싱 양, 저도 그렇게 생각합니다."

홈즈는 그녀의 옆 자리에 앉으며 말했다.

"저는 그럴 가능성이 매우 높다고……."

홈즈는 여기서 말을 끊었는데, 나는 무심결에 눈길을 돌렸다가 그가 쿠싱 양의 옆모습을 뚫어지게 쳐다보고 있는 걸 보고 깜짝 놀랐다. 그의 열중한 얼굴에 놀라움과 만족의 빛이 스쳐갔다. 하지만 홈즈가 갑자기 왜 입을 다물었을까 하고 그녀가 고개를 들었을 때 그는 이미 여느 때와 다름없는 침착성을 되찾고 있었다. 나는 쿠싱 양의 희끗거리는 잿빛 머리와 산뜻한 모자, 도금한 작은 귀고리, 차분한 얼굴을 유심히 쳐다보았다. 하지만 내 친구가 그렇게 흥분한 이유는 찾을 수 없었다.

"한두 가지 질문이……."

"오, 저는 질문이라면 지긋지긋해요."

쿠싱 양은 짜증스럽게 소리쳤다.

"여동생이 두 분 계시지요?"

"그걸 어떻게 아셨어요?"

"저는 이 방에 들어서자마자 벽난로 선반 위에 세 여자분의 사진이 걸려 있는 걸 봤습니다. 그중 한 분은 쿠싱 양이 분명한데, 다른 두 분은 당신과 무척 닮았군요. 그래서 세 분이 자매라고 생각했지요."

"그래요, 맞아요. 저기 있는건 동생인 세러와 메리예요."

"그리고 제 옆에 있는 이 사진은 막내 동생께서 기선의 승무원 제복을 입은 남자분과 함께 리버풀에서 찍은 것이군요. 동생께서는 사진을 찍을 때 아직 결혼하지 않으셨겠지요?"

"정말 관찰력이 뛰어나시군요."

"그게 직업이니까요."

"바로 보셨어요. 하지만 그 애는 이 사진을 찍고 나서 며칠 뒤 짐 브라우너 씨와 결혼했답니다. 그 사람은 이 사진을 찍을 때까지만 해도 남미 항로의 배를 타고 있었는데, 제 동생한테 푹 빠져 그렇게 오랫동안 아내 곁을 떠나 있는 걸 견딜 수 없다면서 리버풀과 런던을 오가는 기선으로 옮겼지요."

"아, 그럼 정복자호를 타겠군요?"

"아뇨, 메이 데이호였어요. 제가 마지막으로 들은 바로는요. 제부는 저를 만나러 한 번 여기 왔었지요. 그건 제부가 술을 안 마시겠다는 맹세를 깨기 전이었습니다. 하지만 그 다음부터 그는 배에서 내리기만 하면 술을 입에 댔는데, 술만 들어갔다하면 완전히 미치광이가 되었답니다. 아! 맹세를 깨고 술을 입에 댄 것이 파멸이었지요. 그래서 그 사람은 저와 사이가 틀어져 버렸고, 그 다음에는 세러와 대판 싸웠답니다. 이제 막내도 소식을 끊고 저한테 편지도 쓰지 않아서 우린 막내 부부가 어떻게 지내는지 전혀 모르고 있어요."

그것은 쿠싱 양이 마음 깊이 담아두었던 얘기임에 분명했다. 외롭게 사는 사람들이 대개 그렇듯 그녀는 처음에는 낯가림을 했지만 종내는 속마음을 털어놓고 말하게 되었다. 그녀는 기선의 승무원인 제부의 사람됨에 대해 자세한 이야기를 했고 그 다음에는 전에 자신의 집에 세들어 살던 의대생들 이야기로 화제를 바꿨다. 그녀는 학생들이 저지른 불량스러운 짓거리를 시시콜콜 말했을 뿐 아니라 학생들의 이름과 그들의 일하는 병원 이름까지 다 말했다. 홈즈는 처음부터 끝까지 주의 깊게 귀 기울이며 이따금씩 질문을 던졌다.

"바로 아랫동생인 세러 양 말씀입니다."

홈즈가 말했다.

"세러 양도 결혼하지 않았다고 하셨는데 어째서 동생과 같이 안 사시는지 궁금하군요."

"아! 선생님은 세러의 성격을 몰라서 그러시는데, 그 애 성격을 알면 그렇게 말씀하지 않으실 거예요. 저는 크로이든에 이사오면서 그 애와 같이 살아보려고 했지만 두 달 전에 갈라서고 말았답니다. 친동생에 대한 험담을 하고 싶지 않지만, 그 애는 참견이 너무 심한데다가 까다로운 성격이라 비위를 맞추기가 어렵거든요."

"동생께서 리버풀의 제부와 싸웠다고 하셨지요?"

"예, 한때는 아주 사이좋게 지냈는데 말이에요. 글쎄, 막내 부부 곁에 있으려고 그 집에 눌러 살기까지 했으니까요. 그런데 지금은 제부한테 갖은 욕을 다 퍼붓고 있답니다. 그 애는 여기서 이사 나가기 전까지 6개월 동안, 입만 벌렸다 하면 제부가 술을 얼마나 마시느니 술버릇이 어떻다느니 하는 얘기뿐이었어요. 세러가 하도 이러니 저러니 하고 성가시게 구는 바람에 제부도 크게 화를 냈는데, 그래서 사이가 틀어져 버린 거지요."

"쿠싱 양, 감사합니다."

홈즈는 일어서서 목례하며 말했다.

"동생 세러 양은 월링턴의 뉴 거리에서 산다고 하셨지요? 그럼, 안녕히 계십시오. 쿠싱 양도 말씀하셨다시피 아무 관계없는 일 때문에 곤란을 겪으신 데 대해 정말 유감스럽게 생각합니다."

밖에 나가서 홈즈는 지나가는 마차를 불러 세우고 물었다.

"윌링턴까지는 얼마나 되나?"

"한 1.5킬로미터밖에 안 됩니다요."

"잘됐군. 왓슨, 타게나. 쇠뿔도 단김에 빼라고 했거든. 간단한 사
건이지만 그래도 대단히 교훈적인 요소가 한두 가지 있네. 마부,
가다가 전신국 앞에서 잠깐 세워주게."

홈즈는 전신국에서 짧은 전보를 보내고 마차로 돌아왔는데, 마차를
타고 가는 동안 내내 햇빛을 가리기 위해 모자를 코 위까지 눌러쓰고
좌석에 등을 기대고 앉았다. 마부는 우리가 방금 다녀온 것과 비슷한
집 앞에서 마차를 세웠다. 내 친구가 마부에게 기다리라고 이르고 막
현관문을 두드리려고 하는데 문이 열리더니, 검은 옷에 유난히 반짝
거리는 모자를 쓴 젊은 신사가 무거운 얼굴로 나왔다.

"쿠싱 양은 집에 계십니까?"

홈즈가 물었다.

"세러 쿠싱 양은 중병에 걸렸습니다. 어제부터 심한 뇌염 증상을
보이고 있지요. 나는 담당의사로서 세러 쿠싱 양이 외부 사람과 만
나는 것을 허락할 수 없습니다. 열흘쯤 지난 뒤에 다시 오시는 게
좋겠습니다."

의사는 장갑을 끼고 현관문을 닫더니 성큼성큼 거리를 내려갔다.

"그래, 안 된다면 할 수 없지, 뭐."

홈즈는 흔쾌히 말했다.

"세러 양은 자네에게 많은 얘기를 할 수 없었을 걸세."

"나는 무언가 알아내려고 온 것이 아닐세. 그저 얼굴을 보고 싶었
던 거지. 하지만 필요한 건 전부 손에 넣은 것 같군. 마부, 어디든
괜찮은 호텔이 있으면 가주게. 거기서 점심이나 들고 나중에 경찰
서로 레스트레이드를 만나러 가세."

우리는 즐겁게 식사했다. 식사를 하는 동안 홈즈는 줄곧 바이올린에 대한 얘기만 했는데 적어도 5백 기니는 나가는 스트라디바리우스를 토튼햄 코트로의 유대인 전당포에서 어떻게 55실링을 주고 구입했는지 신이 나서 떠들었다. 그 다음에는 이야기가 파가니니 _(이탈리아의 바이올리니스트. 1784~1840)에게로 옮겨가, 홈즈는 나와 같이 한 시간 동안 보르도산 적포도주 잔을 기울이면서 이 위대한 음악가에 얽힌 일화를 줄줄이 쏟아놓았다.

오후는 성큼 지나갔고, 우리가 경찰서에 도착할 무렵에는 작열하던 태양도 한결 부드러운 빛으로 바뀌어 있었다. 레스트레이드는 우리를 애타게 기다리고 있었다.

"홈즈 씨, 당신 앞으로 전보가 한 통 와 있습니다."

"아! 답장이 왔군요."

홈즈는 전보를 북 뜯어서 훑어보더니 주머니 속으로 구겨넣었다.

"잘됐군."

"뭘 좀 알아내셨습니까?"

"모든 걸 다 알아냈습니다."

"뭐라고요?"

레스트레이드가 놀란 토끼 눈을 하고 내 친구를 쳐다보았다.

"농담이시겠지요."

"농담이라니 천만에요. 끔찍한 범죄가 저질러졌고, 나는 지금 그 경위를 샅샅이 밝혀낸 겁니다."

"그럼 범인은 누굽니까?"

홈즈는 명함 뒤쪽에 몇 자 적어서 레스트레이드에게 던져주었다.

"그자가 범인입니다. 그자를 체포하는 건 아무리 빨라도 내일 밤이나 되어야 가능할 겁니다. 이번 사건에서 내 이름은 아예 언급하지 말아주십시오. 나는 좀 해결하기 어려운 사건에만 명함을 내밀고 싶으니까요, 왓슨, 가세."

우리는 역을 향해 성큼성큼 걷기 시작했는데, 레스트레이드는 뒤에 남아 여전히 싱글벙글하며 홈즈가 던져준 명함을 들여다보고 있었다.

그날 밤 베이커 거리의 방에서 담배를 피우며 셜록 홈즈가 말했다. "이번에 우리는 자네가 《주홍색 연구》, 《네 사람의 서명》이라는 제목으로 발표한 사건과 마찬가지로 결과에서 원인으로 거슬러 올라가는 추리를 해야 했네. 나는 레스트레이드에게 편지를 써서 새로운 내용이 밝혀지면 알려달라고 했다네. 그건 범인을 체포한 다음에야 가능한 일이지. 그 부분에 대해서는 레스트레이드를 믿어도 좋을 걸세. 그 사람은 머리는 좀 모자란 것 같아도 일단 목표를 세우고 나면 불독 같이 끈질기니까 말이야. 그가 런던 경시청에서 최고가 된 것도 바로 그런 끈기 때문일세."

"그럼 이 사건은 아직도 해결되지 않았나?"

나는 물었다.

"중요한 점은 거의 해결되었네. 우린 이 엽기적인 짓을 한 주인공이 누군지는 알고 있으니까. 희생자 한 사람의 신원은 아직 밝혀내지 못했지만 말이야. 물론, 자네도 나름대로 결론을 내렸겠지?"

"자네는 리버풀 기선의 승무원 짐 브라우너를 의심하고 있지?"

"그렇다네. 그저 의심하는 정도가 아닐세."

"하지만 내 눈에는 뭐가 의심스러운지 아주 막연하기만 한걸."

"나는 정반대일세. 모든 게 명확해 보인다네. 어떻게 된 건지 설명해 주지. 자네도 기억하겠지만 우린 아무것도 모르는 상태에서 사건에 접근했는데 그건 항상 큰 득이 되거든. 우리에겐 어떤 가설도 없었네. 우린 그저 관찰하기 위해, 그리고 그것을 토대로 추리해나가기 위해 쿠싱 양의 집에 갔네. 우리가 맨 처음 본 게 뭐였지?

어떤 비밀 같은 것은 있음직 하지도 않은 너무도 조용하고 점잖은 숙녀와, 그녀가 두 여동생과 함께 찍은 사진이었어. 그걸 보자 소포가 그중 한 사람에게 보냈을지도 모른다는 생각이 순간적으로 뇌리를 스치더군. 나는 그 생각이 옳은지 그른지에 대해서는 나중에 판단하기로 하고 일단 제쳐두었네. 자네도 기억하겠지만 그 다음에 우린 정원으로 나갔고 누런 상자 속에 든 기이하기 짝이 없는 물건을 보았네.

소포를 묶은 끈이 배에서 돛을 꿰맬 때 쓰는 것이었기 때문에 나는 여기서 당장 바다 냄새를 감지했지. 게다가 그 매듭은 선원들이 흔히 쓰는 방식이었고 소포를 부친 곳은 항구였고 남자 귀에는 귀고리 구멍이 있었네. 그런데 귀고리를 하는 남자들은 대부분 뱃사람이거든. 나는 이 비극적인 사건에 등장하는 남자 배우들이 모두 선원이라고 확신했네.

소포의 주소를 살펴보니 수신인이 S. 쿠싱 양으로 되어 있더군. 물론 맏언니가 쿠싱 양이고 이름이 'S'로 시작되는 것도 사실이지만 다른 자매와 머리글자가 같을 수도 있었네. 그렇다면 우리는 전혀 새로운 각도에서 조사를 시작할 필요가 있지. 그래서 나는 이 점에 대해 확실히 알아볼 생각으로 다시 집 안으로 들어간 걸세. 자네도 기억할지 모르겠지만 나는 쿠싱 양에게 무슨 착오가 있었던 것이 분명하다는 얘기를 하다가 갑자기 말을 끊었네. 사실 나는 그때 놀라운 것을 발견했는데, 그건 우리의 조사 범위를 크게 좁혀줄 만한 것이었지.

왓슨, 자네는 의사니까 인체에서 귀만큼 개성적인 부위가 없다는 걸 알고 있을 거야. 일반적으로 귀는 사람마다 아주 다르게 생겼네. 작년 《인류학회지》를 뒤져보면 이것을 주제로 한 나의 짧은 논문 두 편이 실려 있을 걸세. 그래서 나는 상자 속에 든 귀를 전문가의 눈으로 살펴보고 해부학적 특징을 주의 깊게 감식할 수 있었네. 그런데 쿠싱 양의 귀가 방금 전에 살펴본 여자 귀와 똑같이 생긴 걸 보고 내가 얼마나 놀랐는지 상상할 수 있겠지? 그것은 우연의 일치라고는 도저히 생각할 수 없었네. 짧은 귓바퀴하며 넓은 귓불, 안쪽 연골 부위의 곡선도 똑같았지. 어느 모로 보나 그것은 똑같은 귀였네.

물론 나는 그러한 발견이 얼마나 중요한 것인지 곧 깨달았네. 피해자는 쿠싱 양과 혈연관계, 그것도 아주 가까운 사람임에 틀림없었네. 나는 가족 얘기를 꺼냈는데, 자네도 기억하겠지만 쿠싱 양은 이내 중요한 사실들을 술술 털어놓았네.

우선 여동생의 이름이 세러(Sarah)이고, 세러 양은 최근까지 언니와 같은 집에서 살았다는 사실이 밝혀졌네. 그러니 어떻게 그런 착오가 생겼는지, 그리고 그 소포가 원래 누구 앞으로 온 것인지 명백해진 셈이지. 그리고 막내와 결혼한 짐 브라우너라는 승무원에 대한 얘기가 나왔고, 그가 한때 세러 양과 아주 가깝게 지냈다는 걸 알게 되었어. 세러 양이 동생 부부 곁에서 지내기 위해 리버풀에 가기까지 했다니까 말이야. 하지만 세러 양은 제부와 대판 싸운 뒤에 관계가 멀어졌고, 그래서 몇 달 동안 자매들끼리 연락조차 끊어지게 되었네. 그러니 만약 브라우너가 세러 양에게 소포를 보내려고 했다면 틀림없이 옛날 주소로 보냈을 걸세.

이제 문제는 놀랄 만큼 술술 풀리기 시작했네. 우리는 그 승무원이 충동적이고 정열적인 사내라는 걸 알게 됐네. 그 사람이 아내 곁에 있기 위해 훨씬 더 좋은 자리를 포기하기까지 했다는 걸 자네도 기억하지? 게다가 그는 못 말리는 술꾼이었네. 우리는 브라우너의 아내가 살해됐고, 또 선원으로 추정되는 다른 남자가 같이 살해됐다고 믿을 만한 근거를 얻었네. 물론 범행 동기로 가장 유력하게 떠오르는 것은 질투일세. 그렇다면 이러한 범행의 증거물을 세러 쿠싱 양에게 보낸 이유가 뭘까? 그것은 아마 세러 양이 리버풀에서 사는 동안, 이러한 비극을 초래할 만한 일련의 사건에 대한 책임이 있기 때문일걸세.

브라우너가 타는 배는 벨파스트, 더블린, 워터퍼드 항에 기항하네. 그러니까 브라우너가 범행을 저지르고 곧장 기선 메이 데이호에 탔다면 소름 끼치는 소포를 부칠 수 있는 첫 번째 기항지는 벨파스트가 되는 걸세.

이 단계에서 또 다른 설이 떠올랐네. 물론 나는 별로 가능성이 있다고 생각하진 않았지만 그래도 일단 확인해 보기로 했지. 그건 부인을 짝사랑했던 사람이 브라우너 부부를 죽였을 가능성이네. 그렇다면 남자 귀가 남편의 귀라는 것은 자명하지. 이러한 가설에 반하는 요소가 많긴 했지만 가능성은 있었네. 그래서 나는 리버풀 경찰 대학에 있는 친구 앨거한테 전보를 쳐서, 브라우너 부인이 집에 있는지, 브라우너가 메이 데이호에 승선했는지 여부를 알아봐 달라고 부탁했지. 그 다음에 월링턴의 세러 양 집에 찾아간 걸세.

가장 궁금했던 건 귀 모양의 가족적 특성이 세러 양에게는 얼마나 나타나 있는가 하는 점이었네. 물론 세러 양이 중요한 정보를 제공해 줄 수도 있었지만 나는 그 부분에는 크게 희망을 갖고 있지 않았지. 그녀는 전날 그 사건에 대해 알게 된 것이 분명했네. 크로이든 전체가 그 사건으로 들끓고 있었으니까 말이야. 그리고 세러 양만은 문제의 소포가 실제로 누구한테 배달된 건지 알아차렸을 걸세. 그녀가 경찰에 협조할 의사가 있었다면 벌써 신고했겠지만 그렇지 않았어. 그래도 그녀를 만나보는 것이 우리의 의무였기 때문에 거기에 간 걸세. 우리는 그런 소포가 배달됐다는 걸 알고 세러 양이 열병으로 쓰러질 만큼 심한 충격을 받았다는 걸 알았네. 그녀가 않아누운 날을 따져보면 그건 분명하지. 세러 양이 소포를 보낸 뜻을 온전히 이해하고 있다는 게 더욱 확실해진 걸세. 하지만 우리가 세러 양에게서 뭔가를 알아내려면 한참 기다려야 한다는 것도 더불어 분명해졌네.

하지만 세러 양을 귀찮게 할 필요는 없었네. 앨거가 보내준 답장이 경찰서에서 우릴 기다리고 있었어. 이보다 더 결정적인 답은 없었지. 브라우너 부인의 집은 사흘 이상 문이 닫혀 있었고 이웃 사람들은 부인이 남쪽 지방의 친척을 만나러 갔다고들 생각하고 있었네. 선박 회사 사무실에 가서 확인해 보니 브라우너는 메이 데이호에 승선했다고 했네. 그 배는 내일 밤 템스 강에 도착한다는군. 브라우너가 항구에 들어오면 둔하지만 결단력 있는 레스트레이드를 만나게 될 걸세. 아직 밝혀지지 않은 경위는 브라우너가 다 말해 주겠지."

셜록 홈즈의 기대는 멋지게 들어맞았다. 이틀 뒤 두툼한 봉투가 하나 배달됐는데, 그 속에는 레스트레이드가 쓴 짧은 편지 한 장과 타이프로 친 몇 쪽짜리 문서가 들어 있었다.

"레스트레이드가 무사히 범인을 체포했군."

홈즈는 나를 흘긋 올려다보며 말했다.

"그가 뭐라고 하는지 자네에게도 재미있을 테니 읽어주겠네"

친애하는 홈즈 씨

우리의 가설을 검증하기 위한 계획에 따라서(왓슨, '우리'라고 말하다니 재미있지 않나?), 나는 어제저녁 6시에 앨버트 항구로 내려가 리버풀, 더블린, 런던 정기선 회사 소속의 기선 메이 데이호에 올랐습니다. 조사 결과, 짐 브라우너라는 이름의 승무원이 배에 타고 있기는 하지만 그가 항해 중에 너무 이상한 행동을 해서 선장이 부득이 그를 근무에서 뺄 수밖에 없었다는 걸 알게 되었습니다. 선실로 내려가 보니 브라우너는 궤짝에 걸터앉아서 얼굴을 두 손에 파묻은 채 몸을 앞뒤로 흔들고 있었지요. 그는 힘센 거한인데, 햇볕에 검게 탄 얼굴을 깨끗이 면도한 모습이 가짜 세탁물 사건에서 우릴 도와준 앨드리지 같더군요. 용건을 듣고 그가 벌떡 일어서기에 나는 호루라기를 불어 모퉁이를 지키고 있던 수상 경찰 둘을 불렀습니다. 하지만 그는 별안간 맥이 빠진 것처럼 조용히 손을 내밀어 수갑을 받았습니다. 우리는 그를 유치장으로 데려오면서 혹시 범행의 증거물이 들어 있을지도 몰랐기 때문에 그의 궤짝도 같이 가져왔습니다. 그러나 그 속에는 선원들이 흔히 쓰는 크고 날카로운 칼 하나가 있을 뿐이었지요. 하지만 더 이상 증거는 필요없습니다. 서에 도착하자 그는 경위 앞에서 자백하겠다고 말했고, 우리는 속기사를 시켜서 그가 하는 말을 그대로 받아 적었습니다. 그리고 타이프로 진술서 사본을 세 부 작성했는데 그중 한 부를 여기 동봉합니다. 애초에 내가 생각했던 대로 이번 사건은 아주 간단하다는 게 증명됐지만 그래도 수사에 협조해 준 당신에게 감사드립니다. 그럼 안녕히.

———진실한 벗, G. 레스트레이드

"흠! 사건은 정말 간단하게 해결됐구먼."
홈즈가 중얼거렸다.
"하지만 레스트레이드가 처음 우릴 찾아왔을 때는 그렇게 생각하지 않는 것 같았는데. 어쨌든 짐 브라우너가 무슨 얘기를 했는지 보기로 할까? 이건 브라우너가 섀드웰 경찰서의 몽고메리 경감 앞에서 한 진술이군. 다행스러운 점은 토씨 하나 바꾸지 않고 고스란히 받아 적었다는 거야."

무슨 할 말이 있느냐고요? 예, 많습니다. 나는 사실을 몽땅 털어놓지 않으면 미칠 것 같습니다. 나를 교수대로 보내든지 혼자 내버려두든지 마음대로 하십쇼. 당신들이 어떻게 나오든 나는 전혀 관심 없으니까요. 솔직히 말해서 나는 그 짓을 한 다음에 제대로 자본 적이 없었고, 죽을 때까지 다시는 잠을 잘 수 없을 것 같습니다. 가끔씩 그 자식의 얼굴이 떠오를 때도 있지만 무엇보다 아내의 얼굴이 눈앞에서 사라지지 않습니다. 그 자식은 험악하게 인상을 쓰고 있지만 아내는 깜짝 놀란 표정을 짓고 있습니다. 그렇습니다. 하얀 새끼 양 같은 아내가 자기를 사랑하기만 하던 사내의 얼굴에서 살의를 느꼈으니 놀란 건 당연합니다.

하지만 모두 세러 탓입니다! 나는 기왕 이렇게 된 몸이니, 끝까지 저주를 퍼부어 그 여자를 파멸시키고 온몸의 피를 썩어문드러지게 하면 좋겠습니다! 발뺌을 하려는 생각은 조금도 없습니다. 나는 옛날에 그랬던 것처럼 다시 술 마시는 짐승이 되고 말았습니다. 하지만 아내는 나를 용서해 주었겠지요. 그 언니라는 여자가 우리 집에 드나들지만 않았다면 아내는 벽돌에 매달린 줄처럼 내 곁을 떠나지 않았을 겁니다. 세러 쿠싱은 나를 사랑했는데, 그게 화근이었지요. 하지만 내가 자기의 몸과 마음을 합친 것보다 아내의 흙 묻은 발자국을 더 사랑한다는 걸 알게 되자 그 여자의 사랑은 지독한 증오로 변했습니다.

세 자매가 있었습니다. 큰언니는 그냥 좋은 여자였지만 둘째는 악마, 셋째는 천사였지요. 우리가 결혼할 때 마리는 29살, 세러는 33살이었습니다. 함께 가정을 이뤘을 때 우리 부부는 하루하루가 그저 행복하기만 했고 리버풀을 다 뒤져봐도 내 아내만한 여자는 없다고 생각했지요. 그러다가 우리는 일주일 동안 지내다 가라고 세러를 초대했는데, 그 일주일은 한 달이 됐고 이럭저럭하다가 그 여자는 아예 우리 집에 눌러앉고 말았습니다.

나는 그 무렵 술을 끊었기 때문에 한두 푼씩 저축도 하고 있어서, 모든 게 새 돈처럼 반짝거렸습니다. 오, 하느님, 이런 일이 생길 줄 누가 알았겠습니까? 누가 상상이나 했겠습니까?

나는 거의 주말에만 집에 왔는데, 가끔씩 화물 때문에 배의 출항이 연기되면 일주일 내내 집에 있는 적도 있었습니다. 이렇게 해서 처형 세러와 자주 얼굴을 마주치게 되었지요. 세러는 키가 크고 머리가 검었으며 동작이 활발하고 영리하고 사나운 여자였습니다. 항상 도도하게 고개를 쳐들고 다녔고 눈에선 부싯돌을 켠 것처럼 불꽃이 튀었습니다. 하지만 사랑스러운 마리가 옆에 있었으므로 나는 그 여자는 거들떠보지도 않았습니다. 맹세라도 할 수 있습니다.

그 여자가 나랑 단둘이만 있고 싶어하거나 나와 함께 산책을 나가고 싶어한다거나 했지만 나는 신경도 쓰지 않았습니다. 하지만 어느 날 저녁 배에서 내려와 보니 아내는 집을 비우고 세러만 있더군요. 나는 물었습니다.

'마리는 어디 갔나요?'

'아, 그 애는 가게에 외상값을 치르러 나갔어요.'

나는 초조한 마음으로 방 안을 오락가락했지요.

'제부, 마리가 없으면 단 5분도 쓸쓸해서 못 견디는 모양이죠? 그 정도도 나랑 단둘이 있는게 거북하다면 정말 섭섭하군요.'

'처형, 그런 건 아니오.'

나는 말하면서 자연스럽게 손을 내밀었는데, 갑자기 그 여자가 두 손으로 내 손을 덥석 잡았습니다. 그 손은 열에 들뜬 것처럼 뜨거웠지요. 그 여자의 눈을 들여다보니 모든 걸 알 수 있겠더군요. 우리 둘 중 누구한테도 말이 필요 없는 상황이었습니다. 나는 얼굴을 찌푸리며 손을 뿌리쳤지요. 그러자 그 여자는 잠시 동안 말없이 서 있다가 내 어깨를 툭 쳤습니다.

'이 고집쟁이!'

그 여자는 이렇게 말하고 웃음을 터뜨리는 척하면서 밖으로 뛰어 나갔습니다.

그렇습니다. 세러는 그때부터 나를 죽도록 증오했는데, 그 여자는 정말 증오라는 걸 할 줄 아는 여자였습니다. 그 여자를 그냥 집 안에 놔둔 것은 정말 얼빠진 짓이었지요. 하지만 아내가 마음 아파할까봐 그녀한테는 한마디도 하지 않았습니다. 아무 일도 없었던 것처럼 시간이 흘러갔지만 그러는 동안 아내한테서 조금씩 변화가 느껴지기 시작했습니다. 항상 나를 믿고 그렇게 순진하던 아내가 점점 이상하게도 의심이 많아지더니, 내가 어딜 갔다 왔는지 무얼 했는지 누구한테 편지를 받았는지 주머니 속에 뭐가 들어 있는지 꼬치꼬치 캐묻기 시작했습니다. 그녀는 그와 비슷한 바보짓을 수없이 반복했지요. 아내는 날이 갈수록 더 이상해지고 예민해졌고 우린 아무것도 아닌 걸 가지고 끊임없이 다퉜습니다. 나는 도대체 왜 이런 일이 생기는지 영문을 몰라 어리둥절했습니다. 세러는 이제 나를 피했지만 마리 옆에 찰싹 달라붙어 있었지요. 지금은 그 여자가 어떤 중상모략으로 아내의 마음을 내게서 돌려세웠는지 알고 있지만 그때까지만 해도 아무것도 모르는 장님이나 마찬가지였습니다. 나는 금주 맹세를 깨고 다시 술을 마시기 시작했는데, 마리가 그렇게 달라지지 않았다면 나도 그렇게 되진 않았을 겁니다. 그러자 아내는 이제 아내대로 나에게 정나미가 떨어지게 되었고 우리 사이의 틈은 점점 벌어지기 시작했습니다. 게다가 그 알렉 페어베언이라는 자가 끼어들면서 상황이 몇 배나 더 악화됐습니다.

처음에 그 자식은 세러를 만나러 우리 집에 왔는데 곧 우리를 만

나라 오게 됐습니다. 붙임성이 있어서 어딜 가나 쉽게 사람들과 친해졌으니까요. 놈은 멋내기를 좋아하는 영리한 곱슬머리 사내인데, 세계의 절반을 돌아다녔고 자기가 본 걸 입담좋게 잘 지껄이곤 했습니다. 그 자식은 같이 있으면 즐거워지는 그런 놈입니다. 그걸 부정하진 않겠습니다. 하지만 뱃사람치고는 아주 싹싹하고 예의 바른 게 분명히 선원실보다는 승객들의 객실에서 노닥거리길 더 좋아하던 시절이 있었을 거라고 생각합니다. 그 자식은 한 달 간 우리 집을 들락거렸는데 설마하니 그 약삭빠른 수작으로 화를 입게 될 줄은 몰랐지요. 그러다가 마침내 무슨 일을 계기로 더럭 의심을 품게 되었는데, 그날부터 우리 집의 평화는 영영 깨지고 말았습니다.

그건 아주 하찮은 일 때문이었습니다. 어느 날 나는 알리지 않고 집에 들어간 적이 있습니다. 응접실 문을 열고 들어가는 순간 아내의 얼굴에 반가운 표정이 떠오르는 게 보였지요. 하지만 나라는 걸 알자 아내는 금세 실망한 얼굴로 외면했습니다. 그것으로 충분했지요. 아내가 내 발자국 소리를 딴 사람으로 착각했다면 그건 알렉 페어베언밖에 없었습니다. 그때 놈이 거기 있었다면 나는 당장 죽여 버렸을지도 모릅니다. 나는 한번 성질이 나면 눈에 뵈는 게 없는 사람이니까요. 아내는 내 눈에 살기가 어려 있는 걸 보고 달려와서 옷소매를 붙들고 늘어졌습니다.

'짐, 안 돼요! 제발!'

'세러는 어디 있지?'

'부엌에요.'

나는 부엌으로 들어가면서 말했습니다.

'세러, 그 페어베언이라는 자가 다시는 내 집 문전을 더럽히지 못하게 해요.'

'어머나, 그건 왜죠?'

세러가 말했습니다.

'그건 내 마음이오.'

'흥! 내 친구가 여기 와선 안 된다면 나도 이 집에 있어선 안 되겠네요.'

'마음대로 생각해. 하지만 페어베언이라는 자가 다시 여기 얼굴을 내밀면, 당신한테 그자의 귀 한쪽을 기념으로 보내줄 테니 그리 알아요.'

세러는 내 얼굴을 보고 겁을 먹은 것 같았습니다. 더 이상 대답하지 않고 그날 저녁으로 짐을 싸들고 나갔으니까요.

세러 그 여자는 천성적으로 악마였는지, 아니면 아내가 불륜을 저지르도록 부추겨서 우리 부부 사이를 떼어놓으려는 의도였는지는 아직도 잘 모르겠습니다. 어쨌거나 그 여자는 겨우 두 블록 떨어진 곳에 집을 구해서 선원들을 상대로 하숙을 치기 시작했습니다. 페어베언은 그 집을 제 집처럼 드나들었고 마리는 차를 마신다며 그 집에 놀러가서 제 언니랑 그자를 만나곤 했지요. 아내가 얼마나 자주 거길 갔는지는 모릅니다. 하지만 어느 날 아내의 뒤를 밟아 그 집에 들이닥쳤을 때, 페어베언은 생긴 대로 겁쟁이 스컹크처럼 뒷담을 넘어 도망쳤습니다. 나는 아내에게 그 자식과 같이 있는 꼴을 다시 보게 되면 죽여버리겠다고 했습니다. 그리고 종잇장처럼 하얗게 질린 얼굴로 벌벌 떨며 흐느끼는 아내를 끌고 집으로 돌아왔지요. 우리 사이에 더 이상 사랑 같은 건 남아 있지 않았습니다. 아내는 나를 증오하고 겁내는 것을 알기 때문에 그 생각을 할 때마다 나는 술을 마시지 않을 수 없었고 그럴수록 아내는 나를 혐오했습니다.

세러는 리버풀에서 먹고 살기 힘들다는 걸 알고 크로이든의 언니 집으로 다시 내려갔고, 우리 집에서는 전과 다름없는 시간이 흘러

갔습니다. 그러다가 이번 주에 마침내 모든 것이 끝장나고 말았습니다.

경위를 설명하자면 이렇습니다. 우리는 7일간의 왕복 항해를 위해 메이 데이호에 올랐는데 큰 통 하나가 떨어져서 선재 하나가 휘는 사고가 생기는 바람에, 수리를 해야 해서 출항이 12시간 지연되었습니다. 나는 배에서 내려 집으로 가면서 아내가 나를 보면 얼마나 놀랄까, 이렇게 빨리 돌아온 것을 보고 어쩌면 기뻐해 줄지도 모르겠다고 생각했습니다. 그런 생각을 하면서 우리 집이 있는 거리로 접어드는데, 그 순간 마차 한 대가 옆을 스쳐갔습니다. 마차 안에는 아내와 페어베언이 나란히 앉아서 내가 보도에 서서 저희들을 바라보고 있는 줄은 꿈에도 모르고 웃고 떠들고 있었습니다.

분명히 말하지만 그 순간부터 나는 제정신이 아니었는데 돌이켜 생각하면 모든 게 꿈속처럼 혼미합니다. 나는 최근까지 폭음을 해 댔는데, 두 가지 일이 한덩어리가 되어 머리가 돌아버린 것 같습니다. 지금 내 머릿속에선 부두 노동자가 망치질하듯 뭔가가 쿵쿵 울리고 있는데, 그날 아침에는 귓전에서 나이애가라 폭포 떨어지는 소리가 들리는 것 같았습니다.

나는 돌아서서 마차를 쫓아 달려갔습니다. 나는 굵은 참나무 몽둥이를 들고 있었는데, 이미 말씀드렸다시피 미치광이처럼 흥분한 상태였지요. 하지만 뛰는 동안 좋은 생각이 떠올랐고 두 연놈에게 들키지 않도록 뒤로 약간 처졌습니다. 둘은 기차역에서 내리더군요. 매표소 주위에는 사람들로 혼잡해서, 나는 사람들 틈에 끼어 눈치채이지 않고 연놈 뒤에 바짝 따라붙었습니다. 둘은 뉴브라이턴행 표를 끊었지요. 나도 같은 표를 끊었지만 둘이 탄 칸에서 세 칸 뒤에 올라탔습니다. 그들은 목적지에서 내린 다음 바닷가의 산책로를 걸었는데, 나는 백 미터 정도 간격을 두고 따라갔습니다. 마침내 두 연놈은 배를 한 척 빌리더니 뱃놀이를 하러 나가더군요. 무척이나 더운 날씨였으니 물 위로 나가는 게 더 시원할 거라고 생각했을 겁니다.

둘은 이제 내 손 안에 든 거나 마찬가지였습니다. 수면 위엔 안개가 끼어서 몇백 미터 이상은 보이지 않았습니다. 나도 배를 한 척 빌려서 그들의 뒤를 쫓았지요. 그들이 탄 배가 흐릿하게 보이기는 했지만, 그들은 거의 나와 비슷한 속도로 달렸기 때문에 기슭에서 1.5킬로미터쯤 벗어나서야 그 배를 따라잡을 수 있었습니다. 안개는 커튼처럼 우리를 둘러싸고 있었고 그 한가운데 우리 셋이 있었지요. 아, 자신들을 향해 다가오는 배에 내가 타고 있다는 것을 알았을 때 그들의 얼굴에 떠오른 표정을 잊을 수가 있을까요? 아내는 비명을 질렀습니다. 그 자식은 내 눈에서 살기가 번뜩이는 걸 보았는지 미친놈처럼 욕을 하며 나를 향해 노를 휘둘렀습니다. 나는 그것을 살짝 피하면서 참나무 몽둥이를 휘둘러 놈의 머리를 달걀처럼 부숴버렸습니다. 나는 제정신이 아니었지만 그래도 아내만은 살려주어야겠다고 마음먹었는데, 아내는 죽은 그 자식을 껴안고 울부짖으며 '알렉, 알렉' 하며 목을 놓아 부르더군요. 그 꼴을 보고 눈이 뒤집힌 나는 다시 몽둥이를 휘둘렀고 아내는 그 자식 곁에 뻗어버렸습니다. 나는 피맛을 본 들짐승 같았지요. 세러가 거기 있었다면 그 여자도 함께 죽여버렸을 겁니다. 나는 칼을 빼들고……, 예, 더 말하지 않아도 아시겠지요! 그 얘기는 그만하지요. 지가 주제넘게 나선 결과가 어떤 것인지를 나타내는 이 증거물을 보면 세러가 어떤 기분이 될까를 생각하자 나는 끔찍하게도 재미있다는 생각이 들었습니다. 그 다음에 시신을 배에 묶어놓고 배 밑창의 판자를 뜯어낸 다음 배가 가라앉기를 기다렸습니다. 배 주인은 이들이 안개 속에서 방향을 잃고 먼 바다로 떠내려가버린 줄 알겠지요.

나는 몸을 씻고 뭍으로 나온 다음 옷매무새를 가다듬고 메이 데이 호에 승선했습니다. 무슨 일이 있었는지 누구도 알 턱이 없었습니다. 그날 밤 나는 세러 쿠싱에게 보낼 소포를 포장해서 다음날 벨파스트에서 부쳤습니다.

사건의 진상은 이렇습니다. 나를 교수대로 보내든지 그건 마음대로 하십시오. 하지만 나는 이미 천벌을 받았습니다. 눈을 감아도 두 사람이 나를 빤히 쳐다보고 있는 것 같습니다. 안개 속에서 내가 배를 타고 불쑥 나타났을 때 나를 응시하던 그 얼굴로요. 나는 그들을 단숨에 죽였지만 그들은 나를 서서히 말려죽이고 있습니다. 하룻밤만 더 지나면 나는 죽든지 미쳐버리든지 할 겁니다. 형사님, 저를 독방에 처넣지는 않으시겠지요? 제발 그것만은 말아주십시오. 그러면 앞으로 고통의 날이 닥쳐왔을 때 형사님은 지금 저에게 해주신 것과 똑같은 대접을 받으실 테니까요.

"왓슨, 이 사건의 의미는 무엇일까?"

홈즈는 서류를 내려놓으며 엄숙한 어조로 말했다.

"이 모든 고통과 폭력과 불행에는 어떤 목적이 있는 것일까? 이 사건에는 무언가 목적이 있을 걸세. 그렇지 않다면 이 세계는 우연이 지배한다는 것인데, 그건 도저히 있을 수 없는 일이거든. 하지만 그 목적이 무엇일까? 그것은 인간의 이성으로는 대답하기 힘든 문제일세."

The Red Circle

붉은 원

"허, 워런 부인, 그렇게 유별나게 걱정하시는 이유가 뭔지 모르겠군요. 게다가 나처럼 시간 없는 사람이 그 일에 끼어들어야 할 이유도 없는 것 같고요. 나한테는 정말 다른 볼 일이 있습니다."

셜록 홈즈는 이렇게 말하고 다시 커다란 스크랩북 앞으로 돌아앉았다. 그는 최근 사건을 분류하고 정리하여 색인을 만드는 작업을 하고 있었다.

그러나 하숙집 여주인은 끈질겼고 여자들 특유의 교묘함도 있었다. 그녀는 한 발짝도 물러서지 않았다.

"선생님은 작년에 우리 집 하숙인의 일을 해결해 주셨잖아요. 페어데일 홉스 씨 말이예요."

"아, 예. 간단한 사건이었지요."

"하지만 그 사람은 틈날 때마다 그 얘기를 했다오. 선생님이 얼마나 친절하게 대해 주셨는지, 암흑 속에 빛을 비추듯이 해결해 주셨다고 말이오. 그런데 나한테 이렇게 이상한 일이 생기니까 그 사람 얘기가 생각나지 뭐예요. 난 선생님이 마음만 먹으면 할 수 있다는 걸 잘 안다오."

홈즈는 남들이 추켜세우는 데 잘 넘어갔는데, 공평하게 말하자면 인정이 많아서 그랬다. 이 두 가지 힘에 움직여져서 그는 체념한 듯 한숨을 내쉬고 풀칠하는 붓을 내려놓은 다음 의자에 몸을 묻었다.

"좋습니다, 워런 부인. 그럼 어떻게 된 건지 한번 들어봅시다. 담배를 피워도 괜찮으시겠지요? 감사합니다. 왓슨, 성냥! 방금 말씀하신 대로라면, 새로 온 하숙인이 방에만 틀어박혀 있고 얼굴을 보여주지 않아서 불안하다는 거지요? 아니, 뭘 그런 걸 가지고 워런 부인, 만약 내가 부인네 하숙인이었다면 몇 주일 동안 계속해서 얼굴을 못 보는 일이 허다할 겁니다."

"그건 그렇지만서도 이건 다르다오. 아주 섬뜩해요. 무서워서 잠을 못 잘 지경이니 말예요. 이른 아침부터 밤늦게까지 잔걸음으로 방 안을 돌아다니는 소리는 나는데 얼굴 한번 볼 수 없으니 정말 못 견디겠다우. 우리 집 바깥양반도 신경이 곤두서 있지만 그래도 그 양반은 하루 종일 나가서 일하니 나보다는 덜하지요. 나는 하루 종일 집에 있는데, 저 인간이 누굴 피해서 왔나? 무슨 나쁜 짓을 하고 왔나? 심부름하는 애 말고는 집 안에 그 남자와 나뿐인데 정말 신경이 쓰여서 못 살겠답니다."

홈즈는 상체를 앞으로 내밀고 길고 여윈 손을 여인의 어깨 위에 올려놓았다. 그는 마음만 먹으면 거의 최면술이라고 해도 좋을 진정 능력을 발휘할 수 있었다. 여인의 눈에서 겁에 질린 표정이 사라졌고 불안에 떨던 얼굴은 평소 모습으로 돌아갔다. 여인은 그가 가리킨 의자에 앉았다.

"사건을 맡으려면 내막을 자세히 알아야 합니다."

홈즈는 말했다.

"찬찬히 잘 생각해 보십시오. 아주 하찮은 사실이 핵심이 될 수 있습니다. 그 남자가 열흘 전에 왔는데 2주일치 하숙비를 선불로 냈다고 하셨지요?"

"그 사람이 얼마냐고 묻기에 일주일에 50실링이라고 했지요. 방은 맨 위층에 있는데, 작은 거실이랑 침실이 있고 세간이 딸린 방이라고."

"그런데요?"

"그 사람은 이렇게 말했다오. '내가 제시하는 조건을 들어준다면 일주일에 5파운드씩 내겠습니다.' 홈즈 선생님, 나는 가난한 여자랍니다. 게다가 바깥양반이 벌이가 시원치 않아서 그만한 돈은 나한테 아주 큰 돈이지요. 그 사람은 10파운드짜리 지폐를 꺼내더니 당장 그 돈을 내 앞으로 밀어 놓았다오. '아주머니가 요구 조건을 잘 지켜주기만 하면 앞으로 한참 동안 2주일마다 같은 액수를 지불하겠습니다. 그렇게 못하겠다면 이 집에서 떠나겠소'."

"어떤 조건이었습니까?"

"글쎄, 그게 집 열쇠를 달라는 거였우. 그거야 뭐, 괜찮았지. 하숙인 중에서는 그런 사람들이 종종 있으니까 말이우. 또 그 사람은 무슨 일이 있어도 방에 들어오지 말고 혼자 있게 내버려달라고 했다오."

"그건 좀 이상하군요. 그렇지요?"

"상식적으로는 이해가 안 가는 일이지. 하지만 처음부터 상식이고 뭐고 없었으니까요. 그 사람은 열흘째 우리 집에 와 있는데 바깥양반도 나도 심부름하는 애도 얼굴 한 번 본 적이 없다오. 아침에도 밤에도 대낮에도 방 안을 바쁘게 오락가락하는 소리만 들리고, 게다가 첫날 밤을 빼면 한번도 집 밖에 나간 적이 없어요."

"허, 그럼 첫날 밤에는 외출했다는 건가요?"

"그랬다오. 그랬다가 밤늦게 식구들이 다 잠자리에 든 다음에 돌아왔지요. 그 사람은 방을 얻기로 결정하자, 밤에 나갔다 올 거니까 현관문을 잠그지 말라고 미리 부탁하더군요. 나는 그 사람이 자정 넘어서 계단을 올라가는 소리를 들었다우.”

“그럼 식사는 어떻게 합니까?”

“그 사람이 특별히 얘기한 게 바로 그건데, 우린 항상 종소리가 들리면 식사를 들고 가서 방문 밖의 의자에 올려놓기로 약속했다우. 그리고 식사를 마쳤다는 표시로 다시 종이 울리면, 그때 다시 올라가서 밖에 내놓은 그릇을 가지고 내려오고 말이우. 그 사람은 또 필요한 게 있어도 말로 안 하고 종이쪽지에 또박또박 인쇄체로 써서 밖에 내놓는다우.”

“인쇄체로 써요?”

“그래요, 연필로 쓴다우. 그것도 단어 하나만 달랑 써놓지. 선생님한테 보여드리려고 여기 가져왔어요. ‘비누(SOAP)’ 그리고 여기 ‘성냥(MATCH)’, 이건 첫날 아침에 내놓은 건데 ‘〈데일리 가제트(DAILY GAZETTE)〉’라고 써 있지요? 나는 아침마다 식사를 올려보낼 때 그 신문도 같이 갖다 준다우.”

홈즈는 호기심이 가득 찬 눈길로 하숙집 안주인이 건네준 쪽지를 늘여다보며 말했다.

“맙소사! 왓슨, 확실히 이상하군. 그가 방에 틀어박혀 있는 건 이해할 수 있네. 하지만 왜 필기체로 쓰지 않지? 필기체가 훨씬 쓰기 편한데 말이야. 그리고 왜 문장을 쓰지 않는 거지? 왓슨, 자네는 그 이유가 뭐라고 생각하나?”

“필적을 감추려고 그러는 거겠지.”

“하지만 왜? 하숙집 사람들에게 자신의 글씨를 보여주는 게 그렇게 큰일날 일인가? 어쨌든 그 점에 대해서는 자네 말이 맞는 것 같군. 그건 그렇고 무엇 때문에 단어 하나만 달랑 써놓는 걸까?”

"아무리 생각해도 모르겠네."

"여러 모로 추리해 봐야 할 흥미로운 사건이네. 연필은 끝이 뭉툭하고 보랏빛 심이 들어간 흔한 연필일세. 자네도 보면 알겠지만 글씨를 쓴 다음에 한귀퉁이를 찢어내는 바람에 '비누(SOAP)'에서 'S'자 일부가 부분적으로 날아갔어. 어떤가, 왓슨, 의미심장하지 않은가?"

"조심성이 많군."

"바로 그걸세. 틀림없이 이 옆에 글씨를 쓴 사람의 정체를 드러낼 만한 무슨 표시나 지문 따위가 있었을 거야. 자, 워런 부인, 그 사람이 중키에 얼굴은 검고 턱수염을 길렀다고 하셨지요, 몇 살쯤 되어보였습니까?"

"젊어요, 서른도 채 안 돼 보였으니까 말이우."

"알겠습니다. 다른 특징은 없습니까?"

"영어를 썩 잘했지만 억양을 들어보니 꼭 외국인 같았다우."

"그리고 옷은 잘 차려입었고요?"

"아주 멋쟁이였지. 그런 신사가 없을 거외다. 검은 옷을 입고 있었는데, 그것 말고는 딱히 눈에 띄는 게 없었다우."

"이름이 뭐라고 하던가요?"

"말하지 않았어요."

"그리고 편지나 방문객은?"

"없었다오."

"하지만 아침에는 부인이나 일하는 아이가 그 방을 청소하겠지요?"

"아니에요, 그 사람은 모든 걸 혼자 알아서 한다우."

"저런! 그건 정말 이상하군요. 그 사람의 짐은 얼마나 됩니까?"

"큰 갈색 가방을 하나 가져왔우. 그것뿐이라오."

"허, 도움이 될 만한 단서는 많지 않은 것 같군요. 그 방에서 나온 게 아무것도 없다는 겁니까? 정말 아무것도요?"

하숙집 안주인은 가방에서 봉투를 하나 꺼내더니, 탁자 위에 타다 남은 성냥 두 개와 담배꽁초 하나를 쏟아놓았다.

"오늘 아침 쟁반 위에 놓여 있던 거예요. 홈즈 선생님이 대단치 않은 걸 보고 중요한 걸 알아내는 분이라고 들어서 내친김에 다 가져왔지."

홈즈는 어깨를 들썩했다.

"별 게 아니군요. 물론 이 성냥은 궐련에 불을 붙이는 데 쓴 겁니다. 성냥이 타들어 간 길이가 짧은 걸 보면 알 수 있지요. 파이프나 시거에 불을 붙이려면 성냥이 절반 이상 타야 합니다. 그런데, 이것 봐라! 이 담배꽁초는 확실히 이상하군. 그 신사가 턱수염에 콧수염까지 길렀다고 하지 않으셨습니까?"

"그렇다오."

"아무래도 이상한데요. 수염을 깨끗이 면도한 사람만 담배를 이렇게 피울 수 있으니까 말입니다. 왓슨, 담배를 이렇게 끝까지 피웠다면 자네의 짧은 콧수염이라도 그을렸을 걸세."

"혹시 물부리로 피운 게 아닐까?"

나는 의견을 내놓았다.

"그건 절대로 아닐세. 끝에 입술 자국이 나 있네. 워런 부인, 그 방에 두 사람이 있는 게 아닐까요?"

"그렇진 않을 거요. 먹는 양이 하도 적어 놔서, 그걸 먹고 한 사람이 버틸 수 있는지도 의심스러운걸."

"흠, 우린 증거가 좀더 모일 때까지 기다려야 할 것 같습니다. 지금은 문제될 게 전혀 없으니까요. 하숙비를 선불로 받으셨으니 좀 괴짜이기는 해도 골칫거리는 아닙니다. 하숙비를 후하게 지불했으

니 방에 틀어박혀 있는다고 해도 주인이 상관할 일도 아니고요, 범죄에 연루되었다고 생각할 이유가 없는 한, 하숙인의 개인적인 자유를 침해할 수 없습니다. 일단 일을 맡았으니까 앞으로 어떻게 될지 지켜보기로 하겠습니다. 뭔가 새로운 일이 생기면 연락해 주시고 필요할 때는 언제든지 도와드릴 테니까 마음 놓으십시오."

하숙집 안주인이 떠난 뒤에 그가 말했다.

"왓슨, 이 사건에는 몇 가지 흥미로운 점이 있네. 물론 극히 사소한, 개인적인 괴팍함일 수도 있지. 하지만 보기보다는 훨씬 심각한 사건일 수 있네. 맨 먼저 드는 생각은, 지금 그 집에 와 있는 사람이 처음 방을 계약한 인물이 아닐 수도 있다는 거야."

"왜 그런 생각을 하나?"

"음, 이 담배꽁초와는 상관없이 하숙인이 단 한 번 외출한 것이 방을 잡은 바로 뒤라는 건 의미심장하지 않은가? 그가 돌아온 건, 또는 누군지 다른 인물이 돌아온 건 목격자가 없는 시간이었네. 우리한테는 집에 돌아온 사람이 외출한 사람과 동일 인물이라는 증거가 없네. 게다가 하숙을 정한 사람은 영어가 유창했어. 하지만 지금 있는 사람은 성냥을 'MATCHES'라고 써야 하는데 'MATCH'라고 썼거든. 사전을 보고 단어를 찾아냈는지도 몰라. 사전의 표제어는 명사가 단수형로 실려 있으니까. 물건 이름만 달랑 적어놓은 건 영어를 모른다는 사실을 감추기 위해서일지도 모르네. 맞아, 하숙인이 바뀌었다고 의심할 만한 이유가 한두 가지가 아닐세."

"하지만 무엇 때문에 그런 짓을 한단 말인가?"

"아! 그게 바로 문제일세. 좀 뻔하긴 하지만 알아볼 수 있는 방법이 하나 있지."

그는 두툼한 신문철을 하나 내렸다. 그것은 런던에서 발행되는 각양각색의 신문 개인 광고란을 빠짐없이 모아놓은 자료철이었다.

"맙소사!"

그는 페이지를 넘기며 말했다.

"신음과 아우성과 푸념이 넘쳐나는군! 용케도 특이한 사건들이 모여 있네그려. 하지만 기이한 것을 연구하는 사람에게는 이보다 더 귀중한 사냥터도 없지! 문제의 하숙인은 혼자 있고 편지를 통해 연락할 수는 없네. 만일 그랬다가는 비밀 은신처가 드러날 테니까. 그렇다면 외부에서 소식을 전할 수 있는 방법이 무엇일까! 그건 분명히 신문 광고야. 그 밖에는 방법은 없으니까. 우리는 다행스럽게도 한 신문만 찾아보면 되네. 여기 〈데일리 가제트〉 신문의 스크랩이 있네. '프린스 스케이트 클럽의 검은 모피 목도리를 두른 숙녀', 이건 그냥 지나가도 되겠군. '지미에게, 어머니가 무척 상심하고 계신다', 이건 전혀 상관없는 얘기 같고, '브릭스턴행 합승마차에서 기절했던 숙녀께선', 이 여자는 아무래도 좋네. '매일같이 내 가슴은', 왓슨, 이건 아주 넋두리로군! 아, 이건 좀 가능성이 있구먼. 한 번 들어보게. '인내심을 가질 것. 좀더 확실한 통신 수단을 찾아보겠음. 그때까지는 이 난을 이용함. G.' 이건 워런 부인 댁에 새 하숙인이 들어온 지 이틀 뒤의 신문 광고일세. 어때, 그럴듯하지 않은가? 그 수수께끼의 인물은 영어를 말할 줄은 몰라도 읽을 줄은 아네. 어디, 다시 흔적을 찾을 수 있는지 더듬어 보기로 할까? 그래, 여기 있군. 그로부터 사흘 뒤일세. '일은 잘되고 있음. 참고 조심할 것. 구름이 걷히고 있음. G.' 그로부터 일주일 동안은 아무것도 없네. 그러다가 좀더 구체적인 얘기가 나오는군. '길이 보임. 기회를 봐서 신호를 보내겠음. 정해진 암호를 기억할 것. A 한 번, B 두 번 이하 이것에 준함. 곧 연락하겠음. G.' 이건 어제 신문에 난 것이네. 그런데 오늘 신문에는 아무 얘기도 없군. 모두 그 하숙인의 상황과 맞아떨어지는 얘기 아닌가? 왓슨, 좀더 기다리고 나면 사건의 윤곽이 분명하게 드러날 걸세."

과연 홈즈의 예상대로였다. 아침에 일어나 보니 친구가 벽난로를 등지고 서서 아주 흐뭇하게 웃고 있었다.

"왓슨, 어떤가?"

그는 탁자에서 신문을 집어 들고 소리쳤다.

"'외벽에 흰 타일을 붙인 높은 붉은색 건물 3층. 왼쪽에서 두 번째 창문. 해가 진 뒤. G.' 이만하면 충분하네. 아침식사 후에 워런 부인의 집 근처를 좀 살펴봐야겠구먼. 아, 워런 부인! 아침부터 무슨 소식이라도 있습니까?"

의뢰인이 맹렬한 기세로 밀고 들어오는 것을 보니 뭔가 심상치 않은 일이 일어난 모양이었다.

"홈즈 선생님, 경찰을 불러야겠어요!"

하숙집 안주인이 소리쳤다.

"난 더 이상 참을 수가 없어요! 그 사람더러 짐 싸가지고 나가라고 해야겠어요. 당장에 뛰어올라가서 그렇게 하려다가, 먼저 선생님 의견을 듣는 게 좋을 것 같아서 관뒀다우. 하지만 더 이상 못 견디겠소이다. 바깥양반까지 두들겨 맞고 다닐 지경이 됐으니……."

"워런 씨가 두들겨 맞았다고요?"

"아무튼 험한 꼴을 당했다오."

"그런데 누가 그랬습니까?"

"아! 내가 알고 싶은 게 바로 그거요! 오늘 아침 일이라우. 우리 바깥양반은 토튼햄 코트로의 〈모튼 & 웨이라이트〉사에서 일하기 때문에 7시 전에는 집에서 나가야 해요. 그런데 오늘 아침에 집을 나서서 열 발자국도 가지 않았는데 뒤에서 두 남자가 덮치더니 머리에 코트를 뒤집어씌우고 번쩍 들어서 길가에 서 있던 마차에 밀어넣더라지 뭐요. 그렇게 마차에 태워서 한 시간쯤 달리다가 다시 문을 열고 그 양반을 내던졌다오. 바깥양반은 길바닥에 굴러떨어져 어찌나 떨렸는지 마차가 있는 쪽은 쳐다보지도 못했다오. 그러다가 정신을 차리고 보니 거기가 햄스테드 벌판이더라지 뭐유. 그래서 집으로 오는 합승마차를 타고 왔지만 지금도 소파에 누워 있소. 나는 그 얘기를 하려고 곧장 이리로 달려왔고 말이우."

"정말 흥미롭군요. 그자들의 얼굴을 보셨답니까? 말하는 것도 들으시고요?"

"아니우. 그 양반은 지금 혼이 나갔수. 그 양반이 아는 거라곤 요

술처럼 몸이 번쩍 올라갔다가 요술처럼 다시 내동댕이쳐졌다는 거지. 마차 안에는 적어도 사람이 둘이나 셋은 있는 거 같았다우.”

“그런데 부인은 바깥 분이 납치당한 게 그 하숙인하고 관계가 있다고 보십니까?”

“그래요, 우린 15년 동안 그 집에 살았는데 그런 일은 한번도 없었으니까요. 난 이제 신물이 나요. 돈이 전부는 아니잖소. 난 저녁때까지는 그 사람더러 나가달라고 해야겠어요.”

“워런 부인, 잠깐만 기다리십시오. 조급하게 구시면 안 됩니다. 이 사건은 내가 처음에 생각했던 것보다 훨씬 더 중대한 것 같습니다. 지금 댁의 하숙인에게 신변의 위험이 닥친 것이 분명합니다. 그를 노리는 일당이 하숙집 근처에서 기다리고 있다가, 안개가 너무 짙어서 바깥 분을 그 사람으로 착각했을 겁니다. 일당은 자신들이 실수했다는 걸 알고 바깥 분을 풀어주었습니다. 그자들이 사람을 오인하는 그런 실수를 하지 않았다면 어떻게 행동했을지 소름이 끼칠 뿐입니다."

"홈즈 선생님, 그럼 내가 어떻게 하면 좋겠수?"

"워런 부인, 그 하숙인을 한번 보았으면 좋겠군요."

"밖에서 방문을 부수고 들어가지 않는 이상 어떻게 얼굴을 볼 수 있겠수. 항상 쟁반을 내려놓고 계단을 내려간 다음에야 방문을 따는 소리가 나니까 말이우."

"그 사람은 쟁반을 방 안으로 들여가야 할 테니, 그때 어딘가에 숨어서 볼 수 없을까요?"

하숙집 안주인은 잠시 생각에 잠겼다.

"이렇게 하시우. 그 방 건너편에 골방이 하나 있는데 내가 거기에 거울을 하나 걸어놓을 테니까 문 뒤에 숨어 있다가……."

"좋은 생각입니다! 그 사람은 언제 점심식사를 하지요?"

"1시쯤."

"그럼 왓슨 박사하고 내가 그때까지 가겠습니다. 워런 부인, 그럼 그때 뵙지요."

12시 반에 우리는 워런 부인의 집 계단을 오르고 있었다. 그것은 대영 박물관 북동쪽의 비좁은 거리인 그레이트 오움 거리에 있는 노란색의 높은 벽돌 건물이었다. 그 집은 길모퉁이에 있어서 좀더 큰 집들이 있는 건너편 호우 거리가 한눈에 들어왔다. 홈즈는 그중 어느 임대 주택을 가리키며 킬킬거렸는데, 그 집은 유난히 튀어나와 있어서 쉽게 눈에 띄었다.

"저기를 좀 보게, 왓슨! '외벽에 흰 타일을 붙인 높은 붉은색 건물'이 아닌가. 저기서 신호를 보낼 걸세. 우린 장소와 암호를 알고 있네. 그러니 우리의 임무는 아주 간단해지는군. 저 창문에 '임대' 팻말이 걸려 있어. 이 집 하숙인과 같은 패거리가 저 빈집에 있는 게 틀림없네. 아, 워런 부인, 이제 어떻게 할까요?"

"다 준비해 놨어요, 두 분 다 구두를 층계 밑에 벗어놓고 올라가요, 내가 거기로 안내해 드릴 테니까."

워런 부인은 훌륭한 은신처를 마련해 두었다. 그늘에 걸려 있는 거울을 통해 우리는 건너편 방문을 손에 잡힐 듯이 볼 수 있었다. 우리가 방 안에 들어가 자리를 잡고 워런 부인이 내려가자 맞은편에서 종소리가 들려왔다. 수수께끼의 하숙인이 종을 울린 것이다.

곧 하숙집 안주인이 쟁반을 들고 나타나 꼭 닫힌 방문 옆의 의자위에 쟁반을 내려놓고 쿵쿵거리며 아래층으로 내려갔다. 우리는 방문옆 그늘에서 몸을 잔뜩 웅크린 채 거울에 시선을 못 박고 있었다.

하숙집 안주인의 발자국 소리가 들리지 않게 되자 갑자기 열쇠 돌아가는 소리가 나며 방문 손잡이가 돌아가더니 가느다란 손 두 개가나와 냉큼 쟁반을 들어올렸다. 그러나 그 손은 금방 쟁반을 도로 내려놓았고, 검은 머리의 아름다운 얼굴 하나가 겁에 질린 표정으로 살짝 열려 있는 골방 문을 뚫어지게 쳐다보는 게 보였다. 그러더니 문이 쾅 닫히며 다시 방문 열쇠가 돌아가더니 사방은 곧 잠잠해졌다. 홈즈는 내 옷소매를 잡아당겼고 우리는 발소리를 죽이며 계단을 내려갔다.

"저녁때 다시 들르겠습니다."

홈즈는 궁금한 얼굴로 쳐다보는 하숙집 안주인에게 말했다.

"왓슨, 얘기는 집에 가서 하는 게 좋겠네."

홈즈는 안락의자에 깊숙이 앉은 채 말했다.

"자네도 보았다시피 내 추측이 옳았어. 사람이 바뀌었던 거야. 하지만 여자가, 그것도 그렇게 눈에 띄는 여자가 있을 줄은 미처 몰랐네."

"그 여자는 우리 쪽을 봤어."

"글쎄, 뭔가 경계심을 불러일으킬 만한 걸 봤겠지. 그건 분명하네. 그러면 자네도 일이 어떻게 된 건지 알겠지? 한 쌍의 남녀가 엄청난 위험을 피해 다급하게 런던으로 피신해 왔네. 그것이 어떤 위험인가는 그들이 경계하는 정도를 보면 알 수 있네. 남자는 뭔가 할 일이 있었으므로 자신이 그 일을 하는 동안 여자를 아주 안전한 곳에 숨겨놓고 싶었네. 그것은 여간 어려운 일이 아니었지만 그는 독창적인 방식으로, 그리고 대단히 효과적으로 문제를 해결했고, 그래서 식사 시중을 들어주는 하숙집 안주인조차 그 방에 여자가 있다는 걸 눈치채지 못할 정도였어. 이제 보니 그 여자가 필기체를 쓰지 않은 건 글씨체를 통해 자신이 여자라는 사실을 드러내지 않기 위해서였어. 남자는 여자 곁에 올 수 없었네. 그랬다가는 적에게 여자가 있는 곳을 알려주는 꼴이 될 테니까. 남자는 직접 연락할 수 없기 때문에 신문 개인 광고란을 이용한 걸세. 여기까지는 분명하이. "

"그런데 이 사건의 핵심이 뭔가?"

"아, 그래, 역시 자네는 지독하게 현실적이군! 이 사건의 핵심이 뭐냐고? 워런 부인의 별난 사건은 갈수록 확대되면서 점점 불길한 양상을 띠고 있네. 이 정도는 말할 수 있어. 이 사건은 흔해빠진 사랑의 도피행이 아니라고. 자네는 여자가 위험 신호를 봤을 때 어떤 얼굴을 했는지 보았네. 우린 또 하숙집 주인 남자가 피습 당했다는 것도 들었지. 그건 틀림없이 하숙인을 노린 공격이었어. 이러한 사실 말고도 두 남녀가 필사적으로 자신을 드러내지 않으려고 하는 건, 이게 사람의 생사가 걸린 일이라는 걸 나타내주지. 나아가 워런 씨가 납치당했던 걸 보면, 이들 남녀를 노리는 안개 속의 일당이 하숙인이 남자에서 여자로 바뀐 사실을 모른다는 걸 알 수 있네. 왓슨, 이건 정말 흥미롭고 복잡한 사건일세. "

"그런데 자네가 어째서 끼어들려는 건가? 얻는 게 뭐가 있다고. "

"뭐라고? 예술은 그 자체가 목적일세, 왓슨. 자네도 환자를 치료할 때 치료비를 생각하지 않고 병을 고친 적이 있지 않나?"

"나한테 공부가 됐으니까. "

"왓슨, 공부라는 건 끝이 없는 걸세. 그것은 위인들이 남겨준 교훈이기도 하지. 이 사건은 상당히 공부가 되네. 돈도 명예도 돌아오지 않지만 그래도 내 손으로 풀어보고 싶으이. 저녁때가 되면 사건 조사가 한 단계 진척하게 될 거야."

워런 부인의 집에 다시 찾아갔을 때, 런던의 겨울날은 짙은 회색안개 속에서 저물고 있었다. 음울하고 단조로운 회색 일색을 깨뜨리는 것은 네모난 창문에서 흘러나오는 선명한 노란 불빛과 어슴프레한 가스등 불빛뿐이었다. 불을 켜지 않아 어두컴컴한 하숙집 거실에서 내다보고 있으려니 흐린 장막을 뚫고 높은 곳에서 희미한 불빛 하나가 더 나타났다.

"저 방에서 누가 움직이고 있어."

홈즈는 열의에 가득한 여윈 얼굴을 유리창에 바짝 대고 속삭였다.

"그래, 사람 그림자가 보이는군. 다시 나타났어! 손에 촛불을 들고 있네. 이제 바깥을 기웃거리고 있군. 여자가 보고 있는지 확인하려는 거야. 이제 촛불이 깜박대기 시작하는데. 왓슨, 자네도 숫자를 세게. 나중에 서로 맞춰볼 수 있게 말이야. 한 번 깜빡거린 것은 분명히 'A'일세. 자, 그 다음에, 불빛이 몇 번이나 깜빡거렸지? 스무 번? 나도 그렇네. 그건 'T'를 의미하는 걸세. 'AT'라, 아주 알기 쉽군그래! 또 'T'일세. 두 번째 단어를 시작하는 거겠지? 자, 그러면…… 'TENTA'로군. 이젠 아주 그쳤어. 이상하다, 이게 전부일 리는 없는데. 'ATTENTA'는 아무 뜻도 없지 않나. 'AT', 'TEN', 'TA', 이렇게 세 단어로 나눠도 별로 나아지지 않는단 말이야. 'T. A.'를 사람의 머리글자로 보고 '10시에 T.A.'라고 읽지 않는다면……. 또 시작이군! 이번엔 뭐지? ATTE——똑같은 내용이군. 왓슨, 이상하지 않나? 또 보냈네. 이것 참 흥미롭군. AT……, 아니, 같은 단어를 세 번째 반복하고 있잖아.

'ATTENTA'를 세 번이나! 이걸 얼마나 더 되풀이하려는 거지? 아냐, 이제 끝난 것 같군. 사람이 창가에서 물러났어. 왓슨, 자네는 어떻게 생각하나?"

"홈즈, 이건 무슨 암호문이 아닐까?"

내 친구는 이제 알았다는 듯 느닷없이 웃음을 터뜨렸다.

"그런데 그다지 어려운 암호문은 아니로군. 왓슨, 이건 이탈리아 말일세! 'A'는 여자한테 말하고 있다는 걸 의미하지. '조심하라! 조심하라! 조심하라!' 어떤가, 왓슨?"

"자네 말이 옳은 것 같아."

"틀림없어. 이건 아주 긴급 메시지일세. 그러니까 세 번이나 반복해서 의미를 더욱 강조하는 거지. 하지만 뭘 조심하라고? 잠깐, 사람이 다시 창가로 왔네."

몸을 웅크린 남자의 희미한 그림자가 다시 나타나더니 창문으로 촛불이 나타났다 없어졌다 하는 불빛 신호가 시작되었다. 불빛이 깜빡거리는 속도는 더욱 빨라져서 세는 것도 힘들 정도였다.

"'페리콜로(PERICOLO)'…… 엉, 이게 무슨 뜻이더라? 여보게, 이건 '위험' 아닌가? 그래, 이건 위험 신호로군. 또 시작되네! 'PERI'…… 어라, 도대체……."

갑자기 촛불이 꺼지면서 불빛이 창문에서 사라졌다. 다른 층의 창은 밝게 불이 켜져 있었지만 3층은 창틀만 반짝일 뿐 높은 건물에 휘감긴 검은 띠가 되었다. 마지막 경고의 말은 느닷없이 중단된 것이다. 어떻게 된 걸까? 누가 그랬을까? 똑같은 생각이 우리 둘의 마음 속을 동시에 스쳐갔다. 창가에 웅크리고 있던 홈즈가 벌떡 일어서며 외쳤다.

"왓슨, 일이 심상치 않게 돌아가는군. 뭔가 안 좋은 일이 벌어지고 있는 거야! 왜 저런 메시지가 저렇게 갑자기 중단된 거지? 런던 경시청에 알려야겠군. 하지만 지금은 상황이 너무 긴박해서 이곳을 떠날 수가 없네."

"내가 갔다 올까?"

"우린 상황을 좀더 확실하게 파악할 필요가 있네. 별일이 아닐 가능성도 아직 있으니까. 여보게, 우리가 나가서 일이 어떻게 된 건지 알아보세."

빠른 걸음으로 호우 거리를 걸어가면서 나는 방금 빠져나온 건물을 흘끗 돌아보았다. 맨 위층 창문으로 한 여자의 희미한 그림자가 보였다. 그녀는 꼿꼿이 굳은 자세로 어둠 속을 응시하면서 중단된 신호가 다시 시작되기를 숨도 쉬지 못하고 기다리고 있었다. 호우 거리 임대주택 입구에선 외투로 몸을 감싸고 목도리를 친친 동여맨 사내가 난간에 기대어 있었다. 홀의 불빛이 우리들의 얼굴을 비추자 사내는 움찔 놀랐다.

"홈즈 씨가 아닙니까!"

사내는 외쳤다.

"아니, 그렉슨 경감!"

내 친구는 런던 경시청의 형사와 악수를 나누며 말했다.

"'여행의 끝은 연인들의 상봉(셰익스피어의 《십이야》 2막 3장에 나오는 말)'이라고 하더니만, 당신이 여기까지 어쩐 일입니까?"

"당신과 같은 이유로 온 게 아니겠습니까?"

그렉슨은 말했다.

"당신이 어떻게 이 일을 알게 되셨는지 모르겠군요."

"서로 다른 단서를 쫓다가 결국 같은 지점에서 만나게 되었군요. 나는 신호를 보내는 현장을 잡았습니다."

"신호라고요?"

"그렇습니다, 저 창문에서 말입니다. 중간에 갑자기 뚝 끊어지고 말았지요. 우린 이유를 알아보러 왔습니다. 하지만 당신이 잘 알아서 하고 있으니 더 이상 내가 끼어들 필요는 없겠군요."

"잠깐!"

그렉슨은 허둥지둥 외쳤다.

"홈즈 씨, 솔직히 말하면 어떤 사건이라도 당신이 옆에 있기만 하면 나는 무척 든든했습니다. 이 건물의 출구는 이것뿐이니 놈은 독 안에 든 쥐입니다."

"놈이 누굽니까?"

"허허, 홈즈 씨, 이번에는 우리가 당신을 앞질렀군요. 이번에는 당신이 두 손 들어야겠습니다."

그가 스틱으로 바닥을 탕 치자 저쪽에 서 있는 사륜 마차에서 채찍을 든 마부 하나가 느릿느릿 다가왔다

"셜록 홈즈 씨를 소개해 드리겠소."

그렉슨 경위가 마부에게 말했다.

"이쪽은 핀커튼 탐정 사무소 미국 지부의 레버튼 씨입니다."

"롱아일랜드(ᴺᴼ의 남동부의 섬) 사건의 주인공 아니시오? 이렇게 만나 뵙게 되어 정말 기쁘군요."

홈즈가 말했다.

여위고 각진 얼굴을 깨끗이 면도한 조용하고 사무적인 태도의 젊은 미국인 탐정은 자신을 칭찬하는 말을 듣고 얼굴을 붉혔다. 미국인은 말했다.

"홈즈 씨, 저는 지금 목숨을 건 추격전을 벌이는 중입니다. 조르지아노를 잡을 수만 있다면……."

"뭐라고! '붉은 원'의 조르지아노 말이오?"

"아니, 그자의 악명은 유럽까지 알려져 있습니까? 우리는 미국에

서 그자에 대한 모든 것을 알게 되었습니다. 우리는 50건의 살인사건의 배후로 그자를 지목했지만 결정적인 단서를 손에 넣지 못해 놓치고 말았습니다. 저는 뉴욕에서부터 그자를 따라왔고, 그자의 목덜미를 낚아챌 수 있을 만한 명분이 생기기를 기다리며 일주일 동안 런던에서 뒤를 바짝 따라다녔습니다. 저는 그렉슨 씨와 여기까지 따라와서 그자가 저 임대 주택에 들어가는 걸 확인했습니다. 문은 하나뿐이니 이제 그자는 우리 손에서 빠져나갈 수 없습니다. 그자가 들어간 다음 안에서 세 사람이 나왔지만 맹세코 그중에는 그가 없었습니다. "

"홈즈 씨는 무슨 신호에 대해 말하고 계셨소."

그렉슨은 말했다.

"항상 그렇지만, 홈즈 씨는 우리가 모르는 걸 많이 알고 있는 것 같습니다. "

홈즈는 그동안 있었던 일을 간단하게 설명해 주었다. 미국인은 원통하다는 듯 손뼉을 쳤다.

"그자가 눈치를 챈 겁니다!"

레버튼이 소리쳤다.

"왜 그렇게 생각하시오?"

"그런 것 같지 않습니까? 그자는 여기서 공범에게 신호를 보내고 있었습니다. 런던에는 같은 패거리가 많으니까요. 그런데 홈즈 씨의 설명대로라면 그자는 일당에게 위험 신호를 보내다가 갑자기 중단했습니다. 순간적으로 우리가 거리에 있는 모습을 보았거나 아니면 다른 위험이 닥쳐와서 당장 행동을 개시해야 한다고 생각한 것이 분명합니다. 홈즈 씨, 어떻게 생각하십니까?"

"당장 올라가서 우리 눈으로 확인해 봅시다."

"하지만 우리에겐 체포 영장이 없습니다."

"그자는 수상쩍은 정황에서 빈집에 들어가 있소."

그렉슨이 말했다.

"지금은 이것만으로도 충분하오. 일단 그자를 체포한 다음에 구속 영장을 발부받는 데 뉴욕의 도움을 받을 수 있는지 알아봅시다. 지금 그자를 체포하는 건 내가 책임지겠소."

영국 경찰은 지적인 면에서는 좀 모자랄지 몰라도 용감하다는 면에서는 전혀 뒤지지 않는다. 그렉슨은 마치 런던 경시청의 청사 계단을 올라갈 때처럼 조용하고 사무적인 태도로 희대의 살인마를 체포하기 위해 계단을 올랐다. 핀커튼의 탐정은 형사를 밀치고 앞서 올라가려고 했지만 그렉슨은 단호히 청년 탐정을 밀쳐냈다. 런던에서의 위험은 런던 경찰에게 우선권이 있는 것이다.

3층 층계참 왼편에 있는 문이 살짝 열려 있었다. 그렉슨이 앞장서 문을 밀치고 들어갔다. 실내는 온통 고요하고 깜깜했다. 나는 성냥을 켜서 형사가 들고 온 각등에 불을 붙였다. 성냥에서 옮겨 붙은 불이 차차 밝아지자 모두들 경악하고 비명을 질렀다. 카펫을 깔지 않은 송판 바닥 위에 방금 난 피 묻은 발자국이 찍혀 있었다. 붉은 발자국은 꼭 닫혀 있는 안쪽 문에서 우리가 있는 곳까지 이어져 있었다. 그렉슨은 그 문을 활짝 열고 각등으로 앞을 비추었다. 그 사이에 우리는 그의 어깨 너머로 열심히 방 안을 들여다보았다.

텅 빈 방 한가운데 거구의 사내가 쓰러져 있었다. 깨끗이 면도한 검붉은 얼굴은 무섭게 일그러져 있었고, 머리 둘레에는 몸서리 나도록 붉은 피가 하얀 마루 위에 둥글게 번져 있었다. 무릎은 세우고 두 팔은 고통스럽게 벌린 채였다. 천장을 향하고 있는 굵은 갈색의 목 한가운데 하얀 손잡이가 달린 칼이 차루까지 깊숙이 박혀 있었다. 거한이었지만 치명적인 일격을 맞고 도끼를 맞은 황소처럼 맥없이 죽어 넘어진 것이 틀림없었다. 오른손 옆에는 뿔 손잡이가 달린, 무시무시하

게 생긴 양날 단검이 떨어져 있었고 그 옆에는 검은 염소 가죽 장갑
이 놓여 있었다.

"이럴 수가! 블랙 조르지아노 아닌가! 누가 선수 쳤군요."

미국인 탐정이 소리쳤다.

"홈즈 씨, 여기 창가에 초가 떨어져 있습니다. 아니, 지금 뭘하시

는 겁니까? "

그렉슨이 말했다.

홈즈는 성큼성큼 창가로 다가가 초에 불을 붙이고 유리창 앞으로 촛불을 올렸다 내렸다를 반복하고 있었다. 그리고 어둠 속을 유심히 쳐다보더니 촛불을 훅 불어 끈 다음 초를 바닥에 던져 버렸다.

"이게 도움이 될 거라고 봅니다. "

홈즈는 말했다. 두 전문가가 시체를 살펴보는 동안 그는 옆에 서서 깊은 생각에 잠겨 있었다.

그가 마침내 입을 열었다.

"당신들은 밑에서 기다리는 동안 이 건물에서 세 사람이 나왔다고 하셨지요. 얼굴을 자세히 보셨습니까?"

"그렇습니다."

"혹시 30살쯤 된 검은 머리, 검은 턱수염을 기른 중키의 사내는 없던가요?"

"있었습니다. 맨 마지막으로 그런 사람이 나갔지요."

"그자를 잡아야 할 겁니다. 인상착의는 내가 알려드릴 수 있습니다. 게다가 여기는 그의 발자국투성이니 이만하면 충분할 겁니다."

"홈즈 씨, 수백만의 인구가 북적거리는 런던에서 이 정도로는 충분치 않습니다."

"그럴지도 모르지요. 그래서 나는 저 여성을 부르면 참고가 될 거라고 생각한 겁니다."

우리는 홈즈의 말을 듣고 일제히 뒤를 돌아보았다. 문 앞에 키가 크고 아름다운 한 여성이 서 있었는데, 바로 블룸스베리의 수수께끼의 하숙인이었다. 그녀는 천천히 이쪽으로 걸어왔는데 얼굴이 무서운 불안으로 창백하게 질려 있었다. 그녀는 겁에 질린 눈길로 바닥에 쓰러져 있는 시커먼 형체를 응시했다.

"당신들이 이 사람을 죽였군요!"

그녀는 속삭이듯이 말했다.

"오, 맙소사, 당신들이 이 사람을 죽였어요!"

다음 순간 그녀는 짧게 숨을 들이키더니 기쁨의 함성을 지르며 껑충껑충 뛰어올랐다. 그녀는 춤을 추고 손뼉을 치며 방 안을 빙글빙글 돌았다. 검은 눈에는 미칠 듯한 기쁨의 빛이 가득했고 아름다운 이탈리아식 감탄사를 연신 쏟아냈다. 아름다운 여성이 이렇게 소름 끼치는 광경 앞에서 기쁨으로 자지러지는 걸 보니 끔찍하고 놀라웠다. 불

현듯 그녀는 제자리에 멈춰서서 묻는 듯한 눈으로 우리 쪽을 응시했다.

"하지만 당신들! 당신들은 경찰이에요, 그렇죠? 당신들이 주제페 조르지아노를 죽였어요, 안 그런가요?"

"부인, 우린 경찰입니다."

여자는 어두운 방 안을 구석구석 둘러보았다.

"그러면 제나로는 어디 있지요? 남편 제나로 루카말이에요, 저는 에밀리아 루카입니다. 우린 뉴욕에서 왔어요, 제나로는 어디 있나요? 그이가 방금 이 창문에서 저한테 신호를 보냈어요, 그래서 정신없이 달려왔지요."

"신호를 보낸 사람은 접니다."

홈즈가 나섰다.

"당신이 어떻게! 당신이 그걸 어떻게 알고?"

"부인, 두 분의 암호는 그다지 어려운 게 아니었습니다. 부인을 여기 모실 필요가 있었지요, 나는 촛불로 '오라(Vieni)'는 신호를 보내면 부인이 곧 오실 줄 알고 있었습니다."

아름다운 이탈리아 여성은 경이로운 눈길로 내 친구를 쳐다보았다.

"당신이 그걸 어떻게 알아냈는지 모르겠군요, 주제페 조르지아노는 어떻게⋯⋯."

그녀는 말을 뚝 그쳤다. 갑자기 그녀의 얼굴이 긍지와 기쁨으로 밝아졌다.

"아, 이제 알겠어요! 나의 제나로! 나를 온갖 위험에서 안전하게 지켜준 멋지고 아름다운 제나로가 그랬군요, 무쇠 같은 손으로 이 괴물을 죽여버린 거예요! 오, 제나로, 당신은 정말 멋진 사람이야! 당신 같은 남자한테 반하지 않을 여자가 어디 있을까?"

"그런데, 루카 부인."

무뚝뚝한 그렉슨은 숙녀가 노팅힐의 불량배라도 되는 것처럼 감정이라곤 조금도 없는 얼굴로 다가가 그녀의 소매에 손을 얹었다.

"저는 아직 부인이 누군지, 어떤 신분인지는 자세히 모릅니다. 하지만 얘기를 듣고 보니 부인을 경찰 본부로 모실 필요가 있는 게 분명하군요."

"잠깐 기다리시오, 그렉슨 경감."

홈즈가 말했다.

"나는 우리가 원하는 만큼이나 이 숙녀도 우리에게 진상을 알려주고 싶어 할 거라고 생각합니다. 부인, 남편께서 여기 쓰러져 있는 남자를 살해한 혐의로 체포되어 재판받게 된다는 걸 알고 계십니까? 부인의 말은 증거로 사용될 수 있습니다. 하지만 남편에게 범죄 동기가 없었다고 생각하신다면, 또 남편께서도 자초지종을 널리 알리고 싶어할 거라고 생각하신다면 모든 이야기를 솔직히 해주시는 것이 가장 남편을 위하는 길이 될 겁니다."

"조르지아노가 죽었으니까 우린 이제 겁날 게 없어요."

숙녀는 말했다.

"그는 악마이고 괴물이었어요. 제 남편이 이 사람을 죽였다고 벌을 내릴 재판관은 세상에 없을 겁니다."

그러자 홈즈가 말했다.

"그렇다면 현장을 이대로 놔두고 방문을 잠근 다음에, 이 숙녀와 함께 하숙집으로 가서 자초지종을 듣고 난 뒤에 의견을 모으는 게 어떻겠습니까?"

30분 뒤에 우리 네 사람은 루카 부인의 작은 거실에 앉아서, 그녀가 겪은 지독한 사건들에 관한 이야기에 귀 기울였다. 우리는 그 결말을 뜻하지 않게 목격한 셈이었다. 그녀는 빠르고 유창하긴 했지만 문법에는 맞지 않는 영어로 말했다. 나는 독자들의 이해를 돕기 위해 그녀의 말을 어법에 맞게 고쳐 기록하겠다.

"저는 나폴리 근처의 포실리포에서 태어났어요. 아버지는 그 지역의 변호사 출신으로 하원 의원을 지낸 아우구스토 바렐리 씨지요. 제나로는 우리 아버지 밑에서 일했는데 저는 그를 사랑하게 됐어요, 아마 어느 여자라도 그랬을 거예요. 그에게는 아름다움과 힘과 정열이 있을 뿐 돈도 지위도 없었지요. 그래서 아버지는 우리 둘의 결혼을 반대하셨답니다. 우린 집에서 도망쳐 바리에서 결혼했어요. 그리고 미국에 갈 여비를 마련하기 위해 제가 가진 패물을 팔았지요. 그게 4년 전의 일이었는데, 우린 그 뒤로 계속 뉴욕에서 살았답니다.

처음에 행운의 여신은 우리 편이었지요. 제나로는 어느 이탈리아 신사 밑에서 일하게 됐어요. 남편이 바워리(싸구려 술집, 여관들이 모여 있는 뉴욕의 유흥가)에서 그분이 불량배들에게 봉변을 당할 뻔한 걸 구해준 것이 인연이 되어 우리의 든든한 후원자가 되어주셨지요. 그분의 이름은 티토 카스탈로테 씨인데, 뉴욕에서도 손꼽히는 과일 수입상 〈카스탈로테 & 잠바〉라는 큰 회사의 주인이었어요. 동업자인 잠바 씨는 병환 중이어서 우리 부부의 새 친구 카스탈로테 씨가 3백 명 이상의 종업원을 거느린 회사에서 전권을 행사했지요. 그분은 남편에게 일자리를 주셨고 어느 부서의 책임자로 임명해 주시고 여러 가지 방법으로 남편에게 호의를 베푸셨어요. 카스탈로테 씨는 독신이었는데, 제나로를 아들처럼 생각하시는 것 같았고 우리 부부도 그분을 친아버지처럼 따랐지요. 우린 브루클린에 작은 십을 상만했는데 안정된 미래가 우릴 기다리고 있는 것 같았어요. 그런데 바로 그때 먹구름이 몰려와서 금세 하늘을 뒤덮었던 거예요.

어느 날 밤, 제나로는 퇴근길에 같은 고향 사람 하나를 데리고 왔어요. 조르지아노라고, 역시 포실리포 사람이었지요. 여러분도 그의 시신을 봤으니 알겠지만 그는 거인이었습니다. 체구만 컸던 게 아니라 모든 게 다 거칠고 크고 무시무시했지요. 그의 목소리는 작은 우리 집에서 천둥소리처럼 울렸어요. 말을 하는 동안 커다란 팔을 휘두르면 방에는 남는 공간이 별로 없을 정도였지요. 그의 생각, 감정, 정열, 모든 게 다 허풍스럽고 기괴했어요. 그가 말할 때, 아니, 포효할 때 사람들은 그 위세에 눌리고 홍수 같은 말솜씨에 질려 꼼짝 못하고 듣고 있을 수밖에 없었답니다. 그는 이글거리는 눈빛으로 상대를 제압했지요. 그는 정말 무섭고 이상한 남자였습니다. 그가 죽은 것을 저는 신께 감사드립니다!

조르지아노는 자주 찾아왔어요. 하지만 저는 제나로가 저와 단둘이 있을 때처럼 행복해하지 않다는 걸 알았어요. 가엾은 남편은 창백하고 불안한 얼굴로 앉아서 정치와 사회 문제 전반에 대한 손님의 장광설을 마지못해 듣곤 했지요. 제나로는 아무 말도 하지 않았지만, 남편을 너무나 잘 아는 저는 그의 얼굴에서 전에 한번도 보지 못했던 감정을 읽어낼 수 있었어요. 처음에 저는 그게 혐오인 줄 알았습니다만 단순한 혐오가 아니라는 사실을 점차 깨닫게 되었지요. 그것은 공포였어요. 마음 깊이 숨어 있는 은밀한 공포. 그 공포심을 알아차린 날 밤, 저는 남편을 껴안고 저에 대한 사랑과 소중한 그 모든 것을 걸고 그 거인에게 시달리는 까닭이 뭔지 솔직하게 말해 달라고 애원했어요.

그이는 이야기를 했고 듣는 동안 제 가슴은 차갑게 얼어붙었습니다. 가엾은 제나로는 온 세상이 전부 자신을 따돌리는 것 같고 인생의 불의에 반쯤 미치다시피 했던 뜨겁고 격정적인 시절에, 카르보나리 당(19세기 초에 활약한 이탈리아 공화주의 비밀 결사)과 동맹 관계에 있는 '붉은 원'이라는 나폴리 비밀 조직에 가입했답니다. 이 조직의 규칙과 비밀스러운 활동 내용은 끔찍하기 짝이 없어 한번 발을 들여놓으면 규정상 탈퇴가 불가능했지요. 우리가 미국으로 도망쳐 왔을 때 제나로는 그런 과거를 영원히 떨쳐버렸다고 생각했어요. 그런데 어느 날 저녁, 끔찍하게도 길거리에서 거인 조르지아노를 만난 거예요. 그는 나폴리에서 남편을 조직에 가입시킨 당사자였어요. 조르지아노는 살인을 거듭해서 두 손을 피로 벌겋게 물들였다고 해서 이탈리아 남부에서는 '죽음의 신'이라는 별명까지 얻은 사내였어요! 그는 이탈리아 경찰의 추적을 피해 뉴욕으로 건너왔는데, 뉴욕을 새로운 거점으로 삼기 위해 이미 그 무시무시한 조직의 지부를 만들어놓은 상태였지요. 제나로는 이 모든 이야기를 털어놓으면서 그날 받았다는 호출장을 보여주었어요. 맨 위에는 붉은 동그라미가 찍혀 있고 언제 지부 회의를 열 예정이니 반드시 출석하라고 씌어 있더군요.

그것만 해도 나빴지만 더 나쁜 일이 다가오고 있었어요. 저는 조르지아노가 저녁마다 우리 집에 찾아오면 저를 보고 이야기한다는 걸 벌써 눈치채고 있었어요. 심지어 그가 남편한테 말을 할 때도 들짐승의 눈처럼 무섭게 번쩍거리는 시선은 항상 제게 꽂혀 있었지요. 어느 날 밤 저는 그의 비밀을 알게 되었어요. 제가 그의 마음속에서 자기가 이른바 '사랑'이라고 말하는, 짐승의, 야만인의 사랑을 일깨운 거예요. 어느 날 조르지아노는 제나로가 돌아오기도 전에 찾아왔어요. 그는 집 안으로 성큼성큼 들어오더니 힘센 두 팔로 곰처럼 저를 껴안고 온통 키스를 퍼부어대며 자기랑 같이 살자고 간청하더군요. 제가 마구 버둥거리면서 비명을 지르고 있는데 제나로가 들어와서 그에게 덤벼들었지요. 그는 남편을 기절할 만큼 두드려 패고 뛰쳐나가더니 두 번 다시 우리 집에 얼씬거리지 않았어요. 우리는 그날 밤에 무서운 적을 만든 거예요.

며칠 뒤에 회의가 있었어요. 그곳에 다녀온 제나로의 얼굴을 보고 저는 뭔가 두려운 일이 생겼다는 걸 직감했지요. 우리가 상상했던 것보다 더 무서운 상황이었어요. 그 조직에선 부유한 이탈리아인을 협박해서 자금을 끌어 모으고 있었는데, 고분고분하지 않은 이들에겐 폭력도 불사했지요. 그런데 우리의 친구이자 은인인 카스탈로테 씨에게도 마수가 뻗친 듯했습니다. 그분은 협박에 무릎 꿇지 않고 경찰에 신고했지요. 그러자 조직에서는 다른 피해자들이 덩달아 반항하지 않도록 그분을 본보기로 삼아야 한다는 결정을 내렸어요. 회의에서는 그분이 집에 있는 시간을 택해 다이너마이트로 집을 폭파하기로 했답니다. 그리고 누가 그 일을 할 것인가를 놓고 제비뽑기를 한 거예요. 제나로는 제비가 들어 있는 주머니에 손을 넣는 순간 조르지아노가 자신을 보고 잔인하게 웃는 걸 보았어요. 어떤 식으로든 사전에 손을 써놓은 것이 틀림없었지요. 제나로가 손에 쥔 것은 죽음의 붉은 동그라미가 찍힌 살인 지령서였으니까요. 남편은 가장 가까운 친구를 죽이든지, 아니면 저까지 조직의 복수 대상으로 만들든지 해야 할 판이었어요. 그 조직은 두려워하거나 증오하는 상대만이 아니라 그가 사랑하는 사람도 같이 해치는 극악무도한 짓을 일삼았고, 그걸 잘 아는 가엾은 제나로는 거의 미칠 정도로 불안에 떨었답니다.

그날 밤 우리는 밤새도록 꼭 끌어안고 눈앞에 닥친 시련 앞에서 서로를 격려했어요. 테러를 실행하기로 한 날은 그 다음날 저녁이었어요. 남편과 저는 정오가 되기 전에 런던을 향해 떠났지요. 하지만 그전에 우리의 은인에게 위험을 경고하고 경찰에도 알려 앞으로 그분의 신변을 보호해 주도록 조치를 취했어요.

신사 여러분, 그 뒤의 일은 여러분이 아시는 대로예요. 우리는 적들이 그림자처럼 뒤따라올 거라고 확신했어요. 조르지아노는 우리에게 개인적인 원한을 품고 있었고, 또 우리는 그가 얼마나 잔인하고 교활하고 끈질긴 인간인지 잘 알고 있었지요. 이탈리아와 미국에는 그의 세력이 널리 크게 퍼져 있답니다. 우리는 그것이 지금 우리에게도 닥치고 있다고 생각했어요. 남편은 런던에 도착하자마자 아직 감시가 없는 틈을 타서, 저를 위해 안전한 은신처를 마련해 주었어요. 그이는 미국과 이탈리아의 경찰과 연락을 취할 수 있도록 자유롭게 활동해야 했으니까요. 그래서 저는 그이가 어디서, 어떻게 살았는지 전혀 몰라요. 저는 오직 신문 광고란을 통해서만 그이의 소식을 들을 수 있었어요. 그런데 언젠가 창 밖을 내다보니 이탈리아 인 둘이 밖을 지키고 있는 게 보이더군요. 무슨 수를 썼는지 모르겠지만 조르지아노가 이 은신처를 알아낸 거예요. 마침내 제나로는 신문을 통해 이 집 창문에서 신호를 보낼 거라고 알려왔는데, 그이가 보낸 메시지는 오직 경고의 말뿐이었고, 그것도 갑자기 중단되었어요. 지금 와서 생각해 보니 그이는 조르지아노가 뒤에서 바짝 따라오고 있다는 걸 눈치챈 게 분명해요. 고맙게도 그자가 왔을 때 그이는 단단히 준비를 하고 있었지요. 신사 여러분, 이제 저는 여러분에게 우리 부부가 법의 심판을 두려워해야 하는지, 이 세상에 제나로에게 유죄 판결을 내릴 재판관이 있는지 묻고 싶군요."

미국인은 형사를 건너다보며 말했다.

"그렉슨 씨, 영국 법은 어떤지 모르겠지만 뉴욕에서라면 이 숙녀의 남편에게 감사의 인사를 할 겁니다."

"나는 부인을 모시고 가서 서장님을 만나 뵐 생각입니다."

그렉슨은 대답했다.

"부인의 말이 사실이라는 게 증명되면 부인이나 남편은 걱정할 필요가 없을 겁니다. 그건 그렇고, 홈즈 씨, 나는 당신이 어떻게 이 일에 개입하게 됐는지 궁금하군요."

"그렉슨 경감, 그건 공부 덕분입니다, 공부. 나이가 들어서도 쉬지 않고 배움을 구한 덕분이지요. 자, 왓슨, 자네의 기록에 비극적이고 기괴한 사건이 하나 더 추가됐군. 그런데 아직 8시 전인데, 코벤트 가든에서 '바그너의 밤'을 공연한다네! 서두르면 2막부터는 볼 수 있을 것 같군."

The Bruce-Partington Plans
잠수함 브루스파팅턴 설계도

1895년 11월 셋째 주, 짙은 누런색 안개가 런던을 휘감고 있었다. 월요일부터 목요일까지 베이커 거리의 하숙집 창문에서는 길 건너편 집들이 희미하게라도 보인 날이 단 하루도 없었다. 짙은 안개가 낀 첫날, 홈즈는 두툼한 참고 자료집에 색인 표시를 붙이며 시간을 보냈다. 이틀째와 사흘째에는 최근 들어 취미를 붙인 중세 음악에 대해 끈질기게 파고들었다. 하지만 나흘이 되던 날, 아침식사를 마친 뒤, 기름기 섞인 짙은 갈색 안개가 소용돌이치며 몰려와 창문에 끈적끈적하게 달라붙는 걸 보고 성급하고 활동적인 내 친구는 더 이상 이런 단조로운 생활을 견딜 수 없는 듯했다. 그는 솟구치는 힘을 꾹꾹 누르고 손톱을 깨물고 가구를 툭툭 치는 등 일거리가 없는 상황에 대해 짜증을 부리며 거실 안을 초조하게 왔다갔다 했다.

"왓슨, 신문에 뭐 재미있는 얘기 없나?"

나는 홈즈가 재미를 느끼는 건 오로지 범죄뿐이라는 걸 잘 알고 있었다. 혁명과 전쟁이 일어날 가능성, 곧 있을 정권 교체에 대한 기사도 있었지만 그것은 내 친구의 안중에 없는 소식들이었다. 범죄 소식이라고 해봤자 흔하고 시시한 사건들뿐이었다. 홈즈는 신음하며 다시 불안하게 방 안을 오락가락했다.

"런던의 범죄자는 다 멍청이들이야."

그는 사냥감을 놓친 사냥꾼처럼 불만스러운 어조로 말했다.

"왓슨, 창 밖을 좀 내다보게. 사람들이 어떻게 안개 속에서 나타나 희미하게 보이다가 다시 안개의 강으로 스며들어 가는지 보라고. 도둑이나 살인자는 이런 날 호랑이가 정글을 누비듯 자신의 모습을 감춘 채 런던 시내를 돌아다닐 수 있지. 모습이 드러나는 건 목표물에 덤벼드는 그 순간뿐이야."

"좀도둑이라면 아주 많다네."

내 말에 홈즈는 코웃음을 쳤다.

"이 거대한 회색 무대는 그보다 더 나은 것을 올리기 위해 마련됐네. 내가 범죄자가 되지 않은 것은 이 사회를 위해 퍽 다행스러운 일이지."

"그건 정말 그래!"

그것은 나의 진심이었다.

"내가 브룩스나 우드하우스, 아니면 내 목숨을 노릴 이유가 충분한 50명 가운데 하나였다고 가정해 보세. 나는 나 자신의 추적을 언제까지 따돌릴 수 있을까? 출두 명령서, 가짜 약속, 그 밖의 다른 것으로 벌써 끝장났을걸세. 암살의 대륙 라틴 아메리카에는 안개가 끼지 않으니 정말 다행스러운 일이지. 어라! 드디어 이 지긋지긋한 권태를 날려 버릴 만한 게 왔군."

하녀가 전보를 한 통 가져다주었다. 홈즈는 전보를 북 뜯어보더니 폭소를 터뜨렸다.

"이것 봐라! 도대체 무슨 일일까? 마이크로프트 형님이 온다네."

"그게 놀랄 일인가?"

나는 물었다.

"그게 놀랄 일이냐고? 이건 시골 길에서 기차를 만나는 것과 같은 일일세. 마이크로프트 형님은 자기만의 궤도를 갖고 있어서 그곳으로만 다니지. 펠멜 거리의 하숙집, 디오게네스 클럽, 화이트 홀, 이렇게 세 곳을 돌고 돌 뿐이라네. 여기 온 건 한 번, 딱 한 번뿐일세. 그런데 얼마나 놀라운 일이 있기에 궤도를 벗어난 걸까?"

"아무 설명이 없나?"

홈즈는 형의 전보를 건네주었다.

캐도건 웨스트 때문에 널 만나야겠다. 곧 가겠음.

마이크로프트

"캐도건 웨스트? 어디서 들어본 이름인데."

"나는 처음 듣네. 하지만 형이 이렇게 갑자기 나타나다니! 행성이 궤도를 이탈한 거나 마찬가지지. 그건 그렇고, 자네는 우리 형이 무슨 일을 하는지 알고 있나?"

나는 '그리스 어 통역' 사건 당시에 들었던 얘기를 어렴풋이 떠올렸다.

"자네는 형님이 정부에서 무슨 직책을 맡고 있다고 했잖은가?"

홈즈는 쿡쿡 웃었다.

"나는 그 당시에 자네를 그렇게 잘 아는 편은 아니었네. 그런데 국가의 중대사에 관해 말할 때는 신중할 필요가 있거든. 마이크로프트 형이 정부에서 일하고 있다는 건 사실이네. 하지만 가끔씩 마이크로프트 형이 정부 그 자체라고 해도 틀린 얘기는 아닐세."

"여보게, 홈즈."

"자네가 놀랄 줄 알았지. 마이크로프트 형님은 연봉 450파운드를 받는 하위직 공무원일세. 아무 야심도 없고 앞으로도 무슨 훈장이나 작위를 받을 일은 없을 걸세. 하지만 이 나라에서 없어서는 안 될 사람이라네."

"하지만 어떻게?"

"음, 형님의 위치는 대단히 독특하지. 형님은 자기 힘으로 그런 자리에 올랐네. 그것은 전무후무한 일이 될 걸세. 형님은 누구보다 정연하고 체계적인 두뇌를 갖고 있는데 게다가 기억 용량이 엄청나다네. 아마 형을 능가할 사람은 없을 거야. 나는 그런 능력을 범죄 수사에 쏟아 붓고 있지만 형님은 자신의 특수 업무에 그것을 이용하지. 정부 모든 부서에서 결의된 사항이 형님에게 전달되는데, 형님은 수지를 맞추는 어음 교환소와 비슷한 역할을 해. 정부에서 일하는 사람들은 누구나 각자의 전문 분야가 있듯이, 형님의 모든 걸 환히 꿰뚫고 있는 걸 전문으로 한다네. 예를 들면 어느 장관에게 해군, 인도, 캐나다, 그리고 복본위제(複本位制, 두 가지 이상의 본위 화폐를 인정하고 있는 통화 제도)가 모두 관련된 문제에 관한 정보가 필요하다고 가정해 보세. 장관은 각각의 문제에 대해 여러 부서에서 개별적인 정보를 얻을 수 있지만, 마이크로프트는 전 분야에 대한 자세한 지식을 바탕으로 각각의 요소가 다른 것에 미치는 영향을 즉석에서 설명해줄 수 있네. 사람들은 형님에게 도움을 청하기 시작했지. 빠르고 편리하니까 말일세. 이제 형님은 없어서는 안 될 존재가 되었네. 형님의 큰 두뇌에는 모든 사항이 차곡차곡 정리돼 있어서 필요한 걸 금세 끄집어낼 수 있다네. 형님의 말에 따라 국가 정책이 결정되는 일도 여러 번 있었지. 이제는 그게 생활로 굳어진 거야. 형님은 그 밖에 것들에 대해서는 전혀 생각하지 않는다네. 간간이 내가 찾아가서 사소한 문제에 대한 조언을 구할 때, 두뇌 운동 삼아서 문제를 풀어주는 걸 빼면 말이야. 그런데 이 주피터께서 황송하게도 오늘 이곳에 납신다는군. 도대체 무슨 일일까? 캐도건 웨스트는 어떤 사람이고, 마이크로프트 형님하고는 무슨 관계일까?"

"이제야 생각나는군."

나는 버럭 소리 지르며 소파 위에 흩어져 있는 신문 더미에 손을 뻗었다.

"그래, 맞아. 바로 이 사람이야, 분명하네! 캐도건 웨스트는 화요일 아침 지하철에서 시체로 발견된 청년일세."

홈즈는 파이프를 입으로 가져가다 말고 몸을 바로 세웠다.

"왓슨, 그것은 대단히 중대한 사건일걸세. 형님이 습관을 바꿀 정도면 예사로운 죽음은 아니야. 도대체 형님이 그 사건과 무슨 관계가 있을까? 내 기억으로는 그건 평범한 사건이었네. 죽은 청년은 기차에서 뛰어내려 자살한 게 틀림없었지. 금품을 털린 흔적도 없고 폭행을 당했다고 의심할 만한 이유도 없었어. 그렇지 않은가?"

"그동안 검시와 신문이 있었네. 그리고 새로운 사실들이 많이 밝혀졌지. 신문 기사를 자세히 읽어보았는데 상당히 흥미로운 사건일세."

"형님한테 미친 영향을 생각하면 나는 그게 엄청난 사건인 것 같네."

그는 안락의자에 몸을 묻었다.

"자, 왓슨, 얘기를 좀 자세히 해보게."

"죽은 청년의 이름은 아서 캐도건 웨스트, 나이 27살. 미혼, 울리치 병기창 직원이었네."

"공무원이로군. 그래서 마이크로프트 형님과 관련이 있군!"

"청년은 월요일 밤에 갑자기 울리치를 떠났네. 그를 마지막으로 목격한 사람은 약혼녀 바이올렛 웨스트베리 양인데, 이 여성의 증언에 따르면 청년은 그날 저녁 7시 반쯤에 갑자기 안개 속으로 사라졌네. 두 남녀가 다툰 일은 없고, 웨스트베리 양도 그가 그런 행동을 한 이유에 대해 전혀 모르겠다고 했네. 그 다음엔 무얼 했는지 알려진 바 없고, 마지막으로 메이슨이라는 선로원이 런던 지하철 올드게이트 역 바로 옆에서 그의 시체를 발견했네. ”

“언제 ? ”

“시체가 발견된 건 화요일 아침 6시였어. 역 바로 가까이 동쪽으로 향한 선로의 왼쪽인데, 레일에서는 상당히 떨어져 있었어. 그곳은 지하철이 터널에서 나오는 지점이라네. 머리가 형편없이 바스라졌는데 기차에서 떨어졌다면 생길 수 있는 그런 상처였네. 시체는 기차에서 떨어진 게 분명하이. 근처 마을에서 시체를 끌어다 놓으려면 기차역을 지나야 하는데, 역에는 항상 검표원이 지키고 서 있거든. 이 점은 틀림없을 걸세. ”

“좋아. 사건은 뻔하네. 그 청년은 기차에서 뛰어내렸거나 밀려서 떨어진 걸세. 떨어질 당시에 살아 있었는지 죽었는지는 아직 확인되지 않았다는 거지. 알겠네. 계속해주게, 왓슨. ”

“시체 옆의 철로는 서에서 동으로 달리는 노선인데, 이 노선을 이용하는 기차의 일부는 시내를 다니는 도시 철도이고 일부는 월스텐과 도시 외곽의 역들을 이어주는 교외선일세. 청년은 밤늦게 그쪽 방향으로 가는 기차를 탔다가 죽음을 당한 게 분명하네. 하지만 그가 어느 역에서 기차를 탔는지는 밝혀지지 않고 있어. ”

“하지만 차표를 보면 알 수 있을 텐데. ”

“주머니에서 차표가 나오지 않았네. ”

“맙소사, 차표가 없었다고 ! 왓슨, 그거 정말 이상하군 그래. 내 경험에 의하면 차표를 보여주지 않고는 도시 철도의 승강장에 들어갈 수 없는데. 그렇다면 그 청년은 분명히 차표를 가지고 있었을 거야. 그가 어느 역에서 탔는지 숨기려고 표를 뺏은 걸까 ? 그럴 수도 있네. 아니면 기차 안에서 표를 떨어뜨렸을까? 그럴 가능성도 있지. 하지만 정말 흥미롭군. 강도를 당한 흔적은 없었다고 하지 않았나?"

"그건 분명하네. 여기 죽은 청년의 소지품 목록이 있어. 그의 지갑에는 2파운드 15실링이 들어 있었네. 또 캐피탈 & 카운티스 은행 울리치 지점에서 발행한 수표책이 있었지. 이걸로 신원을 알아낼 수 있었다네. 또 그날 저녁 시간이 찍힌 울리치 극장 특등석 표 두 장이 있었고, 무슨 기계 설계도 몇 장이 나왔지."

홈즈는 만족스럽게 탄성을 질렀다.

"왓슨, 드디어 알았네! 영국 정부, 울리치, 병기창, 기계 설계도, 마이크로프트 형님. 연결 고리가 완성됐네. 그런데 형이 오는 것 같구먼. 사건에 대해 직접 말하려고 말일세."

잠시 뒤 키가 크고 풍채가 당당한 마이크로프트 홈즈가 방으로 안내되었다. 몸집이 딱 벌어지고 뚱뚱해서 답답하고 무기력해 보이는 건 사실이었지만, 그 거대한 몸뚱이 위에 얹힌 얼굴은 달랐다. 위엄이 넘치는 이마와 날카롭게 빛나는 깊은 회색 눈, 굳게 다문 입술, 복잡한 표정을 보는 순간, 사람들은 비대한 몸에 대해서는 잊고 오직 그 우월한 정신만을 기억하는 것이었다.

뒤따라 들어온 사람은 런던 경시청의 오랜 친구이자 근엄하고 비쩍 마른 레스트레이드였다. 두 사람의 무거운 표정을 보니 중대한 용무가 있다는 걸 짐작할 수 있었다. 형사는 말 한마디 없이 악수를 나눴다. 마이크로프트 홈즈는 힘겹게 외투를 벗고 안락의자에 털썩 주저앉았다.

"셜록, 정말 골치 아픈 일이 생겼다. 내가 제일 싫어하는 게 평소에 안하던 일을 하는 것인데 당국에서 날 가만히 놔두지 않는구나. 현재 태국의 정세가 중대해서 내가 사무실을 비우는 건 상당히 곤

란한 일이지만 이쪽 일이 더 급하기 때문에 어쩔 수 없었지. 나는
수상께서 그렇게 당황하시는 건 처음 봤다. 해군성으로 말할 것 같
으면 온통 벌집을 쑤셔놓은 것처럼 시끄럽지. 너, 사건에 대한 기
사는 읽었느냐?"

"방금 읽었어요. 그 기계 설계도라는 게 뭐지요?"

"아, 그게 바로 핵심이란다! 다행히도 거기까지는 아직 새나가지
않았지. 신문에서 알면 난리가 날 거다. 그 가엾은 청년의 주머니
에 들어 있던 서류는 잠수함 브루스파팅턴호의 설계도란다."

마이크로프트 홈즈의 가라앉은 표정은 사안이 얼마나 중대한 것인
가를 말해 주고 있었다. 친구와 나는 다음 말을 기다렸다.

"물론 들어본 적 있겠지 ? 모르는 사람이 없는 줄 안다만. "

"이름 정도는. "

"그 설계도의 중요성에 대해선 아무리 강조해도 지나치지 않다. 그건 영국 정부가 가장 엄중히 지켜 온 일급 기밀이었다. 브루스 파팅턴호의 활동 반경 내에서는 해전이 불가능하다고 봐도 좋을 정도지. 2년 전, 영국 정부는 국가 예산에서 비밀리에 거액을 책정하여 이 잠수함의 독점 제조권을 사들였다. 정부에서는 기밀을 지키기 위해 전력을 다했지. 복잡하기 이를 데 없는 잠수함 설계도는 30여 종이나 되는 별개의 특허로 이루어져 있는데 이것들 하나하나가 전체를 구성하는 데 없어서는 안 될 요소들이야. 이 설계도는 병기창 인근에 있는, 문과 창문에 도난 방지 장치를 한 비밀 사무실의 정교한 금고 속에 보관되어 있었다. 어떤 일이 있어도 설계도를 사무실 밖으로 가지고 나갈 수는 없게 되어 있었지. 해군의 잠수함 건조 기술 책임자도 도면을 보고 싶으면 울리치의 비밀 사무실까지 일부러 가지 않으면 안 된다. 그런데 지금 그것이 런던 한복판에서 시체로 발견된 하급 사무원의 주머니에서 나온 거다. 정부 입장에서는 그야말로 끔찍한 일이 생긴 거지. "

"그런데 도면은 다시 회수했나요 ? "

"아니야, 셜록 ! 그래서 고민이지. 설계도는 우리한테 없어. 울리치에서 10장의 도면이 없어졌거든. 캐도건 웨스트의 주머니에서 7장이 나왔지. 그런데 가장 중요한 3장이 없어. 감쪽같이 사라진 거야. 셜록, 이제 다른 일은 다 제쳐놓고 찾아다오. 경범죄에 지나지 않는 그런 사소한 문제들은 잊어버려라. 너는 중대한 국제적 문제를 해결해야 해. 캐도건 웨스트가 왜 설계도를 가져갔는지, 없어진 도면은 어디에 있는지, 그 청년이 어떻게 죽었는지, 시체는 어째서 철로변에서 발견되었는지, 어떻게 이 사태를 수습해야 할지를 알아내라. 이 모든 의문을 속 시원히 풀어낸다면 너는 국가에 큰 공을 세우게 된다."

"형님, 형님이 직접 풀어보시지요? 형님도 나 못지않은 능력이 있잖아요."

"그럴 수도 있겠지. 하지만 셜록, 이건 구체적인 사실을 수집해야 하는 일이야. 사실을 수집해서 나한테 갖다다오. 그럼 내가 안락의자에 앉아서 전문가의 놀라운 의견을 들려주마. 하지만 여기저기 뛰어다니고 철도 경비원들을 찾아다니며 캐묻고 확대경을 눈에 바짝 대고 기어다니는 일은 내 분야가 아니거든. 아무렴, 이 사건의 적임자는 바로 너다. 혹시 네가 다음번 훈장을 받을 사람 명단에 이름을 올리고 싶다면……."

내 친구는 빙그레 웃으며 고개를 가로저었다.

"나는 게임 그 자체를 즐기는 사람이에요. 이 사건에 상당히 흥미로운 점이 있는 것도 사실이니까 기꺼이 조사에 착수하도록 하지요. 더 할 얘기는 없나요?"

"나는 여기다 좀더 중요한 사항 몇 가지와 조사 과정에서 도움이 될 만한 주소를 몇 개 적어왔다. 설계도의 공식적인 보관 책임자는 정부 내의 유명한 전문가, 제임스 월터 경이다. 이분의 직함과 그동안 받은 훈장을 일일이 꼽는다면 인명록에서 두 줄은 꽉 채울 거다. 청춘을 공직에 바친 신사이고 사교계에서 초대 손님으로 가장 환영받는 분인데, 무엇보다 이분의 애국심에 대해서는 의문의 여지가 없어. 금고 열쇠는 두 개인데 그중 하나는 제임스 경이 갖고 있지. 덧붙여 말하자면 월요일 업무 시간 중에 설계도는 분명히 제자리에 있었고, 제임스 경은 열쇠를 갖고 3시쯤 런던으로 떠났다. 그분은 사건이 일어난 저녁 시간에는 버클레이 광장의 싱클레어 제독의 저택에 계셨어."

"증인은 있어요?"

"그렇고말고. 제임스 경의 동생 발렌타인 월터 대령은 형이 울리치에서 떠난 것을, 싱클레어 제독은 경이 런던에 도착한 것을 증언하고 있다. 이렇게 해서 제임스 경은 사건과 직접적인 관계가 없는 셈이지."

"또 하나의 열쇠를 갖고 있는 사람은 누구지요?"

"주임 사무관이자 설계사인 시드니 존슨 씨. 나이는 40살, 결혼을 해서 아이가 다섯이야. 말수가 적고 까다로운 사람이지만 근무 성적은 아주 좋은 편이지. 동료들 사이에서 인기 있는 사람은 아니지만 아주 성실하다. 그 사람 말로는, 월요일 날 퇴근하고 나서 계속 집에 있었고 열쇠는 시곗줄에 계속 걸고 있었다고 한다. 그런데 증인은 오직 부인뿐이야."

"캐도건 웨스트에 대해서 좀 알고 싶은데요."

"그 청년은 근무한 지 10년 됐고 일을 잘했다. 성격이 다혈질이고 충동적이지만 솔직하고 정직한 사람이라는 평가를 받았어. 그 친구를 나쁘게 얘기하는 사람은 전혀 없더라. 사무실에서 시드니 존슨의 뒤를 이을 재목으로 꼽혔다고 하더군. 업무상 매일같이 설계도를 접했다고 한다. 그 밖에 설계도를 취급한 사람은 없었고."

"그날 밤 설계도를 금고에 넣고 잠근 사람은 누구였나요?"

"시드니 존슨 씨."

"아, 그렇다면 설계도를 빼낸 사람이 누군지는 불 보듯 뻔하군요. 설계도는 실제로 캐도건 웨스트의 몸에서 나왔으니까요. 그렇다면 결정적이잖아요?"

"셜록, 그럴 수도 있겠지만 그렇게 생각하면 설명되지 않는 부분이 너무 많아지거든. 먼저, 웨스트가 설계도를 빼낸 이유가 뭘까?"

"그건 대단히 가치 있는 문서가 아닙니까?"

"그걸로 기천 파운드는 손쉽게 벌 수 있을 거다."

"설계도를 런던으로 가져간 이유가, 그걸 팔아넘기는 것 말고 다른 걸 생각할 수 있나요?"

"아니."

"그렇다면 팔 작정이었다는 가정이 유력해지는군요. 웨스트가 설계도를 빼냈어요. 아마도 미리 열쇠를 복제해 뒀겠지요."

"필요한 열쇠는 하나가 아닐 거다. 건물의 출입문과 그 사무실 문을 다 열어야 하니까."

"그렇다면 웨스트는 복제한 열쇠를 여러 개 갖고 있었겠군요. 그는 기밀을 팔아넘길 목적으로 설계도를 빼내 런던으로 가져갔어요. 그리고 들통나기 전에 다음날 아침까지 금고에 그걸 도로 넣어두려고 했을 게 틀림없어요. 그런데 런던에서 그런 배신행위를 하다가 최후를 맞은 거지요."

"어떻게?"

"울리치로 돌아오는 도중에 기차에서 살해되어 차창 밖으로 던져진 거라고 볼 수 있지 않을까요?"

"울리치로 가려면 런던교 역에서 기차를 갈아타야 하는데, 시체가 발견된 올드게이트는 런던교 역을 한참 지나친 곳이야."

"웨스트가 런던교 역을 그냥 지나쳐버린 이유에 대해서는 여러 가지로 상상해 볼 수 있지요. 예를 들면, 청년은 기차 안에서 누군가와 열띤 토론을 하고 있었는지도 몰라요. 이 토론 끝에 난투극이 벌어졌고 그러다 목숨을 잃었겠지요. 아니면 그 객차를 벗어나려고 하다가 밖으로 떨어져 최후를 맞았는지도 모르고요. 문을 닫은 건 안에 남은 사람일 겁니다. 그날은 안개가 자욱하게 끼어서 아무것도 보이지 않았으니까요."

"지금 있는 정보를 가지고 더 이상의 설명은 할 수 없겠구나. 하지만 셜록, 아직 들어맞지 않은 부분이 얼마나 많은지 생각해 봐라. 청년이 설계도를 런던으로 가져가기로 결심했다고 가정해 보자. 그는 당연히 외국 첩자와 만날 약속을 하고 그날 저녁 시간은 비워놓았을 거다. 그런데 어찌된 셈인지 그는 극장 표 두 장을 끊어놓고 약혼녀와 함께 그곳으로 가거든. 그러다가 도중에 갑자기 사라졌지."

"그건 눈속임이지요."

안절부절못하며 대화에 귀를 기울이고 있던 레스트레이드가 말했다.

"대단히 독특한 의견이군요, 레스트레이드 경감. 좋아요, 그걸 반론 1번으로 합시다. 반론 2번은 다음과 같다. 우린 웨스트가 런던에 가서 외국 첩자를 만나기로 했다고 가정하고 있다. 웨스트는 아침이 되기 전까지, 또는 서류가 없어진 게 발각되기 전까지 그걸 제자리에 갖다놓아야 한다. 그는 10장을 빼냈다. 그런데 그의 주머니에 든 건 7장뿐이었지. 나머지 3장은 어떻게 된 걸까? 청년이 자진해서 3장을 빼냈을 리는 없다. 또 있지. 배반의 대가는 어디 있을까? 그의 주머니에선 거액의 돈이 나와야 하지 않을까?"

"제가 보기엔 뻔한 것 같습니다."

레스트레이드가 말했다.

"어떻게 된 건지 의심할 여지가 없습니다. 웨스트는 기밀 서류를 팔아먹기 위해 그걸 빼냈습니다. 그리고 첩자를 만났습니다. 하지만 가격에 대한 합의가 순조롭게 이루어지지 않았지요. 웨스트가 돌아가려고 하는 것을 첩자는 따라갔습니다. 기차 안에서 첩자는 웨스트를 죽이고 가장 중요한 설계도만 챙긴 다음에 시체를 기차 밖으로 떨어뜨렸습니다. 이렇게 생각하면 설명이 되는 것 아닙니까? 어떻습니까?"

"기차표는 어디 있소?"

"기차표가 있으면 첩자의 집에서 가까운 역이 탄로나고 말지요. 그래서 그자는 죽은 웨스트 주머니를 뒤져 표를 빼낸 겁니다."

"좋아요, 레스트레이드 경감. 아주 훌륭한 추리군요."

홈즈가 말했다.

"정말 일리 있는 이론이군요. 하지만 그게 사실이라면 사건은 끝난 거나 같습니다. 우선 기밀을 팔아넘긴 배신자는 죽었습니다. 또 잠수함 브루스파팅턴호의 설계도는 십중팔구 벌써 유럽 대륙으로 넘어갔을 겁니다. 그런데 우리가 할 일이 뭐가 있겠소?"

"셜록, 네가 할 일은 행동이다! 행동!"

마이크로프트는 벌떡 일어서며 소리쳤다.

"나의 본능은 그 설명과는 정반대 방향을 가리키고 있다. 네 능력을 발휘해다오! 범죄 현장으로 가라! 관련자들을 만나보고! 어느 한 곳 빼놓지 말고 샅샅이 조사하는 거야! 조국에 봉사할 수 있는 이만한 기회는 두 번 다시 오지 않을 거다."

"그만해요, 알았으니까!"

홈즈는 어깨를 으쓱하며 말했다.

"가세, 왓슨! 그리고 레스트레이드, 당신도 한두 시간 정도는 우리와 함께해줄 수 있겠지요? 우린 맨 먼저 올드게이트 역에서 조사를 시작할 겁니다. 형님, 살펴가세요. 저녁때가 되기 전에 보고서를 보내겠어요. 하지만 미리 말해 두는데 큰 기대는 하지 마세요."

한 시간 뒤 홈즈와 레스트레이드와 나는 올드게이트 역에 약간 못 미쳐 철도가 터널을 빠져나오는 지점에 서 있었다. 얼굴이 불그레한 정중한 노신사가 철도 회사를 대표해서 나왔다.

"여기가 그 청년의 시체가 발견된 지점입니다."

노신사는 선로에서 90센티미터쯤 떨어진 곳을 가리키며 말했다.

"다른 곳에서 떨어졌을 리는 없습니다. 보시다시피 사방이 휑뎅그렁한 터널 벽으로 가로막혀 있으니까요. 따라서 청년은 기차에서 떨어진 것이 분명하고, 지금까지 우리가 자체적으로 조사한 바에 따르면 청년은 월요일 자정 무렵에 여길 지나간 열차에 탔던 것이 틀림없습니다."

"객차를 검사할 때 폭행 흔적이 남아 있는지 살펴보셨습니까?"

"그런 흔적은 없었고 기차표도 찾지 못했습니다."

"객차 문이 열려 있었다는 기록도 없고요?"

"그렇습니다."

"우린 오늘 아침에 새로운 증인을 찾아냈소."

레스트레이드가 말했다.

"월요일 밤 11시 40분쯤 도시 열차를 타고 올드게이트 역을 지나간 어느 승객이 증언하기를, 기차가 역에 닿기 직전에 사람이 바닥에 떨어지는 것 같은 쿵 소리를 들었다고 했소. 하지만 그때는 안개가 짙었기 때문에 아무것도 보이지 않았다오. 그래서 그날은 잠자코 있다가 오늘 아침에야 신고했던 거요. 아니, 홈즈 씨, 뭐가 문제요?"

친구는 긴장된 표정으로 곡선을 그리며 터널을 빠져나온 선로를 지그시 응시하고 있었다. 올드게이트는 선로가 교차하는 역이라서 전철기(철도에서 차량을 다른 선로로 옮기는 장치. 포인트)가 그물눈처럼 깔려 있었다. 그는 의문이 담긴 시선으로 정신없이 이것들을 바라보았는데 날카롭고 긴장된 얼굴과 꼭 다문 입술, 바르르 떠는 콧구멍, 가운데로 몰린 숱 많은 눈썹이 내 눈에 들어왔다. 그것은 내가 익히 알고 있는 표정이었다.

"전철기, 전철기."

그는 중얼거렸다.

"그게 뭘 어쨌다는 거요? 지금 무슨 말을 하는 거요?"

"이런 노선에는 전철기가 그렇게 많지 않지요?"

"그렇습니다. 아주 드물지요."

"게다가 곡선까지. 전철기에 곡선이라. 맙소사! 혹시 그랬다면……"

"홈즈 씨, 그게 무슨 얘기요? 단서라도 있습니까?"

"아무것도 아닙니다. 그냥 무슨 생각이 떠올랐을 뿐입니다. 어쨌든 사건이 점점 흥미로워지는군요. 정말 독특한 사건입니다. 그런데 어떻게 된 거지요? 바닥에 핏자국이 전혀 없군요."

"핏자국이 거의 없었지요."

"하지만 상처가 꽤 컸던 걸로 알고 있는데?"

"머리뼈가 부서졌지만 외상이 대단치는 않았습니다."

"그래도 약간의 출혈은 있었을 겁니다. 안개 속에서 뭐가 떨어지는 소리를 들었다는 승객이 탔던 그 기차를 볼 수 있을까요?"

"홈즈 씨, 그건 안 될 것 같습니다. 그 기차는 벌써 연결을 풀고 여러 곳으로 뿔뿔이 흩어졌지요."

레스트레이드가 말했다.

"홈즈 씨, 염려 마시오. 이미 모든 객차를 자세히 조사했으니 말이오. 내가 직접 살펴보았소이다."

내 친구의 결점 중의 하나는 자신보다 똑똑하지 못한 사람에게 참을성이 없다는 것이었다.

"그랬겠지요."

홈즈는 돌아서며 말했다.

"사실 내가 보고 싶었던 건 객차가 아니었어요. 왓슨, 여기서 볼일은 다 끝난 것 같네. 레스트레이드 경감, 당신을 더 이상 괴롭힐 필요가 없는 것 같군요. 이제 우리는 울리치로 가서 조사하겠습니다."

런던교에서 홈즈는 형에게 보낼 전보를 썼고 부치기 전에 내게 잠간 보여 주었다. 다음과 같았다.

어둠 속에서 약간의 빛이 비치고 있지만 곧 꺼져버릴지도 모르겠음. 배달부 편에, 영국에서 활약하고 있는 모든 외국인 첩자 및 국제 간첩의 명단과 주소를 베이커 거리로 보내주시길.

"왓슨, 그런 명단은 수사에 도움이 될 걸세."

울리치행 기차에 몸을 싣고 홈즈가 말했다.

"우리 마이크로프트 형님 덕분에 대단한 사건을 맡게 된 것 같아."

그의 얼굴엔 뭔가에 아직도 날카롭게 집중되어 있는 듯한 표정이 떠올라 있는 걸 보니, 새로운 환경의 자극을 받아 뭔가 기발한 생각이 떠오르는 모양이었다. 축 처진 귀에 꼬리를 내린 사냥개가 개집에서 어슬렁거리고 있다가 빛나는 눈에 팽팽하게 긴장한 근육으로 사냥감의 냄새를 쫓아 달려간다. 아침나절 이후 홈즈에게 일어난 변화가 바로 그랬다. 겨우 몇 시간 전까지만 해도 안개로 둘러싸인 방에서 잿빛 실내복 차림으로 기운 없이 방 안을 서성거리던 사람과는 완전히 딴판인 사람이 된 것이다. 그가 말했다.

"필요한 건 다 있어. 그런데 그 가능성을 제대로 보지 못했으니 나는 정말 바보였네."

"나는 아직도 뭐가 뭔지 통 모르겠는걸."

"나한테도 사건의 전모가 다 보이는 건 아닐세. 하지만 조사를 진전시켜 줄 만한 생각이 하나 떠올랐네. 웨스트는 어딘가 다른 곳에서 살해되었고, 시체가 기차 지붕에 얹혀진 거야."

"기차 지붕에!"

"괴상한 일이야. 그렇지 않은가? 하지만 생각을 좀 해보게. 기차가 곡선 선로를 돌아 전철기 위를 지나면서 좌우로 기우뚱거리는 바로 그 지점에서 시체가 발견됐다는 게 단순한 우연일까? 그곳은 분명 지붕에 얹힌 물체가 떨어져 내릴 만한 곳이 아닐까? 전철기는 기차 내부에 있는 물체에는 영향을 주지 않을 거야. 그렇다면 지붕에서 시체가 떨어졌거나, 아니면 대단히 흥미로운 우연의 일치가 일어난 거지. 하지만 핏자국에 대해 생각해 보게. 어딘가 다른 곳에서 피를 흘리고 왔다면 선로에는 물론 핏자국이 남지 않겠지. 이 모든 것이 다 의미심장한 사실 아닌가? 그런데 이 모든 사실을 한꺼번에 모아놓으면 그 의미는 증폭되지."

"기차표 문제도 해결되는군!"

나는 소리쳤다.

"바로 그걸세. 우린 기차표가 없어진 일을 설명하지 못했어. 그런데 이렇게 생각하면 다 설명이 되지. 모든 게 딱 들어맞거든."

"하지만 그렇게 본다면, 웨스트가 죽은 수수께끼를 해결하는 건 아직도 멀었네. 정말이지 갈수록 쉬워지기는커녕 이상해지기만 하는군."

"글쎄……."

홈즈는 생각에 잠겨 말했다.

"글쎄."

그는 말이 없어지며 다시 몽상 속으로 빠져들었고 느린 기차가 마침내 울리치 역에 도착할 때까지 계속 그 상태로 있었다. 기차에서 내리자 그는 마차를 불러 세웠고, 마이크로프트가 준 쪽지를 주머니에서 꺼내들었다.

"우린 오후에 몇 군데 들를 데가 있어. 맨 먼저 제임스 월터 경한테 가봐야겠네."

유명한 관리의 집은 템스 강변까지 깔린 녹색 잔디 위의 멋진 교외 저택이었다. 그 집에 도착할 무렵 안개가 걷히면서 눅눅하고 흐린 햇살이 비치기 시작했다. 초인종을 울리자 집사가 나왔다.

"제임스 경 말씀이십니까!"

집사는 엄숙하게 말했다.

"오늘 아침에 돌아가셨습니다."

"저런! 어떻게 돌아가셨지요?"

홈즈가 깜짝 놀라는 얼굴로 소리쳤다.

"잠깐 들어오셔서 동생 되시는 발렌타인 대령님을 만나보시겠습니까?"

"그러지요, 그렇게 하는 게 좋겠소."

우린 희미한 조명이 켜진 거실로 안내받았다. 잠시 뒤 키가 무척 크고 잘생긴 얼굴에 숱이 적은 턱수염을 기른 오십대 남자가 들어왔다. 그는 죽은 과학부 관리의 동생이었다. 불안정한 시선과 얼룩진 뺨, 흐트러진 머리를 보니 뜻밖의 사고에 가족들이 얼마나 큰 충격을 받았는지 알 수 있었다. 그는 말도 제대로 잇지 못했다.

"그 끔찍한 사건 때문이었습니다. 제 형님이신 제임스 경은 아주 예민하고 명예를 소중히 여기는 분이었기 때문에 그런 사건을 견뎌내지 못한 겁니다. 그 일 때문에 무척 상심하셨지요. 항상 형님 부서의 효율성을 자랑하셨는데 이번 일로 헤어날 수 없는 충격을 받으신 겁니다."

"우리는 사실 제임스 경께서 사건 해결에 도움이 될 만한 말씀을 해주실 거라 믿고 찾아왔습니다만……"

"분명히 말씀드리지만 형님에게 이번 일은 선생이나 우리들한테 그런 것처럼 완전히 의문투성이였습니다. 형님은 알고 계신 사실을 모두 경찰에 털어놓았습니다. 당연히 형님은 캐도건 웨스트가 범인이라고 굳게 믿으셨지요. 하지만 그밖의 일에 대해서는 아무것도 모르셨습니다."

"이 사건을 해결하는 데 뭔가 도움이 될 만한 건 없을까요?"

"저도 신문에서 보거나 남에게 들은 것밖에 모릅니다. 홈즈 씨, 결례를 범할 생각은 없지만 우리가 지금 무척 경황이 없다는 걸 이해하시고 얘기를 빨리 끝내면 좋겠군요."

다시 마차에 올라탄 뒤에 친구가 말했다.

"일이 정말 엉뚱한 쪽으로 나아가는구먼. 제임스 경이 자연사한 건지, 아니면 가엾게도 자살한 건지 모르겠네! 만약 자살이라면, 그건 경이 의무를 태만히 한 데 대해 자책하고 있었다는 표시가 아닐까! 하지만 그 문제는 다음으로 미룰 수밖에 없겠군. 이제 캐도건 웨스트의 집으로 가세."

울리치 외곽의 아담하고 깔끔한 집에 아들을 앞세운 어머니가 살고 있었다. 늙은 어머니는 슬픔에 넋이 나가 우리에게 별 도움이 안 되었지만, 그 옆에 있던 창백한 얼굴의 아가씨가 자신을 죽은 청년의 약혼녀인 바이올렛 웨스트베리라고 소개했다. 그 사건이 일어났던 밤에 청년을 마지막으로 본 바로 그 여성이었다.

"홈즈 선생님, 아무래도 모르겠습니다."

웨스트베리 양은 말했다.

"저는 비극이 일어난 뒤부터 도대체 그게 어떻게 된 일인지 밤낮으로 생각하고 생각하고 또 생각하느라 잠을 못 이루고 있어요. 세상에 아서만큼 성실하고 예의 바르고 애국심이 강한 남자는 없을 거예요. 그 사람은 자신이 책임지고 있는 국가 기밀을 팔아넘기느니 차라리 자신의 오른팔을 잘라버렸을 사람입니다. 그이를 아는 사람이라면 누구나 그 사건이 있을 수 없는 일이라고 생각할 거예요."

"하지만 웨스트베리 양, 사실이 그렇지 않습니까?"

"그래요. 하지만 솔직히 말해서 저는 그걸 어떻게 설명해야 할지 모르겠어요."

"웨스트 씨는 경제적으로 어려움을 겪고 있었습니까?"

"아니오. 그이는 검소하게 생활했고 봉급은 넉넉했어요. 그이는 몇백 파운드나 저축했고, 우린 새해에 결혼할 예정이었지요."

"혹시 웨스트 씨가 고민하는 기색은 없었습니까? 자, 웨스트베리 양, 마음 편히 모든 것을 말씀해 주십시오."

내 친구의 날카로운 시선은 그녀의 태도에서 어떤 변화를 알아차린 것이다. 그녀는 낯빛이 바뀐 채 머뭇거렸다.

"좋아요."

그녀는 마침내 입을 열었다.

"그이한테 무슨 걱정거리가 있는 것 같았어요."

"언제부터?"

"지난주부터였어요. 그이는 생각이 많아지고 초조해 했습니다. 한번은 무엇 때문에 그러는지 말해 달라고 졸랐지요. 그이는 걱정거리가 있는 게 사실이라고 하면서, 일과 관계된 거라고 했습니다. '그건 기밀 사항이기 때문에 함부로 말할 수 없소. 당신한테도 말이오.' 그이는 이렇게 말하더군요. 저는 더 이상은 듣지 못했어요."

홈즈의 얼굴이 심각해졌다.

"웨스트베리 양, 자꾸 그러지 말고 다 말씀해 주십시오. 그 얘기가 약혼자에게 불리한 것 같더라도 다 말씀하세요. 어떤 결과가 나올지는 아무도 장담할 수 없으니까요."

"정말이에요, 전 더 이상 할 말이 없어요. 한두 번은 그이가 무슨 말인가를 하려고 했던 적도 있어요. 어느 날 저녁에는 그 기밀이 중대하다고 말해 주기도 했는데, 외국 간첩이라면 그것을 손에 넣기 위해 거액을 내놓을 거라는 얘기였던 것 같아요."

내 친구의 얼굴은 한층 심각해졌다.

"다른 얘기는 없었나요?"

"그이는 우리가 그런 문제에 대해 너무 부주의하다며 배신자가 도면을 손에 넣는 게 어렵지 않을 거라고 했습니다."

"그런 말을 한 게 최근이었습니까?"

"예, 아주 최근이었어요."

"그럼, 마지막 날 저녁에 있었던 일에 대해 말씀해 주십시오."

"우린 극장에 가기로 했었어요. 하지만 안개가 너무 심해서 마차를 탈 수가 없었지요. 우린 걸어가기로 했는데, 가는 길에 그이의 사무실 근처를 지나게 됐습니다. 그런데 갑자기 그이가 안개 속으로 뛰어갔어요."

"말도 없이?"

"비명 소리를 질렀어요. 그게 다였죠. 저는 한참을 기다렸지만 그이가 돌아오지 않기에 집으로 돌아갔지요. 다음날 아침에, 사무실 문을 연 다음에 사람들이 와서 그이의 행방을 물었어요. 그리고 12시쯤 무서운 소식이 들려왔지요. 오, 홈즈 선생님, 제발, 제발 그이의 누명을 벗겨 주세요. 그이는 정말 명예를 소중히 생각했답니다."

홈즈는 슬프게 고개를 저었다.

"가세, 왓슨. 다른 곳에 또 가봐야지. 다음에 갈 곳은 기밀 서류를 도난당한 문제의 사무실일세."

덜컹거리는 마차를 타고 가면서 홈즈가 말했다.

"처음부터 이 청년한테 혐의가 있었는데, 조사를 하면 할수록 혐의가 더 짙어지는군. 결혼식을 앞두고 있었다는 건 범행 동기가 되지. 당연히 돈이 필요했을 테니까 말이야. 그런 말을 한 걸 보면 그런 생각을 하고 있었던 게 분명하이. 그 친구는 자신의 계획을 약혼녀에게 털어놓아서 여자를 반역 행위의 공범으로 끌어들이다시피 했네."

"하지만 홈즈, 그 청년의 성격을 보면 그럴 만한 사람이 아니잖은가? 게다가 약혼녀를 길바닥에 세워놓고 달려가 중죄를 범할 이유가 어디 있겠나?"

"바로 그걸세! 분명히 그런 반론을 제기할 수 있지. 하지만 이건 만만한 사건이 아니야."

사무실로 찾아가니 주임 사무관 시드니 존슨 씨가 우릴 맞아주었다. 내 친구의 명함을 본 사람들이 으레 그렇듯 깍듯한 태도였다. 존슨 씨는 여위고 우락부락하게 생긴 중년의 안경잡이 사내였다. 두 뺨은 움푹 들어갔고 최근에 겪은 정신적 고통 때문인지 손을 떨었다.

"홈즈 씨, 세상에 이런 일이 어디 있겠습니까! 부장님이 돌아가셨다는 얘기 들으셨습니까?"

"방금 그 집에 들렀다 오는 길입니다."

"여기는 지금 난장판이 됐습니다. 부장님이 돌아가셨지, 캐도건 웨스트가 죽었지, 게다가 기밀 서류까지 없어졌습니다. 하지만 월요일 저녁에 퇴근할 때까지만 해도 우린 정부의 여러 부서 가운데 가장 손꼽히는 유능한 집단이었습니다. 오, 주여, 생각만 해도 끔찍하군요! 하필이면 웨스트가 그런 짓을 저질렀다니!"

"그럼 당신은 웨스트가 진범이라고 확신하는 겁니까?"

"달리는 생각할 수 없으니까요, 하지만 나는 그 친구를 내 분신처럼 믿었습니다."

"월요일 몇 시에 사무실 문을 닫았습니까?"

"5시입니다."

"당신이 문을 잠갔습니까?"

"항상 내가 맨 마지막에 퇴근합니다."

"설계도는 어디 있었습니까?"

"금고 안입니다. 내가 직접 넣어두었지요."

"건물에 경비원은 없습니까?"

"있습니다. 하지만 우리 부서만 경비하는 게 아니니까요. 퇴역군인인데 아주 믿음직한 사람이지요. 그날 저녁때 아무것도 못 봤다고 하더군요. 물론 안개가 아주 자욱했으니까요."

"캐도건 웨스트가 퇴근하고 나서 건물에 들어오려고 했다고 가정해 봅시다. 그 청년은 기밀 서류를 꺼내기 위해서 세 개의 열쇠가 필요했을 겁니다. 안 그렇습니까?"

"그랬을 겁니다. 건물의 출입문 열쇠, 사무실 열쇠, 그리고 금고 열쇠."

"세 개의 열쇠를 다 가지고 있는 사람은 제임스 월터 경과 당신, 둘뿐이었지요?"

"내가 가지고 있는 건 금고 열쇠뿐입니다."

"제임스 경은 생활이 규칙적인 분이었나요? 출퇴근 시각이 정확했습니까?"

"예, 그랬던 것 같습니다. 그 세 개의 열쇠에 관해 말하자면, 그분은 그걸 모두 같은 고리에 매달아 두셨던 걸로 알고 있습니다. 나도 그 열쇠 고리를 자주 보았지요."

"그러면 런던에 갈 때 그 열쇠 고리를 들고 가셨겠군요."

"그렇지요. 잠시도 몸에서 떼놓지 않았습니다."

"당신은 열쇠를 내준 일이 없습니까?"

"웨스트가 범인이라면 복제 열쇠를 갖고 있었을 테지요. 하지만 시체에서 그런 건 발견되지 않았지요. 또 있습니다. 만약 이 사무실의 직원이 설계도를 팔아넘기려 했다면, 원본을 통째로 빼내는 것보다 설계도를 베끼는 편이 더 쉽지 않았을까요?"

"설계도를 제대로 베끼려면 상당한 전문 지식이 필요하니까요."

"하지만 제임스 경이나 당신, 그리고 웨스트한테는 그만한 지식이 있지 않습니까?"

"그렇긴 합니다. 하지만 홈즈 씨, 제발 부탁이니 나를 자꾸 그런 문제에 끌어들이지 마십시오. 웨스트의 몸에서 설계도 원본이 나온 마당에 그런 식으로 말하는 게 무슨 소용이 있습니까?"

"아무튼, 안전하게 설계도를 베낄 수 있고, 그렇게 해도 팔아넘기는 데 전혀 지장이 없는데 그런 위험을 무릅썼다는 건 정말 이해하기 힘든 일이라서요."

"이해하기 힘들지요. 하지만 웨스트는 그렇게 하지 않았습니까."

"이 사건은 파고들수록 이해할 수 없는 점들이 튀어나옵니다. 3장의 설계도는 어디로 사라졌는지 알 수 없습니다. 내가 듣기로는 그게 핵심적인 것들이라고 하던데요?"

"그렇습니다."

"그건, 그 3장의 설계도만 있으면 다른 7장이 없어도 브루스파팅턴호 잠수함을 만들 수 있다는 얘깁니까?"

"나는 해군성에 그렇게 보고했습니다. 하지만 오늘 다시 설계도를 들여다보니 꼭 그렇지만도 않더군요. 돌아온 설계도 중에는 자동 조절 홈이 붙은 이중 밸브의 설계도가 있습니다. 외국에서 그걸 고안하기 전까지는 잠수함을 건조할 수 없을 겁니다. 하지만 어려움을 해결하는 건 시간문제겠지요."

"하지만 없어진 3장의 설계도가 제일 중요하지요?"

"물론입니다."

"허락해 주신다면 이제 건물 안을 돌아보고 싶습니다. 더 이상 질문할 건 없는 것 같습니다."

홈즈는 금고의 잠금장치, 방문, 마지막으로 창문의 철제 덧문을 살펴보았다. 그는 정원으로 나갔을 때 비로소 강한 관심을 드러냈다. 창 밖에는 월계수 나무가 우거져 있었는데, 가지가 몇 개 부러지거나 꺾여 있었다. 그는 확대경을 들고 부러진 가지와 그 밑의 흙에 찍힌 희미한 발자국을 자세히 살폈다. 그리고 마지막으로 존슨에게 창문의 철제 덧문을 닫아달라고 부탁했다. 덧문이 문틀에 꼭 맞지 않아 틈새가 벌어졌는데, 그는 내게 그것을 손가락질했다. 그 정도 틈이면 밖에서 방 안을 들여다보기에 충분했다.

"사흘이나 지났기 때문에 흔적이 많이 지워졌군. 이것들은 중요한 의미가 될 수도 있지만, 아무것도 아닐 수도 있어. 여보게, 울리치에서 얻어낼 수 있는 건 더 이상 없을 것 같네그려. 우린 작은 수확을 거뒀어. 런던에서는 얼마나 더 잘할 수 있는지 보기로 하세."

하지만 우린 울리치 역을 떠나기 전에 한 다발은 됨직한 수확을 더 거둬들였다. 매표소 직원은 평소에 낯이 익은 캐도건 웨스트를 월요일 밤에 보았다고 자신 있게 진술했다. 웨스트는 8시 15분 런던행 기차로 런던교까지 갔다는 것이다. 혼자 왔고 편도 삼등석 표를 끊었다. 매표소 직원은 그때 청년이 무척 긴장하고 있던 것을 인상 깊게 기억하고 있었다. 청년은 거스름돈도 제대로 받지 못할 정도로 부들부들 떨고 있어서 그가 나서서 도와주어야 했다. 시간표를 보니, 웨스트가 7시 반경에 약혼녀 곁을 떠난 뒤 탈 수 있었던 가장 빠른 기차가 8시 15분 기차였다.

홈즈는 30분쯤 침묵을 지킨 뒤에 말했다.

"왓슨, 사건을 다시 정리해 보세. 우리가 같이 활동을 시작한 이후에 이보다 더 어려운 사건을 만난 적은 없던 것 같아. 갈수록 첩첩산중이니 말이야. 하지만 우리가 얼마쯤 진전한 것도 사실일세.

울리치에서 조사한 결과는 주로 캐도건 웨스트에게 불리했네. 하지만 창가에서 발견한 증거 덕분에 그에게 좀더 유리한 가설을 세울 수 있게 됐지. 예를 들면, 외국인 첩자가 그 청년에게 접근했다고 가정해 보세. 청년은 비밀을 지키겠다는 맹세를 했기 때문에 말을 할 수는 없었어도 약혼녀에게 한두 마디 비친 것처럼 혼자서 그런 걱정을 했을지도 모르네. 이건 가능한 얘기야. 다음에는 웨스트가 약혼녀와 함께 극장에 가는 걸세. 갑자기 안개 속에서 자신에게 접근해 왔던 첩자가 사무실 쪽으로 가는 걸 보았다고 가정해 보세. 청년은 성미가 급한 사람이니 결단도 빨랐겠지. 그리고 자신의 의무를 무엇보다 중요시했으니까 청년은 첩자의 뒤를 밟아 사무실 창문 앞까지 갔네. 그리고 기밀 서류를 훔쳐내는 걸 보고 도둑의 뒤를 쫓아갔지. 이런 식으로 생각하면, 설계도 사본을 만들지 않고 원본을 가져간 이유가 설명되네. 외부인이었기 때문에 원본을 가져갈 수밖에 없었던 거야. 여기까지는 줄거리가 성립되네."

"그 다음에는 어떻게 된 거지?"

"그럼 좀 어려운 문제로 들어가 볼까? 사람들은 그런 상황에서라면 웨스트가 당장 범인을 붙잡거나 소리를 질러 위급한 상황임을 알리는 거라고 생각할 걸세. 그는 왜 그렇게 하지 않았을까? 혹시 기밀 서류를 훔친 사람이 그의 윗사람은 아니었을까? 그렇게 보면 웨스트의 행동이 설명이 되네. 아니면 상관인 존슨이 안개 속에서 웨스트의 추적을 따돌리는 바람에 앞질러 런던으로 출발한 게 아닐까? 상관의 집이 어딘지 알고 있었다면 그 집에 가서 설계도를 되

찾아오려고 했을 테니까. 웨스트가 약혼녀를 안개 속에 세워놓고 아무 말 없이 그냥 가버린 걸 보면 상황이 무척 급박하게 돌아간 것이 틀림없네. 우리의 탐색의 실마리는 여기서 끝나네. 그 다음에 어떻게 해서 웨스트가 도면 7장을 주머니에 넣은 채 도시 열차 지붕 위에 시체가 되어 누워 있게 됐는지는 전혀 알 수 없으니까. 이제는 반대쪽에서 사건에 접근해야겠어. 마이크로프트 형님이 국제 간첩들 명단을 알려주면, 우린 수상쩍은 놈을 골라 반대쪽에서 사건을 풀어나갈 수 있어. ”

베이커 거리로 돌아가보니 과연 편지 한 통이 우릴 기다리고 있었다. 정부의 문서 배달원이 황급히 가져다놓은 것이었다. 홈즈는 편지를 훑어보더니 내게 휙 던져주었다.

잔챙이들은 많지만 그렇게 큰일에 손댈 만한 자들은 많지 않다. 거론할 만한 인물은 다음 3명뿐이다. 아돌프 마이어——웨스트민스터, 그레이트 조지 거리 13번지. 루이 라 로티에르——노팅힐, 캠덴 저택. 휴고 오버스타인——켄징턴, 콜필드 가든스 13번지. 오버스타인이란 자는 월요일 런던 시내에 있었는데 지금은 런던을 떠났다는 보고가 들어왔다. 빛이 보인다는 얘기를 들으니 기쁘구나. 내각은 초조하게 너의 최종 보고서를 기다리고 있다. 이 나라에서 가장 귀하신 분께서 급하게 사람을 보내오셨다. 정부는 모든 힘을 다해 너를 지원할 것이다.

마이크로프트

홈즈가 빙그레 웃으며 말했다.
“내 생각엔 여왕의 모든 말과 병사를 보내 주신다 해도 이번 일에는 별로 도움이 되지 않을 것 같군. ”

그는 커다란 런던 지도를 펼쳐놓고 골똘히 들여다보았다. 그는 곧 만족스러운 외침을 올렸다.

"허허, 우리가 생각했던 대로인 것 같아. 여보게, 우린 결국 사건을 멋지게 해결하게 될걸세."

그는 갑자기 유쾌해져서 내 어깨를 툭 쳤다.

"난 잠깐 나갔다 오겠네. 답사나 좀 해보려고. 물론 믿음직한 동료이자 전기 작가와 함께가 아니면 중대한 행동을 할 생각은 없다네. 자네는 여기 있게. 나는 한두 시간 내로 돌아올 테니까. 심심하면 종이랑 펜을 꺼내놓고 우리가 어떻게 나라를 구했는지에 대한 얘기라도 쓰기 시작하게나."

나도 그의 들뜬 기분에 전염되는 걸 느꼈다. 나는 그가 기뻐할 만한 분명한 사유가 없으면 평상시의 엄격한 태도를 굽히지 않는 사람이란 걸 잘 알고 있었다. 길고긴 11월 저녁 내내, 나는 이제나 저제나 하고 친구가 돌아오기를 기다렸다. 마침내 9시가 넘어서 배달부가 편지를 한 통 가져다주었다.

> 켄징턴, 글루체스터로의 골디니 레스토랑에서 식사하고 있네. 이리로 곧 와주면 좋겠어. 쇠지렛대, 가리개가 붙은 전등, 끌, 권총도 가져오게.
>
> S.H.

안개 자욱한 어두운 거리에서 점잖은 시민이 몸에 지니고 다니기에는 참 거북한 물건들이었다. 나는 홈즈가 말한 물건들을 조심스레 외투 주머니에 챙겨 넣은 다음 마차를 잡아타고 그가 적어준 주소로 곧장 달려갔다. 내 친구는 화려한 이탈리아식 레스토랑의 문 앞에 있는 작은 원탁에 앉아 있었다.

"식사는 했나? 그럼 나랑 같이 쿠라사오 ^(chraçao, 서인도제도의 쿠라사오에서 나는 오렌지 껍질로 향을 낸 리큐르) 가 든 커피라도 마시세. 이집 담배도 좀 피워보고, 생각만큼 그렇게 독하지는 않다네. 연장은 가져왔나?"

"응, 여기 외투 속에 넣어왔네."

"잘했네. 내가 나와서 뭘 했는지, 그리고 우리가 이제 무슨 일을 해야 하는지 간단하게 설명해 주겠네. 왓슨, 이제는 자네도 누군가 그 청년의 시체를 기차 지붕 위에 얹어 놓았다는 걸 분명히 알고 있을 줄 아네만, 그건 시체가 객차가 아닌 지붕에서 떨어졌다는 결론을 내린 그 순간부터 명백한 사실이었네."

"혹시 시체가 다리에서 떨어진 건 아닐까?"

"그런 일은 있을 수 없네. 자네도 보면 알겠지만 기차 지붕은 완만한 경사를 이루고 있는데다 가장자리에는 난간도 없네. 그래서 우린 누군가 캐도건 웨스트 청년을 그 위에 얹어 놓았다고 단언할 수 있는 거지."

"어떻게 기차 지붕 위에 시체를 얹어 놓았을까?"

"그건 우리가 풀어야 할 문제일세. 가능한 방법은 단 하나뿐이지. 자네도 웨스트엔드 지구 몇 군데서 지하철이 터널을 지나 지상으로 나온다는 사실을 알고 있을 거야. 나는 지하철을 탔을 때 가끔씩 머리 바로 위 집들 벽에 창문이 있는 걸 본 기억이 있네. 그런데 그런 창문 바로 아래 기차가 멈춰 섰다고 가정해 보세. 지붕 위에 시체를 올려놓는 게 그렇게 어려운 일일까?"

"하지만 도저히 있을 것 같지 않은 일이군."

"우리는 모든 가능성이 실패로 돌아갔을 때, 그래도 남는 것이 아무리 불가능해 보이더라도 진실이라는 격언을 떠올려야 하네. 지금 모든 가능성이 실패로 돌아갔네. 나는 얼마 전에 런던을 떠났다는 거물급 국제 간첩이 다름 아닌 지하철에서 가까운 동네에 산다는 걸 알았을 때 무척 기뻤네. 자네는 내가 느닷없이 좋아하는 걸 보고 조금 놀라는 눈치였지만 아무튼 유쾌했다네."

"오, 그게 정말인가?"

"그럼, 정말이고말고. 콜필드 가든스 13번지의 휴고 오버스타인 씨가 내 목표물이 되었네. 난 글루체스터로 역에서부터 조사를 시작했는데, 거기서 아주 친절한 역무원을 만난 덕분에 철길을 따라 걸으며 콜필드 가든스의 집 창문이 선로를 향해 나있는 걸 직접 확인했을 뿐 아니라, 그곳에서 여러 개의 노선이 교차하기 때문에 기차가 바로 그 창문 앞에서 몇 분 동안 멈추는 일도 자주 있다는 중요한 정보를 얻어냈지."

"홈즈, 정말 근사하이! 자네가 해냈구먼!"

"여기까지는 그렇다네. 왓슨, 우리는 앞으로 나아가고 있지만 목표는 아직 멀었네. 음, 나는 콜필드 가든스 뒤쪽을 보고 나서 집 앞으로 돌아갔네. 역시 새는 날아가고 없더군. 꽤 큰 집인데 내가 보기에 2층 방들은 비어 있는 듯했어. 오버스타인은 그 집에서 심복으로 보이는 하인 하나를 데리고 살았네. 우린 오버스타인이 유럽으로 건너간 것은 도망이 아니라 물건을 처분하기 위해서라는 사실을 명심해야 하네. 그자는 용의선상에 오른 적이 없고, 그래서 아마추어 탐정이 자기 집을 수색할 거라는 생각은 꿈에도 하지 못했을 테니까. 하지만 우린 지금 그렇게 할 걸세."

"영장을 받아서 합법적으로 하면 안 될까?"

"증거가 부족해."

"집 안에 들어가서 뭘 하려고?"

"거기에 무슨 통신문이라도 있을지 모르지."

"홈즈, 나는 내키지 않네."

"왓슨, 자네는 길거리에서 망이나 봐주면 되네. 범법 행위는 내가 할 테니까. 지금은 사소한 것에 집착할 때가 아니거든. 마이크로프트 형의 편지, 해군성, 내각, 그리고 소식이 오기를 기다리는 고귀한 분을 생각해 보게. 우린 가야 하네."

나는 테이블에서 벌떡 일어서는 것으로 대답을 대신했다.

"홈즈, 자네 말이 옳아. 우린 가야 하네."

그는 벌떡 일어나서 내 손을 잡아 흔들며 말했다.

"난 자네가 마지막 순간에 물러나진 않으리라는 걸 알고 있었네."

전에 없이 부드러운 빛이 그의 두 눈에 언뜻 떠올랐다. 하지만 다음 순간, 그는 자신만만하고 행동적인 원래의 모습으로 돌아가 있었다.

"거기까지 거의 8백 미터쯤 되지만 서두를 필요는 없네. 걸어가세나. 부탁인데, 연장을 떨어뜨리는 일은 없도록 하게. 자네가 수상한 인물로 체포된다면 정말 귀찮게 될 테니까."

콜필드 가든스는 런던 웨스트엔드에 있는 빅토리아 중기의 멋진 저택들 중의 하나였는데, 집 전면은 밋밋했고 기둥을 세운 현관이 돋보였다. 이웃집에서는 아이들이 파티라도 벌이는지 즐겁게 재잘대는 어린 목소리들과 피아노 치는 소리가 밤하늘에 메아리쳤다. 안개는 여전히 짙어서 우릴 감싸듯이 숨겨주고 있었다. 홈즈는 전등을 켜고 육중한 문을 비췄다.

"이거 만만치 않은데. 열쇠로 잠그고 빗장까지 질러놓은 게 분명하이. 지하실 입구로 가는 게 낫겠어. 저 밑에 직무에 충실한 경찰관이 들어올 경우에 적당한 아치 문이 있군. 왓슨, 날 좀 올려주게. 그 다음에는 내가 자네를 잡아주겠네."

잠시 뒤 우리는 지하실 입구에 서 있었다. 그런데 우리가 어두운 집 그늘 밑으로 들어가자마자 머리 위에서 안개를 뚫고 경관의 발자국 소리가 들려왔다. 나지막한 발자국 소리가 사라지자 홈즈는 문을

비틀어 열기 시작했다. 그가 허리를 굽히고 힘을 쓰자 철컥 하는 날카로운 소리를 내며 문이 열렸다. 우리는 어두운 복도로 뛰어 들어가 지하실 문을 닫았다. 홈즈는 앞장서서 카펫이 깔려 있지 않은 나선형 계단을 올라갔다. 그는 나지막한 창문 위로 부채꼴의 노란 불빛을 비췄다.

"왓슨, 여기일세. 이곳이 틀림없네."

그는 창문을 열어젖혔는데, 바로 그때 나지막하게 덜컹거리는 소리가 들리기 시작하더니 요란한 굉음과 함께 기차 한 대가 어둠 속에서 달려와 바로 앞을 스치고 지나갔다. 홈즈는 창틀을 따라 불빛을 비췄다. 지나가는 기관차에서 나온 검댕이 창틀에 두껍게 앉아 있었지만 시커먼 표면이 여기저기 지워져 있었다.

"그자들이 시체를 여기에 올려놓았던 걸세. 어럽쇼, 왓슨! 이게 뭔가? 틀림없는 핏자국이군."

그는 나무 창틀 위의 희미한 얼룩을 가리켰다.

"이 돌계단에도 얼룩이 남아 있네. 증거는 충분하이. 기차가 설 때까지 여기서 기다리도록 하세."

오래 기다릴 필요도 없었다. 바로 다음 기차가 마찬가지로 굉음을 내며 터널을 빠져나온 다음 점점 속도를 늦추더니 요란한 브레이크 소리와 함께 바로 코앞에서 멈추었다. 창문에서 기차 지붕까지의 거리는 1미터 20센티미터도 떨어져 있지 않았다. 홈즈는 살그머니 창문을 닫았다.

"여기까지는 우리 생각이 맞았어. 왓슨, 자넨 어떻게 생각하나?"

"그야말로 걸작일세. 자넨 유례를 찾을 수 없을 만큼 놀라운 능력을 발휘한 거야."

"난 그 점에 대해서는 생각이 다르네. 시체가 기차 지붕 위에 얹혀 있었다는 건 그다지 어려운 생각은 아니었는데, 어쨌든 그런 결론을 내린 다음부터 나머지는 뚜렷해졌거든. 중대한 이해관계가 얽혀 있지만 않다면 지금까지는 별로 대단한 사건이 아니었네. 이제부터 또 곤란이 있네. 하지만 여기서 도움이 될 증거를 발견할 수 있을 거야."

우린 주방 계단으로 2층에 올라갔다. 처음에 들어간 방은 식당이었는데, 간소하게 꾸며져 있어 관심을 끌 만한 건 전혀 없었다. 다음에 들어간 방은 침실이었고 역시 아무 장식이 없었다. 나머지 방은 좀더 기대할 만했으므로 내 친구는 여기서 본격적으로 체계적인 조사를 시작했다. 방에는 책과 서류가 흩어져 있었는데 서재가 틀림없었다. 홈즈는 민첩하고 꼼꼼하게 서랍을 차례로 뒤지고 책장을 하나씩 살펴보았지만, 그의 엄격한 얼굴에 성공의 빛은 나타나지 않았다. 한 시간이 흘렀지만 조사는 전혀 진전이 없었다. 홈즈가 말했다.

"교활한 녀석이 흔적을 완전히 없앴군. 범행의 증거가 될 만한 걸 하나도 남겨놓지 않았어. 꼬리를 밟힐 편지는 몽땅 없애거나 치워 놓았네. 이제 남은 건 이것뿐일세."

그것은 책상 위에 놓여 있는 작은 양철 금고였다. 홈즈는 끌을 지렛대 삼아 뚜껑을 열었다. 안에서는 종이 뭉치가 튀어나왔는데, 거기엔 숫자와 계산이 빽빽이 씌어져 있을 뿐 그것이 무엇인지를 드러내줄 메모 같은 건 없었다. 그러나 '수압'이라든가 '1평방인치 당 압력' 같은 단어가 되풀이해서 나타나는 것으로 보아 잠수함과 관련이 있다는 것을 짐작할 수 있었다. 홈즈는 초조하게 종이뭉치를 한쪽으로 던져놓았다. 남은 것은 조그만 신문 스크랩이 들어 있는 봉투뿐이었다. 그는 봉투 속에 든 것을 탁자 위에 쏟아 놓았는데, 열중한 얼굴에 곧 기대의 빛이 떠올랐다.

"왓슨, 이게 뭐지? 응? 이게 뭘까? 신문 광고를 통해 메시지를 보낸 기록이구먼. 〈데일리 텔레그래프〉의 개인 광고란을 철한 거야. 통신문은 광고 맨 위 오른쪽 구석에 실려 있어. 날짜는 없지만 순서대로 정리돼 있군. 이게 첫 번째가 틀림없네."

　소식을 기다리고 있었음. 조건을 승낙함. 명함에 쓴 주소로 편지할 것.
　　　　　　　　　　　　　　　　　　　　　　　피에로

"다음에는 이걸세."

　너무 복잡해서 설명할 수 없음. 완전한 보고서를 바람. 물건이 배달되면 현금으로 지불하겠음.
　　　　　　　　　　　　　　　　　　　　　　　피에로

"이건 그 다음."

긴급한 사태임. 계약대로 하지 않는다면 제안을 철회하겠음. 편
지로 약속 정할 것. 광고로 확답하겠음.

피에로

"이게 마지막일세."

월요일 밤 9시 이후. 문을 두 번 두드릴 것. 우리뿐임. 의심하지
말 것. 물건이 배달되면 현찰로 지불하겠음.

피에로

"왓슨, 아주 완벽한 기록 아닌가! 문제는 이 광고의 상대를 잡을
수 있느냐일세!"

그는 생각에 잠긴 얼굴로 손가락으로 탁자를 두들겼다. 마침내 그
가 벌떡 일어섰다.

"그래, 결국 그렇게 어려운 일은 아닐지도 모르지. 왓슨, 이 정도
면 충분하네. 마차를 타고 〈데일리 텔레그래프〉 사무실로 달려가
서 오늘 일을 이만 잘 마무리 짓도록 하세."

다음날 마이크로포트 홈즈와 레스트레이드는 약속대로 아침식사를
마치고 우릴 찾아왔고, 셜록 홈즈는 두 사람에게 전날의 활동에 대해
자세히 들려주었다. 레스트레이드는 우리가 남의 집에 무단 침입한
일을 고백하자 고개를 절레절레 흔들었다.

"홈즈 씨, 우리 경찰은 그런 행동을 할 수 없습니다. 당신이 우리

보다 나은 성과를 거둔 것도 당연하군요. 하지만 그러다가는 언젠가 당신은 친구분과 함께 큰 곤란을 겪게 될거요."

"조국과 가정과 미인을 위해(전통적으로 영국 해병이／건배할 때 외치는 말)! 안 그런가, 왓슨? 우리는 조국의 제단 위에 바쳐진 순교자들이지. 형님, 어떻게 생각합니까?"

"잘했다, 셜록! 정말 잘했어! 하지만 그걸 어떻게 이용할 생각이냐?"

홈즈는 탁자 위에서 〈데일리 텔레그래프〉를 집어들었다.

"오늘 피에로가 낸 광고를 봤습니까?"

"뭐? 또?"

"응, 여기 있어."

오늘 밤 같은 시간, 같은 장소, 문을 두 번 두드릴 것. 매우 중요함. 당신의 안전이 걱정됨.

피에로

"대단해요!"

레스트레이드가 외쳤다.

"그자가 이걸 보고 찾아오면 잡을 수 있겠군요!"

"내가 이 광고를 낼 때 했던 생각이 바로 그겁니다. 두 분께서 오늘 저녁 8시 경에 콜필드 가든스로 동행해 주신다면 우린 문제 해결에 좀더 가까워질 겁니다."

셜록 홈즈의 두드러진 능력 중 하나는, 더 이상 생각해 봤자 소용없을 때는 언제라도 두뇌를 쓰지 않고 좀더 가벼운 주제로 생각을 돌릴 수 있다는 것이다. 기념할 만한 그 날에, 그는 온종일 라소

$\binom{\text{Orlando di Lasso, 1532}\sim}{\text{1594, 네덜란드 작곡가}}$의 폴리포니 모테트 $\binom{\text{polyphony motet, 성서 구절을}}{\text{바탕으로 한 다성악곡}}$에 관한 논문 집필에 몰두하고 있었다. 나로 말할 것 같으면 그와 같이 맺고 끊는 능력이 없었으므로 하루 종일 시간이 무척 더디게 느껴졌다. 사안의 국가적 중대성, 고귀하신 분의 염려, 우리의 실험 결과에 대한 궁금 증 등, 이 모든 것이 합쳐져 한시도 마음을 놓을 수 없었다. 가벼운 저녁식사를 마친 뒤 마침내 길을 떠나게 되자 비로소 마음이 놓였다. 레스트레이드와 마이크로프트는 약속대로 글루체스터로 역 밖에 와 있었다. 오버스타인의 집 지하실 문은 전날 밤에 이미 열어놓았지만 마이크로프트 홈즈가 난간 위로 기어오르는 것을 화를 내며 완강하게 거부해서 나는 집 안으로 들어가 그에게 현관문을 열어주어야 했다.

한 시간, 또 한 시간이 흘렀다. 밤 11시가 되었다. 커다란 교회 시 계의 규칙적인 종소리는 마치 우리의 희망에 종말을 알리는 것 같았 다. 레스트레이드와 마이크로프트는 의자에 엉덩이를 붙이지 못하고 1분에 두 번씩 시계를 들여다보았다. 홈즈는 눈을 반쯤 감은 채 고요 하고 침착하게 앉아 있었지만 신경은 바싹 곤두서 있었다. 그가 갑자 기 머리를 들었다.

"사람이 오고 있어."

숨죽인 발소리가 문 앞을 지나갔다. 그러나 발자국 소리는 다시 돌 아왔다. 밖에서 부스럭거리는 소리가 나더니 문고리로 딱딱 두드리는 소리가 날카롭게 두 번 들려왔다. 홈즈는 일어나며 우리에게 가만히 앉아 있으라는 시늉을 했다. 불빛이라곤 홀의 가스등이 하나 켜져 있 을 뿐이었다. 그는 현관문을 열었고 검은 그림자가 집 안으로 미끄러 지듯이 들어오자 문을 닫고 잠갔다.

"이쪽으로!"

홈즈의 목소리가 들려왔고 잠시 뒤 손님이 눈앞에 나타났다. 홈즈 는 손님 뒤를 바짝 따라왔다가, 손님이 깜짝 놀라 소리 지르며 몸을

돌리는 순간 목덜미를 낚아채고 방 안으로 떼밀었다. 그가 몸을 가누기도 전에 홈즈는 방문을 닫고 문 앞을 막아섰다. 사내는 번쩍거리는 눈으로 방 안을 둘러보다 비틀거리더니 정신을 잃고 풀썩 쓰러졌다. 넘어질 때 충격으로 챙이 넓은 모자가 날아가고 얼굴을 반쯤 가렸던 스카프가 흘러내리면서 발렌타인 월터 대령의 숱이 적은 긴 턱수염과 부드럽고 잘생긴 섬세한 용모가 드러났다.

홈즈는 깜짝 놀라 휘파람을 불었다.

"왓슨, 이번에는 나를 바보라고 써도 좋네. 이 사람을 붙잡으리라 곧 생각도 못했으니까."

"이 사람은 누구냐?"

마이크로프트가 다급하게 물었다.

"잠수함부의 책임자였던 고 제임스 월터 경의 동생입니다. 그래, 이제야 속셈을 알겠군. 어쨌든 이자는 곧 깨어나겠군. 신문은 나한 테 맡겨줬으면 좋겠는걸."

우리는 축 늘어진 몸뚱이를 소파로 옮겼다. 잠시 후 붙잡힌 사나이는 벌떡 일어나 겁에 질린 얼굴로 사방을 둘러보더니 도저히 믿을 수 없다는 듯 손으로 이마를 쓰다듬었다. 대령이 물었다.

"이게 어찌된 일이오? 저는 오버스타인 씨를 찾아왔는데요."

"월터 대령, 사건의 전모가 밝혀졌소."

홈즈는 말했다.

"영국 신사가 어떻게 그런 짓을 할 수 있었는지 모르겠소. 하지만 우리는 당신이 오버스타인과 모종의 관계를 맺은 것과 비밀리에 통신을 주고받은 사실을 다 알고 있소. 물론 캐도건 웨스트의 죽음을 둘러싼 정황에 대해서도 알고 있소. 내가 충고 하나 하겠는데, 당신은 참회와 자백으로 자신의 잘못을 조금이라도 만회하는 게 좋을 거요. 당신의 입으로 듣지 않으면 안 되는 사항이 아직 몇 가지 남아 있으니까 말이오."

대령은 신음하며 두 손으로 얼굴을 감쌌다. 우린 기다렸지만 그는 침묵을 지키고 있었다.

홈즈는 다시 입을 열었다.

"내가 분명히 말해 두겠는데 핵심적인 사실은 다 드러났소. 우린 당신이 돈에 쪼들렸다는 것, 당신 형님이 가지고 있던 열쇠를 복제했다는 것, 또 〈데일리 텔레그래프〉의 광고란을 통해 오버스타인과 통신을 주고받았다는 것 등을 알고 있소. 당신은 월요일 밤에 안개 속에서 사무실에 갔다가 캐도건 웨스트에게 발각되었소. 그는 무슨 이유에선지 몰라도 진작부터 당신을 의심하고 있었던 거요. 웨스트는 당신이 기밀 서류를 빼내는 장면을 목격했지만, 당신이 그걸 런던의 형님한테 갖다주려고 하는지도 몰랐기 때문에 소리를 지르지 못했소. 하지만 그는 선량한 시민이었기 때문에 만사를 제쳐놓고 안개 속에서 당신 뒤를 바짝 쫓아 바로 이 집까지 왔소이다. 여기서 웨스트가 당신을 방해했고, 그러자 당신은 반역죄에 더해 더욱 끔찍한 살인죄까지 저지른 거요."

"전 그런 적 없습니다! 그런 적 없어요! 그건 하느님 앞에서라도 맹세할 수 있습니다!"

가련한 포로가 울부짖었다.

"그럼 말해 보시오. 캐도건 웨스트가 어떻게 살해되어 기차 지붕 위에 실리게 되었는지 말이오."

"그러겠습니다. 맹세코 모든 것을 솔직히 털어놓겠습니다. 다른 것은 제가 했습니다. 자백합니다만, 그것은 당신이 말씀하신 그대로입니다. 저는 주식 거래로 진 빚을 갚아야 했습니다. 정말 돈이 아쉬웠지요. 오버스타인은 저한테 5천 파운드를 제안했습니다. 파산하지 않으려면 그 길밖에 없었지요. 하지만 살인에 대해서라면, 저는 당신들과 마찬가지로 결백합니다."

"그럼 어떻게 된 거요?"

"당신 말씀대로 웨스트는 진작부터 저를 의심하고 있다가 제 뒤를 쫓아왔습니다. 저는 바로 이 앞에 왔을 때까지 그걸 몰랐지요. 그날은 워낙 안개가 심해서 3미터 앞도 안 보였습니다. 저는 문을 두 번 두드렸고 오버스타인이 나와서 문을 열어주었습니다. 그런데 웨스트가 다짜고짜 달려들더니 설계도를 어쩔 셈이냐고 다그쳤습니다. 오버스타인은 짧은 호신용 지팡이를 들고 있었지요. 그는 잠시도 그걸 몸에서 떼놓지 않았습니다. 웨스트가 우리를 따라 억지로 집 안으로 밀고 들어오자 오버스타인은 지팡이로 그의 머리를 내리쳤습니다. 그 일격이 치명적이었지요. 웨스트는 5분도 되지 않아서 숨이 끊어졌습니다. 그는 시체가 되어 홀에 누워 있었고, 우리는 어찌해야 할 바를 몰랐습니다. 그러다가 오버스타인이 뒷 창문 바로 아래 멈추는 기차를 이용할 생각을 해낸 겁니다. 하지만 오버스타인은 먼저 내가 가져온 설계도를 살펴보았습니다. 그는 가장 중요한 3장을 갖겠다고 했습니다. 나는 말했지요. '그걸 줄 수는 없소. 설계도를 도로 갖다놓지 않으면 울리치에서는 끔찍한 소동이 벌어질 거요.' 그러자 그는 대답했습니다. '당신한테 이걸 돌려줄 수는 없소. 이 설계도는 기술적으로 대단히 복잡해서 도저히 오늘 밤 안에 베낄 수 없으니까 말이오.' '그러면 나는 이걸 모두 도로 갖다놓을 수밖에 없소이다.' 나는 이렇게 말했지요. 오버스타인은 잠시 생각에 잠기더니 좋은 수가 있다고 소리쳤습니다. '3장은 내가 갖겠소. 나머지는 이 청년의 주머니에 넣어둡시다. 시체가 발견되면 이 청년이 죄를 다 뒤집어쓰게 될 거요.' 다른 방법이 없었기 때문에 우리는 그 말대로 했습니다. 창가에서 기다린 지 30분 만에 기차가 와서 정차했습니다. 안개가 너무 심해서 아무것도 보이지 않았지만 시체를 기차 지붕 위에 내려놓는 일은 별로 어렵지 않았습니다. 제가 한 일은 이게 전부입니다."

"그럼 당신 형님은?"

"형님은 아무 말도 안 했습니다. 하지만 제가 그 열쇠를 갖고 있는 것을 형님이 본 적이 있는데, 그런 일이 생기자 절 의심하는 것 같더군요. 형님의 눈에 그렇게 씌어 있었습니다. 아는 것처럼 형님은 얼굴을 들지 못할 만큼 부끄럽게 생각하셨습니다."

방 안에 침묵이 흘렀다. 말문을 연 사람은 마이크로프트 홈즈였다.

"속죄할 생각은 없소? 그러면 당신은 조금이나마 마음의 짐을 덜 수 있고 처벌도 가벼워질지 모르오."

"제가 어떻게 속죄할 수 있습니까?"

"오버스타인은 설계도를 가지고 어디로 갔소?"

"모릅니다."

"당신한테 연락처를 남기지 않았소?"

"파리의 루브르 호텔로 편지를 보내면 자기가 받을 거라고 했습니다."

"그렇다면 속죄하는 것은 아직 가능하오."

셜록 홈즈가 말했다.

"무슨 일이든 하겠습니다. 그자한테 호감 따위는 전혀 없으니까요. 나는 그자 덕분에 파멸했습니다."

"여기 종이와 펜이 있소. 그 의자에 앉아서 내가 부르는 대로 받아 쓰시오. 겉봉에는 아까 그 주소를 쓰시오. 됐소, 이제 부르겠소.

　선생에게

　우리의 거래에 관해 당신도 지금쯤 중요한 것 하나가 빠졌다는 걸 눈치챘을 거요. 나는 빠진 내용을 완벽하게 보충해 줄 설계도 사본을 한 장 갖고 있소. 하지만 그것을 손에 넣느라 가외로 수고했으니 5백파운드를 더 받아야겠소. 이걸 우편으로 부칠 생각은 없소. 또 금이나 현찰 이외의 것은 받지 않겠소. 프랑스로 가고 싶지만 이 시점에 내가 영국을 떠나면 말들이 많을 거요. 그러니까 당신이 토요일 정오에 체링크로스 호텔 흡연실로 와주었으면 하오. 영국 화폐나 금만 받는다는 걸 기억하시오.

　이 정도면 충분할 거요. 그자가 걸려들지 않는다면 그야말로 정말 놀라운 일이지요."

정말 그랬다. 그것은 역사적인 사실이다. 한 나라의 비사(秘史)는 정사(正史)가 도저히 따라오지 못할 만큼 상세하고 흥미로운 내용을 담고 있는 일이 많다.

일생일대의 대사를 완벽하게 마무리 하려던 오버스타인은 유인 작전에 넘어갔고 결국 영국 감옥에서 꼼짝없이 15년의 형을 살게 되었다. 그의 몸에서는 귀중한 브루스파팅턴호 설계도가 나왔는데, 그는 유럽의 모든 해군을 상대로 그것을 이미 경매에 부쳐놓은 상태였다.

월터 대령은 복역한 지 2년이 지날 무렵 옥사했다. 홈즈에 관해 말하자면, 그는 상쾌한 기분으로 라소의 모테트에 관한 논문을 다시 쓰기 시작했고, 이 논문은 그 뒤 한정본으로 출판되어 몇몇 지인들에게만 배포되었다. 전문가들은 이것을 라소의 모테트 연구의 결정판으로 평가한다.

몇 주일 뒤 나는 윈저에 며칠 머물다 온 친구가, 전에 보지 못한 정교하게 세공된 에메랄드 넥타이 핀을 하고 있는 것을 우연히 보게 되었다. 샀느냐고 내가 물어보자, 홈즈는 자신이 어느 지체 높은 귀부인을 위해 작은 도움을 드린 데 대한 보답으로 받은 물건이라고 대답했다. 그는 더 이상 말하지 않았지만 나는 그 귀부인의 존귀한 성명을 짐작할 수 있었는데, 그 에메랄드 핀을 볼 때마다 브루스파팅턴호 설계도 사건과 내 친구의 활약상이 언제까지나 생각날 것이다.

The Dying Detective

빈사의 탐정

셜록 홈즈가 사는 하숙집의 허드슨 부인은 참을성이 강한 여자였다. 하숙집 2층으로는, 이상할 뿐 아니라 바람직하지 못한 부류의 사람들이 시도 때도 없이 몰려들었고, 게다가 유난스러운 하숙인은 생활 습관이 괴팍하고 불규칙적이어서 부인의 인내심을 극도로 시험했을 것이 분명하다. 믿어지지 않을 만큼 방은 너저분했고, 밤낮을 가리지 않고 음악을 틀어댔으며, 이따금씩 방 안에서 사격 연습이 벌어지는데다 악취가 진동하는 괴상한 화학 실험까지 해댔다. 게다가 폭력과 위험의 그림자마저 어른거린다. 덕분에 홈즈는 런던에서 최악의 하숙인이 되었다. 그러나 그는 하숙비만큼은 왕처럼 지불했다. 나와 같이 지낸 기간에 그가 방세로 지불한 돈만 해도 그 집을 통째로 살 만한 액수는 되었을 것이다.

허드슨 부인은 홈즈에게 깊은 경외심을 품고 있었다. 그가 아무리 터무니없는 짓거리를 벌이는 듯해도 절대로 간섭하려 들지 않았다. 부인은 홈즈를 좋아했는데, 그것은 여자들에 대한 그의 태도가 더할 나위 없이 부드럽고 정중했기 때문이다. 그는 여성을 혐오하고 불신했지만, 그래도 한결같이 기사도 정신을 잃지 않는 양면을 지녔던 것이다. 허드슨 부인이 홈즈에게 진정으로 호의를 품고 있다는 걸 잘 알고 있던 나는, 결혼한 지 2년째 되는 해에 부인이 우리 집으로 찾아와서 내 가엾은 친구가 얼마나 비참한 상황에 처해 있는지 얘기하는 동안 온 정신을 모아 경청했다.

"왓슨 박사님, 친구분이 지금 다 죽어가고 있어요. 사흘 내내 앓고 있는데 오늘을 넘길 수 있을지 모르겠군요. 의사를 부르려고 했는데 홈즈 선생님이 한사코 말렸답니다. 오늘 아침에는 그 피골이 상접한 얼굴에 퀭하니 들어간 눈이 번쩍거리는 걸 보니까 더 이상 못 참겠더라고요. '홈즈 선생님, 허락을 해주시든 말든 나는 지금 당장 의사를 부르러 갈 거예요.' 내가 이랬지요. '그럼 이왕이면 왓슨을 불러주십시오.' 홈즈 선생님이 그러시더군요. 왓슨 박사님, 저라면 지체 없이 달려갈 거예요. 잘못 하다가는 살아 있는 친구의 모습을 다시는 못 보게 될지도 모르니까요."

친구의 병에 대해 금시초문이던 나는 너무나 놀랐다. 나는 허겁지겁 외투와 모자를 집어 들었다. 그리고 마차를 타고 가는 동안 허드슨 부인에게 자세한 경위를 말해 달라고 했다.

"내가 드릴 수 있는 말씀은 별로 없어요. 홈즈 선생님은 사건 때문에 로더 하이드에 내려간 적이 있는데, 강변 마을에서 그런 병을 얻어가지고 왔지 뭐예요. 수요일 오후에 드러누웠는데 그 다음부터 꼼짝도 못하셨답니다. 요 사흘 동안 음식도 물도 전혀 입에 못 대셨어요."

"맙소사! 그런데 왜 의사를 부르지 않았습니까?"

"홈즈 선생님이 허락을 안 하셨어요. 박사님도 그분이 얼마나 고집이 세신지 아시잖아요. 나는 감히 홈즈 선생님의 뜻을 거스를 수가 없었어요. 박사님도 직접 보시면 아시겠지만 그분은 이 세상에 오래 계시지 못할 거예요."

벗은 정말 가련한 몰골을 하고 있었다. 안개가 자욱한 11월 한낮의 병실은 어두컴컴했는데, 침대에 누워 이쪽을 응시하는 바짝 마른 헬쑥한 얼굴을 보고 가슴이 철렁 내려앉았다. 열이 올라 눈은 번쩍거렸고 두 뺨도 병적으로 상기돼 있었으며 입술에는 검은 딱지가 앉아 있었다. 이불 위에 늘어뜨린 야윈 두 손은 끊임없이 경련을 일으켰고 목소리는 잔뜩 쉬어 조금씩 떨고 있었다. 내가 방에 들어섰을 때 그는 축 늘어져 있었는데, 그래도 눈빛을 보니 나를 알아보는 것 같았다.

"아, 왔슨인가, 아무래도 갈 때가 되었나봐."

홈즈는 꺼져가는 목소리로 말했지만 무관심한 태도는 여전한 것 같았다.

"이 사람아!"

나는 침대로 다가가며 소리쳤다.

"오지 말게! 다가 오면 안 돼!"

위험한 순간에만 들을 수 있었던 홈즈 특유의 명령조의 말투로 날카롭게 말했다.

"왔슨, 내 곁에 가까이 올 생각이라면 이 방에서 나가주게."

"하지만 왜?"

"그건 내 마음이네. 그걸로 충분한 이유가 되지 않나?"

그랬다. 허드슨 부인이 말한 대로였다. 그는 여느 때보다 더 제멋대로였다. 하지만 극도로 쇠약해진 모습을 보니 가슴이 저려왔다.

"난 그저 자네를 도우려는 걸세."

나는 설명했다.

"바로 그걸세! 나를 도우려거든 내가 시키는 대로 하게."

"알았네, 홈즈."

그는 엄격한 태도를 누그러뜨렸다.

"자네, 화난 건 아니지?"

홈즈는 가쁘게 숨을 몰아쉬며 물었다.

불쌍한 친구 같으니라고, 내 앞에 이런 꼬락서니로 누워 있는 그에게 어떻게 화를 낼 수 있겠는가?

"왓슨, 다 자네를 위해서 그러는 걸세."

홈즈는 쉰 목소리로 말했다.

"날 위해서?"

"내 병은 내가 아네. 이 병은 수마트라의 중국인들 사이에서 도는 병인데, 네덜란드 인들이 비교적 이 병에 대해 잘 알고 있지. 하지만 현재까지 연구를 통해 밝혀진 것은 거의 없다네. 확실한 것은 치사율이 높다는 것과 무서울 만큼 전염성이 강하다는 것이지."

홈즈는 이제 열에 들뜬 목소리로 말을 쏟아내며 경련을 일으키는 야위고 긴 손으로 내게 자꾸 떨어져 있으라고 손짓했다.

"왓슨, 몸이 닿기만 해도 옮는다네. 알겠나? 만지면 안 돼. 멀찍이 떨어져 있는 게 제일 좋아."

"여보게, 홈즈! 자네는 내가 단 한순간이라도 그런 걱정 때문에 몸을 사릴 줄 알았나? 자네가 생판 모르는 사람이라 하더라도 난 그렇게 하지 않을걸세. 하물며 막역한 친구 앞에서 내가 의사로서의 임무를 저버릴 줄 아나?"

나는 다시 앞으로 걸음을 옮겨놓았는데 그가 버럭 화를 내며 빽 소리 질렀다.

"거기 서면 나는 계속 말을 할 걸세. 하지만 가까이 오면 이 방에서 나가달라고 할 수밖에 없네."

나는 홈즈의 남다른 성격에 깊은 존경심을 품고 있었고, 그의 의견이 잘 이해가 안 될 때에도 항상 그의 말을 따랐다. 하지만 이제 의사로서의 본능이 바짝 고개를 들었다. 다른 곳에서는 그가 왕 노릇을 하게 해주자. 하지만 적어도 병실 안에서는 그럴 수 없었다. 나는 말했다.

"홈즈, 자네는 지금 정상이 아냐. 병자는 무력한 아이와 다름없네. 그러니 나는 자네를 그렇게 대접할 걸세. 자네가 좋아하든 말든 나는 자네의 병세를 살펴보고 치료하겠네."

홈즈는 독기 서린 눈으로 나를 노려보았다.

"내가 좋든 싫든 의사한테 치료받아야 한다면 최소한 내가 믿을 수 있는 사람한테 치료받겠네."

"그럼 나는 믿을 수 없다는 건가?"

"물론 자네의 우정은 믿네. 하지만 왓슨, 사실은 사실일세. 자네는 경험이 너무 적어. 특별한 자격증도 없는 그저 보통 의사일 뿐이지 않은가. 이렇게 마음 아픈 말은 하고 싶지 않았지만 자네가 그렇게 나오니 어쩔 수가 없군."

나는 깊은 상처를 입었다.

"홈즈, 그런 말을 하다니 자네답지 않군. 그것만 봐도 자네의 신경이 정상이 아니라는 걸 분명히 알 수 있어. 하지만 자네가 나를 못 믿는다면 내 의술을 강요하지는 않겠네. 그럼 재스퍼 믹이나 펜로즈 피셔, 아니면 런던 최고의 명의를 모셔오지. 하지만 누가 됐든 자네는 치료를 받아야 하네. 그 이상은 양보할 수 없어. 내가 직접 치료도 못하고, 다른 의사를 불러오지도 않고 여기 멍하니 서서 자네가 죽는 걸 지켜볼 거라고 생각한다면 그건 큰 오산일세."

"왓슨, 자네 호의는 잘 알겠네."

병자는 흐느낌인지 신음인지 모를 소리로 말을 이었다.

"하지만 내 자네의 무지를 증명해 볼까? 자네, 타파눌리 열에 대해 얼마나 알고 있나? 대만 흑사병에 대해서는?"

"둘 다 들어본 적도 없네."

"왓슨, 동양에는 수많은 질병과 기이한 병증이 있네."

그는 안간힘을 다해 한마디씩 띄엄띄엄 말을 이었다.

"나는 최근에 의료 전문가의 범죄 행위를 조사하는 과정에서 많은 걸 알게 됐지. 그 과정에서 이런 병에 걸리게 됐고 말이야. 자네가 할 수 있는 일은 아무것도 없네."

"그럴지도 모르지. 하지만 나는 열대병에 관한 최고의 권위자인 에인스트리 박사가 런던에 와 있다는 걸 알고 있네. 홈즈, 자네가 내 충고를 귓등으로 듣는다면 당장 그분을 모시러 가겠네."

나는 결연히 문을 향해 돌아섰다.

내 평생 그렇게 놀란 적은 없었다! 바로 그 순간, 죽어가던 사내가 비호같이 몸을 날려 내 앞을 가로막았다. 열쇠 돌아가는 소리와 함께 철컥 하고 자물쇠가 잠겼다. 다음 순간, 그는 비틀비틀거리며 침대 쪽으로 돌아가 남아 있는 힘을 모두 소진한 탓에 심하게 헐떡였다.

"왓슨, 내 손에서 힘으로 열쇠를 빼앗을 생각일랑 아예 하지 말게. 내가 이겼네, 친구. 자넨 여기 있게. 내가 나가도 된다고 할 때까지 여기 있어야 해. 하지만 내가 자네를 즐겁게 해 주지. (이 모든 얘기는 가쁜 숨을 몰아쉬며 띄엄띄엄 말한 것이다.) 자네는 진심으로 날 생각해 주고 있네. 물론 그건 잘 알아. 내가 자네 마음대로 할 수 있게 해주지. 하지만 내가 기력을 회복할 수 있도록 시간을 좀 주게. 왓슨, 지금은 절대로 안 되네. 지금 시간이 4시일세. 6시에 가게."

"홈즈, 그건 미친 짓이야."

"왓슨, 겨우 2시간 남았네. 분명히 6시에는 가게 해주겠네. 어때, 기다릴 수 있지?"

"어쩔 수 없는 것 같군."

"그렇고 말고, 왓슨, 고마워. 이불은 나 혼자 덮을 수 있네. 제발 자네는 멀찍이 서 있게. 자, 왓슨, 한 가지 조건이 더 있네. 자네는 방금 말한 박사가 아니라 내가 고른 사람에게 도움을 청해야 하네."

"그렇게 하지."

"자네가 이 방에 들어와서 모처럼 분별 있는 말을 했군. 거기 보면 책이 있을걸세. 나는 힘이 쭉 빠졌어. 배터리가 부도체에 전기를 쏟아 부을 때 기분이 이렇지 않을까? 왓슨, 얘기는 6시에 다시 하세."

하지만 우리는 그 시간이 되기 전에 대화를 다시 시작했다. 그때 나는 홈즈가 문으로 돌진할 때 못지않게 크게 놀랐다. 나는 조용히 침대에 누워 있는 사람을 한참 바라보고 있었다. 친구는 이불을 푹 뒤집어쓴 채 잠들어 있는 것 같았다. 하지만 가만히 앉아 책만 읽고 있을 수 없었던 나는 천천히 방 안을 돌아다니며 사방 벽을 장식하고 있는 저명한 범죄자들의 사진을 하나씩 살펴보았다. 하릴없이 서성거리던 나는 벽난로 선반 앞에 서게 됐다. 그 위에는 파이프, 담배쌈지, 주사기, 주머니칼, 리볼버의 탄약통, 그밖에 잡동사니들이 난잡하게 흩어져 있었다. 중앙에는 검정색과 흰색으로 된 자그마한 상아 상자가 하나 놓여 있었다. 하도 작고 깜찍한 물건이라서 좀더 자세히 들여다보고 싶어 손을 내밀었는데……

친구가 무시무시한 비명을 질렀다. 그 소리는 아마 밖에서도 들렸을 것이다. 그 무서운 절규를 듣자 나는 온몸에 소름이 쫙 끼치며 머리털이 곤두서는 것 같았다. 뒤를 돌아보니 경련을 일으키는 얼굴과 미친 듯 희번덕거리는 두 눈이 시야에 들어왔다. 나는 작은 상자를 손에 든 채 그 자리에 얼어붙어 버렸다.

"그거 내려놔! 내려놓으라고! 어서, 왓슨. 어서 내려놓으라니까!"

상자를 도로 벽난로 선반 위에 내려놓자 그는 베개 위로 털썩 쓰러지며 안도의 한숨을 내쉬었다.

"왓슨, 나는 누가 내 물건을 건드리는 걸 무척 싫어하네. 내가 그

렇다는 건 자네도 잘 알잖아. 자넨 참을 수 없을 만큼 내 신경을 건드리는군. 의사인 자네가 말이야, 환자를 정신병자로 만들고 있다고. 이 사람아, 좀 앉게. 날 좀 쉬게 해줘!"

이런 일을 당하자 나는 뭐라 말할 수 없을 만큼 기분이 나빴다. 친구의 아무 이유 없는 격한 흥분과 내게 퍼부은 무지막지한 언사는 평상시의 온화함과는 거리가 멀었는데, 내 눈에는 이 모든 것이 그가 제정신이 아니라는 증거로 비쳤다. 뭐니 뭐니 해도 고귀한 정신이 망가지는 것보다 슬픈 일은 없는 것이다. 나는 정해진 시간이 될 때까지 기다리며 울적하게 묵묵히 앉아 있었다. 그도 나처럼 시계를 들여다보고 있던 모양이었다. 6시가 다 되자 아까와 똑같이 몹시 흥분한 목소리로 말을 걸어왔다.

"왓슨, 자네 주머니에 잔돈 좀 있나?"

"응."

"은화는?"

"많아."

"반 크라운짜리는 몇 개나 있지?"

"5개."

"아, 너무 적군! 너무 적어! 정말 안타까운 일일세, 왓슨! 하지만 그거라도 자네 몸시계 주머니에 넣어주게. 그리고 남은 돈은 전부 왼쪽 바지 주머니에 넣어두고. 고맙네. 그렇게 하면 훨씬 균형이 잘 잡힐 거야."

정말 정신 나간 짓이었다. 홈즈는 몸을 부르르 떨더니 다시 기침소리 같기도 하고 울음소리 같기도 한 소리를 냈다.

"왓슨, 이제 가스등을 켜게. 하지만 절대로 불꽃이 반 이상 올라오지 않게 조심하게. 왓슨, 제발 조심하라고. 고맙네. 아주 잘했네. 아니, 커튼을 칠 필요는 없네. 미안하지만 이제 편지와 서류를 내 손이 닿을 만한 이 탁자 위에 놔주게. 고마워. 이제 벽난로 선반 위에 있는 잡동사니도 좀 옮겨 놔 주게. 잘했네, 왓슨! 저기 각 설탕 집게가 있거든. 그걸로 그 작은 상아 상자를 집어주게. 여기 서류 옆에 놓게. 옳지! 이제 가서 로워 버크 거리 13번지에 사는 컬버튼 스미스 씨를 모셔오게."

솔직히 말하면 이젠 의사를 데리러 가고 싶은 마음이 사라졌다. 왜냐하면 가엾은 홈즈가 헛소리를 하고 있는 게 분명해서 그를 놔두고 갔다가는 무슨 변이 생길지도 모르겠다는 생각이 들었기 때문이다. 하지만 그는 아까 고집스럽게 뜯어말릴 때와 똑같이 스미스라는 사람에게 가보라고 성화를 했다.

"그런 이름은 들어본 적이 없어."

"아마 그럴걸세. 자네는 이 병에 관한 세계 최고의 권위자가 의사가 아니라 농장주라는 얘기를 들으면 놀랄지도 모르겠군. 컬버튼 스미스 씨는 수마트라의 저명 인사인데 지금 런던에 잠깐 체류 중일세. 그는 오지에 있는 자기 농장에서 이 병이 생기자 직접 연구에 뛰어들어 상당한 성과를 거두었네. 자네가 6시 전에 가는 걸 말린 건 그가 굉장히 규칙적인 생활을 하는 사람이기 때문일세. 일찍 가봤자 그 사람은 서재에 나와 있지도 않을 테니까 말이야. 스미스 씨의 각별한 취미는 바로 이 병에 대한 연구일세. 자네가 그 사람을 설득해서 여기 오게 만든다면, 그는 틀림없이 나를 살려줄걸세."

나는 홈즈가 한 말을 쭉 이어서 적어놓았지만 사실 그는 통증이 얼마나 심한지 숨을 헐떡거리고 두 손을 허우적대며 띄엄띄엄 이야기했다. 내가 와 있는 몇 시간 동안 상태는 눈에 띄게 나빠졌다. 붉은 반점은 더욱 뚜렷해졌고 퀭하니 들어간 눈은 더욱 번쩍거렸고 이마에는 식은땀이 송골송골 맺혔다. 그러나 경쾌하고 뽐내는 듯한 말투는 여

전했다. 숨이 끊어지는 순간까지 그는 아마 왕 노릇을 하려 들 것이
다.

"내가 어떤 상태인지 그에게 정확하게 말해 주도록 하게. 자네가
받은 인상을, 죽음을 앞두고 헛소리하는 사람의 모습을 정확하게
전해 주게. 정말이지 왜 바다에 굴이 가득 차지 않는지 모르겠어.
그렇게 번식률이 높은데 말이야. 아, 또 엉뚱한 얘기를 했군. 어떻
게 뇌가 뇌를 조종하는 걸까! 왓슨, 내가 무슨 얘길 하고 있었
지?"

"컬버튼 스미스 씨를 데려오라는 얘기."

"아, 그래, 이제 기억나네. 내 목숨이 거기 달려 있네. 왓슨, 스미
스한테 가서 사정하게. 사실 우리 사이에는 어색한 감정이 있다네.
왓슨, 그의 조카 말일세. 청년이 끔찍하게 죽었거든. 나는 뭔가 흑
막이 있을 거라고 생각했고 그는 내가 자기를 의심한다는 걸 눈치
챘네. 스미스는 내게 앙심을 품고 있지. 왓슨, 자네가 가서 달래주
게. 가서 사정하고 싹싹 빌고 무슨 수를 써서라도 이리로 데려오
게. 스미스만이 나를 살릴 수 있네. 오직 스미스만이!"

"강제로라도 마차에 태워서 데려오도록 하지."

"절대로 그런 짓을 해서는 안 되네. 와달라고 설득해야 하네. 그리
고 자네는 그 사람보다 앞서서 돌아오게. 무슨 핑계를 대서라도 같
이 오는 일이 없도록 해줘. 왓슨, 내 말 명심하게. 꼭 내가 말한
대로 해줘. 자네는 한번도 나를 실망시킨 적이 없었네. 굴의 번식
을 막는 천적이 있는 게 틀림없어. 왓슨, 자네하고 나는 각자의 역
할을 다했네. 그럼 이제 세계에는 굴이 넘치게 될까? 안 돼, 너무
끔찍한 일이야. 가서 자네가 보고 들은 걸 그대로 전하게."

숭고한 지성을 가진 자가 바보 아이처럼 종잡을 수 없는 말을 지껄
이는 모습을 보고 나는 가슴이 터지는 심정으로 떠나지 않을 수 없었

다. 그는 열쇠를 나에게 건네주었다. 열쇠를 받아들면서 그가 안에서 문을 잠그지 못할 거라고 생각하니 기분이 나아졌다. 허드슨 부인은 복도에 서서 온몸을 떨며 흐느끼고 있었다. 1층으로 내려오는데 뒤에서 홈즈가 높고 가느다란 목소리로 뭐라고 계속 헛소리를 해댔다. 밖으로 나와 마차를 부르려고 휘파람을 부는데 한 사내가 안개 속에서 다가와 물었다.

"홈즈 선생은 어떻습니까?"

전부터 안면이 있는 런던 경찰국의 모튼 경위였다. 그는 사복 차림이었다.

"지금 중병에 걸려 누워 있습니다."

나는 대답했다.

모튼 경위는 아주 이상한 눈으로 나를 쳐다보았다. 채광창으로 흘러나온 불빛을 통해 언뜻 그의 얼굴에 떠오르는 재미있어 하는 표정을 읽었는데, 나는 내가 잘못 봤다고 생각했다.

"저도 그런 소문을 들었지요."

모튼이 말했다.

마차가 왔고 나는 그 자리를 떠났다.

로워 버크는 노팅힐과 켄징턴의 경계에 있는 멋진 집들이 즐비한 거리였다. 마차는 고풍스러운 쇠 울타리에 양쪽으로 문이 열리게끔 돼 있는 거대한 문 앞에 섰다. 문에 반짝거리는 청동 장식이 달린 산뜻하고 품격이 있어 보이는 집이었다. 집의 모든 것이 문을 열고 나온 집사와 잘 어울렸다. 그의 머리 위로 분홍색 전등 불빛이 빛났다.

"예, 컬버튼 스미스 님은 안에 계십니다. 왔슨 박사님이십니까! 잘 알겠습니다. 명함을 전해 올리겠습니다."

컬버튼 스미스 씨에게는 내 변변찮은 이름이나 지위가 안 통하는 모양이었다. 반쯤 열린 문을 통해 높고 짜증스럽고 날카로운 목소리가 흘러나왔다.

"이 사람이 누군가? 무엇 때문에 왔다던가? 맙소사, 스태플스, 내가 연구하는 시간에는 방해하지 말라고 몇 번이나 말했나?"

집사가 나지막한 목소리로 달래듯이 설명하는 소리가 들려왔다.

"스태플스, 난 그 사람을 만날 생각이 없네. 이런 식으로 연구를 방해받는 건 딱 질색이야. 집에 없다고 하게. 그렇게 말하라고. 정나를 보고 싶거든 내일 아침에 오라고 하게."

다시 두런거리는 말소리가 들렸다.

"허허, 가서 그대로 전하라니까. 내일 아침에 오든지, 아니면 그냥 가라고 하게. 나는 절대로 연구를 중단할 수 없으니까."

도와줄 수 있는 사람을 데려오기를 기다리며 수시로 시계를 쳐다보고 병석에서 몸을 뒤척이고 있을 홈즈가 떠올랐다. 지금은 예의를 따질 계제가 아니었다. 친구의 목숨이 경각에 달려 있었다. 미안해서 어쩔 줄 모르는 집사가 주인의 말을 전하기 전에 나는 그를 밀치고 안으로 뛰어 들어갔다.

한 사내가 벽난로 옆의 안락의자에 앉아 있다가 벌떡 일어서며 화난 목소리로 고함을 꽥 질렀다. 크고 누런 얼굴은 피부가 우툴두툴한 데다 개기름이 흘렀고 이중턱은 무겁게 늘어져 있었다. 사내는 숱이 많은 갈색 눈썹 밑의 음침한 잿빛 눈으로 나를 잡아먹을 듯이 노려봤다. 머리가 훌렁 벗겨진 분홍빛 대머리에 자그마한 벨벳 모자를 요염하게 비스듬히 쓰고 있었다. 두개골의 용적은 엄청나게 컸지만, 놀랍게도 사내의 체구는 작고 허약해 보였다. 어려서 구루병을 앓았는지 등과 어깨가 뒤틀려 있었다.

"당신 뭐요?"

그는 소리를 지르며 악을 썼다.

"당신이 뭔데 이렇게 함부로 밀고 들어오는 거요? 내일 아침에 오

라는 말 못 들었소?"

"죄송합니다. 하지만 잠시도 지체할 수 없는 일이라서 그렇습니다.
셜록 홈즈가……."

친구 이름을 언급하자 키 작은 사내는 몹시 놀랐다. 화난 표정은
순식간에 사라지고 긴장과 경계의 빛이 얼굴에 떠올랐다.

"홈즈가 당신을 보냈소?"

"방금 그의 집에서 오는 길입니다."

"홈즈가 왜? 지금 잘 있소?"

"그는 지금 위독합니다. 제가 온 게 바로 그 때문입니다."

사내는 내게 의자를 가리켜보이고 자신도 다시 앉았다. 그가 의자에 앉기 전에 벽난로 선반 위에 걸려 있는 거울에 순간적으로 그의 얼굴이 비쳤다. 사내는 악의적이고 혐오스러운 미소를 띠고 있었다. 하지만 나는 그가 내 말을 듣고 놀란 나머지 근육경련을 일으킨 게 틀림없다고 마음을 다잡았다. 왜냐하면 그가 금세 돌아섰을 때는 얼굴 가득 걱정하는 기색이 역력했기 때문이다.

"정말 유감이오. 나는 홈즈 선생과 일 관계로 알게 되었을 뿐 개인적인 친분은 없지만, 선생의 재능과 인격을 깊이 흠모하고 있소이다. 선생은 아마추어 탐정이고 나는 아마추어 의사요. 선생은 악당과 대결하지만 나는 세균과 대결한다오. 저기에 있는 것이 나의 감옥이라오."

사내는 탁자 위에 일렬로 놓여 있는 병과 단지들을 가리키며 말을 이었다.

"이 젤라틴 배양기에는 악성 세균이 번식하고 있소."

"홈즈가 선생을 뵙고 싶어 하는 것은 선생의 그런 전문 지식 때문입니다. 홈즈는 선생을 높이 평가하고 있고, 런던에서 자신을 도와줄 수 있는 사람은 오직 선생뿐이라고 생각하고 있습니다."

작은 사내는 흠칫 놀랐고 그 바람에 깜찍한 모자가 바닥으로 떨어졌다.

"왜? 왜, 홈즈 선생은 내가 자신을 도와줄 수 있다고 생각하고 있지요?"

"선생은 동양의 질병에 대해 잘 알고 계시니까요."

"하지만 홈즈 선생은 왜 자신의 병이 동양의 풍토병이라고 생각하는 거요?"

"일 때문에 부두의 중국인 선원들을 만난 적이 있기 때문입니다."

컬버튼 스미스 씨는 흐뭇한 미소를 지으며 모자를 집어 들었다.

"오, 그런 일이 있었구려. 나는 병세가 당신이 생각하는 것처럼 심각하지는 않을 거라고 믿소. 병석에 누운 지 얼마나 됐소?"

"3일 가량."

"헛소리를 하오?"

"가끔씩 합니다."

"저런! 좀 심각한 것 같구려. 이런 요청을 거절하는 건 사람의 도리가 아니겠죠. 왓슨 박사, 나는 연구를 중단하는 걸 정말 싫어하는 사람이오. 하지만 이번은 예외요. 당장 같이 갑시다."

나는 홈즈의 지시를 기억해 냈다.

"저한테는 다른 약속이 있습니다."

"알겠소. 내 혼자 가리다. 나는 홈즈 선생의 주소를 알고 있소. 늦어도 30분 안에는 도착할 테니 박사는 안심하셔도 좋소."

나는 무거운 마음으로 홈즈의 병실로 들어섰다. 내가 없는 동안 최악의 일이 생겼는지도 모른다는 걱정이 가득했기 때문이다. 그러나 천만다행으로 그는 그 사이에 훨씬 나아져 있었다. 겉모습은 그때나 마찬가지로 유령 같았지만 정신은 맑았고 목소리는 가늘었지만 오히려 평소보다 더욱 또렷하고 명확했다.

"그래, 왓슨, 스미스를 만나고 왔나?"

"응. 오겠다는군."

"왓슨, 잘해 주었네! 정말 잘해 주었어! 자네는 최고의 사자야."

"나랑 같이 가겠다고 하더군."

"그렇게 해서는 절대 안 되지. 그건 절대로 안 될 말이야. 내가 무슨 병에 걸렸는지 묻던가?"

"나는 자네가 극동 지역의 중국인 사이에서 도는 병에 걸렸다고 했네."

"바로 그걸세! 왓슨, 자네는 역시 좋은 친구야. 이제 자네는 자리를 비켜줘야겠네."

"홈즈, 나는 여기 있다가 그 사람의 의견을 들어볼 거야."

"물론 그래야지. 하지만 방 안에 나 혼자뿐인 줄 알면 그는 좀더 솔직하고 귀중한 의견을 내놓을걸세. 왓슨, 내 침대 머리맡 뒤쪽에 적당한 공간이 있네."

"여보게, 홈즈!"

"왓슨, 지금은 다른 도리가 없을 것 같군. 그 공간은 원래 은신처로 만들어진 건 아니지만 오히려 그래서 의심을 살 일도 없을걸세. 그 정도면 자네 한 사람은 충분히 들어갈 수 있을 거야."

갑자기 그는 수척한 얼굴에 긴장한 빛을 띠고 벌떡 일어났다.

"왓슨, 마차 소리가 들리는군. 여보게, 날 생각한다면 어서! 그리고 무슨 일이 있더라도 꼼짝하지 말게. 무슨 일이 있더라도 말일세. 알아듣겠나? 절대로 말하지 말게! 움직이지도 말고! 그저 가만히 듣고만 있게."

그러더니 다음 순간, 발작적으로 솟구친 힘이 완전히 소진되었는지 그의 독단적이고 단호한 말투는 반쯤 혼수상태에 빠진 사람의 나지막하고 알아듣기 힘든 웅얼거림으로 바뀌어 버렸다.

나는 재빨리 몸을 숨겼는데 잠시 후 계단을 오르는 발자국 소리와 침실 문이 열리고 닫히는 소리가 들렸다. 그런데 놀랍게도 방안에는 오랫동안 정적이 흘렀고 들리는 소리라곤 병자가 가쁜 숨을 몰아쉬는 소리뿐이었다. 손님이 침대 옆에 서서 환자를 내려다보고 있는 모습이 눈앞에 선했다. 마침내 이상한 침묵이 깨졌다.

"홈즈!"

사내가 소리쳤다.

"홈즈!"

그는 잠든 사람을 깨우려는 듯 집요한 말투로 소리를 쳤다.

"홈즈, 내 말 들리나?"

부스럭거리는 소리가 들렸는데 환자의 어깨를 거칠게 잡아 흔드는 모양이었다.

"스미스 씨, 당신이오?"

홈즈가 꺼질 듯한 목소리로 말했다.

"당신이 정말 와줄 줄은 몰랐소."

사내는 웃음을 터뜨렸다.

"나도 이렇게 오게 될 줄 몰랐네. 하지만 보다시피, 이렇게 왔지. 홈즈, 성경 말씀에도 있지 않은가. 악을 선으로 갚으라고 말이야!"

"정말 좋은 분이시오. 정말 고결한 분이시오. 나는 당신이 그 분야에 대해 해박한 지식을 갖고 있다는 걸 알았소."

손님은 킬킬거렸다.

"그건 그렇지. 다행스럽게도 그걸 아는 사람은 런던에서 당신뿐이지. 당신, 지금 무슨 병에 걸렸는지 알고 있나?"

"그 병이오."

홈즈가 말했다.

"음, 증상이 어떤가?"

"증상도 똑같소."

"허, 홈즈, 그건 별로 놀라운 일이 아니야. 당신이 그 병에 걸렸다고 해도 그다지 놀라운 일은 아니지. 그게 사실이라면 당신한테는 퍽 안된 일이지만 말이야. 가엾은 빅터는 발병 4일 만에 죽었거든. 그 건장하고 원기 왕성하던 청년이 말이야. 당신 말마따나 그 아이가 런던 한복판에서 아시아의 오지에서나 유행하는 병에 걸렸다는 건 정말 이상한 일이었어. 게다가 하필이면 그게 내가 여러 해 동안 연구해 온 바로 그 병이 아닌가? 참으로 기묘한 우연의 일치이지. 홈즈, 당신이 그걸 눈치 챘다니 제법이지만 그렇게 관련이 있다고 말하고 다닌 건 좀 심했어."

"난 당신이 그랬다는 걸 알고 있소."

"허, 알고 있었다고? 흠, 어쨌든 당신은 그걸 증명하지는 못했어. 하지만 나에 대해 그런 소문을 퍼뜨린 주제에, 문제가 생기자 당장 나한테 달려와서 도와달라고 애걸하는 건 뭔가? 이게 도대체 뭐하는 짓이냐고? 엉?"

병자의 거친 숨소리가 들려왔다.

"물 좀 주시오!"

홈즈가 헐떡거리며 말했다.

"친구, 갈 때가 멀지 않았구먼. 하지만 가기 전에 내 말을 좀 듣고 가면 좋겠어. 내가 당신한테 물을 주는 것도 다 그것 때문이야. 조심해, 엎지르겠구먼! 좋아. 내가 한 말 이해가 가나?"

홈즈는 신음했다.

"어떻게 좀 해주시오. 지나간 일에 연연하지 말고."

그가 꺼질 듯한 목소리로 말했다.

"나는 그 얘기를 마음속에서 완전히 지워버리겠소. 맹세하오. 날 고쳐만 주시오. 그러면 다 잊겠소."

"잊다니, 뭘?"

"빅터 새비지 사망 사건 말이오. 방금 당신이 그랬다고 자백 비슷하게 했잖소. 나는 다 잊겠소."

"잊든지 말든지 그건 당신 마음대로 하라고. 당신이 증인석에 앉을 일은 없을 테니까. 가엾은 홈즈, 분명히 말해 두는데 당신은 금방 관 속에 들어가게 될 거야. 당신이 내 조카가 어떻게 죽었는지 안다고 해도 그건 전혀 중요하지 않아. 지금 우리는 그 얘기를 하는 게 아니거든. 문제는 당신이야."

"지당한 말씀이오."

"내 집에 찾아온 자네 친구 얘기로는——그 친구 이름이 뭐였더라
——당신이 이스트엔드에서 선원들을 만나다가 병이 옮았다고 하
던데?"

"도저히 그렇게 밖에는 설명할 수 없었소."

"홈즈, 당신은 머리가 좋은 게 자랑이지, 안 그런가? 자신이 굉장
히 비상한 두뇌의 소유자라고 생각하고 있어, 그렇지? 그런데 이
번에 당신은 더 비상한 사람을 만난 거야. 홈즈, 지나간 일을 돌아
보라고. 어떻게 해서 이 병에 걸렸는지, 그것 말고 더 생각나는 게
없나?"

"모르겠소. 지금 난 제정신이 아니오. 제발 날 좀 도와주시오!"

"그러지, 도와주고말고. 당신이 어떻게 해서 이런 꼴을 당했는지
알 수 있도록 도와줄게. 난 당신이 아무것도 모르고 죽는 건 싫거
든."

"통증을 가라앉힐 만한 걸 좀 주시오."

"통증이 심한가? 그래, 중국인들은 죽을 때쯤 되면 징징 짜더군.
경련이 일어날 거야."

"맞소, 맞아. 경련이 일어나오."

"좋아, 어쨌거나 내 말을 알아 들을 수는 있군. 자, 얘기해보게.
당신한테 증상이 나타날 즈음에 뭔가 이상한 사건은 없었나?"

"그런 것은 없었소. 아무것도."

"잘 생각해 보게."

"너무 아파서 아무 생각도 안 나오."

"좋아, 그럼 내가 도와주지. 무슨 소포가 안 왔나?"

"소포?"

"무슨 상자 같은 거."

"정신이 가물거려요, 나 죽소!"

"홈즈, 잘 듣게!"

사내가 거의 죽어가는 탐정을 잡아 흔드는 소리가 들렸고, 내가 할 수 있는 일은 가만히 참고 있는 것뿐이었다.

"내 말을 들어야 해. 내 말이 들릴 거야. 상자, 상아로 만든 상자 기억 나나? 그건 목요일에 도착했어. 당신은 뚜껑을 열었지. 기억 나나?"

"그랬소. 내가 열었소. 그 속에는 뾰족한 용수철이 장치돼 있었소. 누가 장난······."

"네가 요 모양 요 꼴이 된 건 그게 장난이 아니라는 뜻이지. 어리석은 인간, 너는 보기 좋게 당한 거야. 누가 내 앞길을 가로막으라고 했지? 나를 가만히 내버려뒀으면 너를 해치지는 않았을 거야."

"기억 나오."

홈즈는 숨을 몰아쉬었다.

"용수철! 피가 났소! 그 상자, 지금 저 탁자 위에 있소."

"허허, 바로 여기 있군! 갈 때 주머니에 넣어가는 게 좋겠어. 마지막 증거물이 사라지게 되는 셈이지. 하지만 홈즈, 너는 지금 진실을 알고 있어. 너는 내 손에 죽는다는 걸 알고 죽는다고. 네가 빅터 새비지의 운명에 대해 너무 많이 알고 있기 때문에, 나는 너한테도 같은 운명을 선사했지. 홈즈, 이제 멀지 않았어. 나는 여기 앉아서 네가 죽는 걸 지켜볼 생각이야."

홈즈가 들릴락 말락한 소리로 속삭였다.

"뭐라고?"

스미스가 말했다.

"램프를 켜달라고? 아, 날이 저물고 있구먼. 그래, 네 꼴을 더 잘

볼 수 있게 불을 켜주지."

사내는 저벅저벅 방을 가로질러 갔고 방 안은 금세 환해졌다.

"이봐, 나한테 더 부탁하고 싶은 것 없나?"

"성냥하고 담배."

나는 기쁨과 놀라움에 겨워 함성을 지를 뻔했다. 홈즈의 목소리는 정상으로 돌아와 있었다. 좀 약한지는 몰라도 내가 알고 있는 바로 그 목소리였다.

한동안 침묵이 흘렀다. 컬버튼 스미스가 너무 놀라 말문이 막혀 내 친구를 내려다보고 서 있는 모습이 눈에 선했다.

"이게 어찌된 일이지?"

그가 갑자기 메마른 목소리로 초조하게 말했다.

"주어진 배역을 성공적으로 연기한 거지."

홈즈가 말했다.

"분명히 말하지만 나는 당신이 친절하게 물을 한 잔 따라주기 전까지 사흘 동안 먹지도 마시지도 않았어. 하지만 가장 참기 힘든 건 담배였어. 아, 담배가 여기 있군."

치익 하고 성냥을 긋는 소리가 들렸다.

"이제 훨씬 낫군. 어! 친구가 올라오는 소리가 들리는데!"

밖에서 발자국 소리가 들리더니 문이 열리고 모튼 경위가 들어왔다.

"다 잘됐소. 바로 이 사람이오."

홈즈가 말했다.

형사는 피의자에 대한 경고의 말을 빠뜨리지 않았다.

"당신을 빅터 새비지 살해 혐의로 체포한다."

형사는 계속 말을 이었다.

"그리고 셜록 홈즈 살인 미수 혐의를 추가해야겠지."

내 친구가 킬킬거리며 말했다.

"경위, 컬버튼 스미스 씨는 병자의 부탁을 받고 친절하게 램프를 켜서 대신 신호를 보내주었소. 그의 외투 오른쪽 주머니에 작은 상자가 들어 있는데 압수하는 게 좋을 거요. 고맙소. 나라면 그걸 조심해서 취급하겠소. 거기 내려놓으시오. 재판에서 요긴하게 쓰일 테니까."

갑자기 용의자가 후닥닥 달아나려고 했는지 형사와 격투를 벌이는 소리가 들렸다. 이내 쇳소리와 함께 고통스러운 비명이 울려 퍼졌다.

"그래봤자 당신만 다칠 거다."

경위가 말했다.

"가만히 있어. 알겠나?"

철컥, 수갑 채우는 소리가 들렸다.

"멋지게 함정을 파놨군!"

스미스가 무섭게 악을 썼다.

"홈즈, 법정에 서는 건 내가 아니라 네놈일 거다. 네 친구가 나한테 여기 와서 너를 치료해 달라고 했다. 네놈이 불쌍해서 나는 여기까지 왔다. 너는 이제 있지도 않은 말을 꾸며내서 나에 대한 터무니없는 의심을 증명하려고 하겠지. 홈즈, 마음껏 거짓말을 해라. 나도 너 못지않게 할 말이 많으니까."

"맙소사!"

홈즈가 외쳤다.

"내 친구를 까맣게 잊고 있었군. 왓슨, 정말 미안하네. 자네가 거기 있다는 걸 깜빡했군! 자네는 컬버튼 스미스 씨와 초저녁에 벌써 만났으니 굳이 소개해 줄 필요는 없겠지. 마차는 집 앞에 대기시켜 놓았소? 옷을 입고 곧 뒤따라가리다. 경찰서에 가서 할일이 좀 있을 것 같으니 말이오."

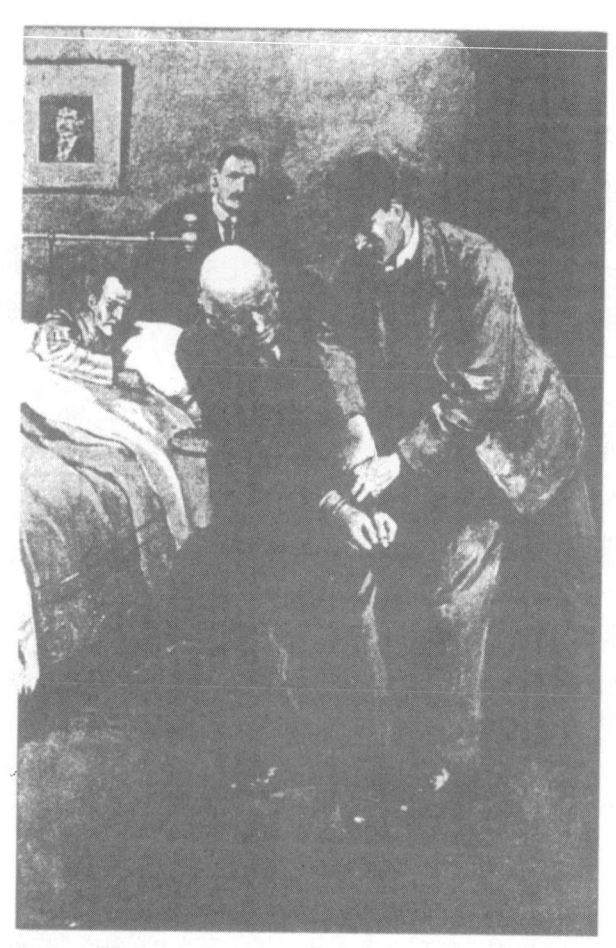

"정말 허기지는군."

홈즈는 몸단장을 하는 중간중간 포도주 한 잔과 약간의 비스킷을
먹으며 기운을 차렸다.

"하지만 자네도 알다시피 나는 생활 습관이 불규칙해서, 그 정도
굶는 건 다른 사람들에 비해서 별일 아니었네. 무엇보다 중요한 건

허드슨 부인에게 내 병세에 대해 생생한 인상을 심어주는 일이었지. 그래야 부인이 자네를 찾아가 내 상태를 전하고, 그 다음에 자네가 또 그자를 찾아갈 게 아닌가. 왓슨, 기분 나쁘지 않지? 솔직히 말해서, 자네한테 다른 재능은 많아도 연기력은 전혀 없네. 만약 자네가 사실을 알았다면, 자네는 스미스에게 내가 절박하게 그를 필요로 하고 있다는 사실을 전하지 못했을걸세. 그러면 모든 게 수포로 돌아가고 말 상황이었지. 나는 복수심이 강한 스미스의 성격을 알고 있었기 때문에, 그자가 자신의 작품을 살펴보러 올 거라고 확신했네."

"하지만 홈즈, 그 죽은 사람 같은 얼굴은 어떻게 된 건가?"

"왓슨, 사흘 동안 식음을 전폐한 얼굴이 결코 좋아 보이겠나? 나머지는 다 분장일세. 이마에는 바셀린을 바르고 눈에는 벨라돈나 ^(가지과에 속하는 여러해살이풀)를, 광대뼈에는 연지를 발랐네. 그리고 입가에 밀랍 부스러기를 붙였더니 아주 만족스러운 효과가 나더군. 꾀병이라면, 내가 논문이라도 써볼까 하고 생각해 왔던 분야지. 게다가 이따금씩 반 크라운짜리 동전이나 굴 얘기, 그 밖에 엉뚱한 얘기들을 꺼냈더니 흐뭇하게도 무슨 헛소리를 하는 것 같은 효과가 나더군."

"하지만 날 가까이 오지 못하게 한 건 무엇 때문이었나? 실제로 병에 걸린 것도 아니었으면서 말이야."

"여보게, 지금 그걸 질문이라고 하고 있나? 자네는 내가 의사로서의 자네 능력을 전혀 인정하지 않는다고 생각하고 있나? 나는 자네의 예리한 눈을 속일 수는 없었네. 겉으로 아무리 쇠약해 보여도 맥박이나 체온이 정상인데 자네가 그냥 넘어갔을 리 없지. 하지만 4미터 정도 떨어져 있다면 자네 눈을 속일 수도 있겠지. 내가 자네를 속이는 데 실패하면 누가 스미스를 여기로 데려오겠나? 천만에. 난 그 상자는 건드리지 않겠네. 뚜껑을 열면 독사의 이빨 같은 뾰족한 용수철이 튀어오를걸세. 꼭 보고 싶으면 옆에서 보게. 그 괴물 같은 인간은 상속권을 차지하려고 가엾은 조카를 저것과 비슷한 도구로 살해한 것이 분명하네. 자네도 알다시피 나는 다양한 사람들과 우편물을 주고받지만, 그래도 배달되는 소포에 대해서는 항상 경각심을 늦추지 않거든. 여하튼 나는 그자의 계획이 정말 성공한 것처럼 꾸미면 그가 자백할 거라고 확신했네. 그래서 진정한 예술가답게 완벽하게 연기를 해냈지. 고맙네, 왓슨. 내가 웃옷 입는 걸 좀 도와줘야겠네. 경찰서에서 일을 끝내면 심슨 식당에 들러 영양가 있는 음식이라도 먹는 게 좋을 것 같군."

The Disappearance of Lady Frances Carfax
프랜시스 카팍스 여사의 실종

"그런데 왜 터키식을?"

셜록 홈즈는 내 구두를 뚫어지게 바라보며 물었다. 나는 등나무 의자에 길게 누워 있었는데, 변함없이 날카로운 그의 시선이 튀어나온 내 발로 향했다.

"이건 영국제야."

나는 약간 놀라서 대꾸했다.

"옥스퍼드 거리의 래티머 상점에서 산 걸세."

홈즈는 피곤해도 참는다는 표정으로 미소 지었다.

"목욕 말일세! 목욕! 기운이 펄펄 솟구치게 하는 영국식 대신에 왜 돈 많이 들고 나른한 터키식 목욕을 하느냐고?"

"왜냐하면 지난 며칠 동안 류머티즘 증세가 있는데다 부쩍 늙은 기분이 들었거든. 의사들이 터키식 목욕을 대체 요법이라며 권했네. 몸에 활력을 주고 기분을 바꿔주지. 그건 그렇고, 여보게 홈즈,"

나는 덧붙였다.

"자네의 논리적인 사고로는 내 구두와 터키식 목욕 사이의 관련은 자명한가가 보네만 그래도 어떻게 그렇게 추리할 수 있는지 설명해 줄 수 없겠나?"

"왓슨, 나의 연쇄적 추론 과정은 그리 어려운 게 아닐세."

홈즈는 장난스럽게 눈을 빛내며 말했다.

"그건 내가 자네에게 오늘 아침 누구와 마차를 함께 탔느냐고 물을 때, 그 바탕에 깔린 추론과 마찬가지로 초보적인 것이지."

"새로운 예를 끌어 내봐야 설명이 되지 않아."

나는 퉁명스럽게 쏘아붙였다.

"왓슨, 훌륭하군! 대단히 점잖고 논리적인 항의로군. 어디, 요점을 살펴볼까? 방금 전의 마차 얘기를 먼저 해보세. 자세히 보면 자네 웃도리 왼쪽 소매와 어깨에 흙이 튀었네. 만약 자네가 이륜마차의 좌석 중앙에 앉았다면 몸에 흙이 튀는 일은 없었을 것이고, 또 흙이 튀었다 해도 분명히 양쪽에 다 튀었을걸세. 따라서 자네는 좌석 가장자리에 앉았던 것이 분명하네. 그렇다면 자네가 다른 승객과 합승한 것도 명백하고."

"정말 명쾌하네그려."

"바보스러울 만큼 뻔한 얘기일세, 그렇지 않은가?"

"하지만 구두와 목욕은?"

"그것도 별거 아닐세. 자네는 구두끈을 묶는 방식이 항상 똑같았네. 그런데 지금은 정교하게 이중 매듭으로 묶었어. 그건 평소의 방식하고는 완전히 다르거든. 그렇다면 자네는 구두를 벗었다가 다시 신은 것이 분명하네. 그럼 누가 구두끈을 맸을까? 구두 수선공이나 터키탕 아이가 분명하네. 하지만 자네 구두는 새것이나 다름없기 때문에 구두 수선공일 가능성은 별로 없어. 자, 그럼 누가 남았지? 터키탕 아이로군. 별것 아니야, 그렇지? 여하튼 터키식 목욕이라니 마침 잘 됐네."

"그게 무슨 말인가?"

"자넨 변화가 필요해서 목욕을 했다고 하잖았나. 내가 자네 생활에 변화를 줄 만한 걸 하나 제안하지. 여보게, 스위스의 로잔은 어떤가? 일등석 표 외에 모든 비용을 넉넉하게 주겠네."

"근사하군! 그런데 왜?"

홈즈는 안락의자에 몸을 묻으며 주머니에서 수첩을 꺼내들었다.

"세상에서 가장 위험한 부류 가운데 하나는 혼자서 떠돌아다니는 여자일세. 그런 여자는 무해할뿐더러 인간 세상에서 유익한 존재이기도 하지만 불가피하게 범죄의 표적이 되거든. 의지할 데 없는 여자는 방랑 생활을 하네. 그리고 유랑하네. 돈은 풍족해서 이 나라저 나라, 이 호텔 저 호텔을 돌아다닐 수 있지. 그러다 가끔은 하숙집과 민박집의 미로 안에서 자취를 감추기도 하네. 여자는 여우가 득실거리는 세상에서 길을 잃은 병아리나 마찬가질세. 여우한테 잡아먹히면 거의 찾기 힘들지. 난 프랜시스 카팍스 여사에게 무슨 흉한 일이 일어나진 않았나 걱정이네."

나는 홈즈가 일반적인 얘기에서 구체적인 얘기로 갑자기 방향을 바꾸자 적이 안심했다. 그는 수첩을 들여다보고는 말을 이었다.

"프랜시스 여사로 말할 것 같으면, 고(故) 러프턴 백작의 직계로는 유일한 생존자일세. 자네도 기억하고 있겠지만 영지는 남자 후손한테 넘어갔네. 프랜시스 여사는 한정된 재산을 상속받았는데, 그중에는 특이하게 세공된 다이아몬드와 은으로 된 희귀하고 오래된 스페인제 패물이 있었네. 그런데 그녀는 지나칠 정도로 그것을 몹시 아껴서 은행에 보관하는 걸 한사코 거부하고 항상 가지고 다녔네. 좀 딱한 여자지. 프랜시스 여사 말일세. 아름답고 아직 탱탱한 중년이지만 어떻게 하다 보니 20년 전의 잘 나가는 미인들의 대열에서 홀로 낙오자가 돼버린 걸세."

"그런데 그녀에게 무슨 일이 있었나?"

"아, 프랜시스 여사에게 무슨 일이 있었느냐고? 그 여자가 살았느냐, 죽었느냐? 그게 바로 문제일세. 그녀는 생활 습관이 규칙적이라서 오래전에 은퇴해서 지금은 캠버웰에 사는 옛날 가정교사 도브니 양한테 2주일에 한 번씩, 4년 간 한번도 거르지 않고 편지를 보냈다네. 나한테 사건을 의뢰한 사람이 바로 그 도브니 양이지. 거의 5주 동안 소식이 뚝 끊겼다네. 마지막 편지의 발송지는 로잔의 내셔널 호텔이었지. 그런데 프랜시스 여사는 행선지도 안 남기고 거길 떠난 모양이야. 친지들이 무척 걱정하고 있는데 엄청난 부자들이라 진상을 밝혀내기만 한다면 비용은 아끼지 않을걸세."

"정보 제공자는 도브니 양뿐인가? 연락하고 지내는 사람이 더 있을 것 같은데?"

"확실한 정보원이 하나 더 있네. 그건 은행이지. 독신여성들은 생활을 해야 하기 때문에, 그들의 통장은 압축된 일기나 마찬가지거든. 프랜시스 여사는 실베스터 은행과 거래한다네. 난 그녀의 은행 거래 내역서를 살펴보았지. 마지막으로 돈을 찾은 바로 전 장소가 로잔이었는데, 상당히 거액을 찾았기 때문에 아직도 수중에 현금이 남아 있을걸세. 그 뒤에 마지막으로 딱 한 차례 수표를 발행했을 뿐이라네."

"누구한테? 어디서?"

"수취인은 마리 드뱅 양일세. 수표를 어디서 발행했는지를 나타내는 기록은 없네. 문제의 수표는 3주 전 몽펠리에의 리용 은행에서 현금으로 교환되었네. 금액은 50파운드."

"마리 드뱅 양은 누군데?"

"난 그것도 알아낼 수 있었네. 마리 드뱅 양은 프랜시스 카팍스 여사의 하녀였네. 그런데 프랜시스 여사가 그런 수표를 지불한 이유는 모르겠어. 하지만 자네가 조사해 보면 금방 밝혀지겠지."

"내가?"

"그렇네. 이제부터 자네는 로잔으로 건강을 되찾기 위해 여행을 떠나는 걸세. 자네도 알다시피 에이브러햄스 영감이 죽을까 봐 벌벌 떨고 있는데 내가 런던을 떠날 수는 없는 노릇이잖아? 게다가 나는 이 나라를 떠나지 않는 게 좋아. 내가 없으면 런던 경찰청은 외로울 거고, 또 범죄자들 사이에선 바람직하지 못한 동요가 일어날 테니까. 그럼 가게나. 그리고 내 변변찮은 조언이 한 단어에 2펜스라는 가격을 치를 만한 건지는 모르겠지만, 자네가 원한다면 대륙 간 전신을 통해 밤낮으로 소식 전하겠네."

이틀 뒤, 나는 스위스 로잔의 내셔널 호텔에 도착해서 유명한 지배인 모저 씨의 정중한 환대를 받았다. 지배인의 말에 따르면, 프랜시스 여사는 몇 주일간 그곳에 머물렀는데, 그녀를 만나는 사람은 누구나 깊은 호감을 느꼈다고 한다. 나이는 마흔을 넘지 않아 보였는데 매우 아름다워 젊었을 때는 굉장한 미인이었을 것 같은 인상을 주었다고 했다. 지배인은 값나가는 보석류에 대해서는 전혀 아는 바가 없지만, 하인들한테 그녀의 침실에 있는 무거운 트렁크가 항상 단단히 잠겨 있더라는 애기는 들었다고 했다. 하녀 마리 드뱅은 주인아씨만큼이나 인기가 좋았다. 그리고 그녀는 그 호텔의 급사장과 약혼했기 때문에 드뱅의 주소를 알아내는 건 식은 죽 먹기였다. 몽펠리에, 토라쟈 거리 11번지. 나는 이 모든 이야기를 받아 적으며 홈즈가 직접 왔어도 이 이상 기민하게 정보 수집을 하진 못했을 거라고 생각했다.

그러나 여전히 알아낼 수 없는 부분이 딱 한 군데 있었다. 내가 수집한 정보로는 그녀가 갑자기 로잔을 떠난 이유를 밝혀낼 수 없었다. 프랜시스 여사는 로잔에서 아주 즐겁게 지냈다. 어느 모로 보나 그녀가 호수가 내려다보이는 호화로운 방에서 한 계절을 날 생각을 했던 것은 분명했다. 하지만 그녀는 겨우 하루 전에야 떠나겠다고 통고를 했고 1주일치 객실 사용료를 허공에 날려버리는 손해를 감수했다. 하녀와 약혼한 급사장 줄스 비바트만이 이유를 짐작하고 있었다. 그는 여사의 갑작스러운 출발을, 2, 3일 전에 호텔을 찾아온 거무튀튀한 키 큰 털보 때문이라고 했다. '야만인입니다. 정말 야만인이에요!' 줄스 비바트는 그렇게 소리쳤다. 털보 사내는 마을 어딘가에 묵었다. 그리고 호수 옆 산책로에서 마담에게 열심히 말을 걸었다. 그리고는 호텔로 찾아왔다. 마담은 털보를 만나주지 않았다. 털보는 영국인이었는데 이름은 알 수 없었다. 마담은 그 일이 있은 뒤 곧장 호텔을 떠났다. 급사장은 사내가 찾아왔기 때문에 마담이 이곳을 떠났다고 생각하고 있었다. 그리고 그의 약혼녀 또한 똑같은 생각을 하고 있었다. 급사장은 한 가지 문제에 대해선 입을 다물었다. 마리 드뱅이 프랜시스 여사의 시중을 드는 일을 왜 그만두었는지에 대해선데 그 부분에 대해서는 할 말이 없는 건지 말을 하지 않으려 했다. 알고 싶으면 몽펠리에 가서 마리 드뱅에게 직접 물어보는 수밖에 없었다.

내 조사의 첫 장은 이렇게 끝났다. 그 다음에 나는 프랜시스 카팍스 여사가 로잔을 떠나 어디로 갔는지를 알아보기로 했다. 이것에 대해서는 아는 사람이 없었는데, 그녀는 누군가를 따돌리려는 생각을 갖고 있었던 것이 분명했다. 그렇지 않다면야 바덴(스위스 동부의 온천 도시)이라는 행선지 표시를 떳떳하게 짐에 붙이지 못할 다른 까닭이 있을 리가 없었다. 그녀는 짐과 함께 다른 곳으로 빙 돌아서 라인 강가의 온천에 도착했다. 나는 토머스 쿡 여행사 지부에 찾아가서 여기까지의 일을 알아냈다. 그리고 내가 활동한 것들을 자세히 적어 홈즈에게 보내고 익살맞은 칭찬의 답신을 받은 다음 바덴으로 향했다.

　바덴에서 프랜시스 여사의 발자취를 쫓는 것은 어렵지 않았다. 그녀는 2주일 동안 잉글리셔 호프에 묵었다. 그리고 거기 머무는 동안 남미에서 온 선교사 슐레징어 박사 내외를 알게 되었다. 외로운 여성들이 대부분 그렇듯 프랜시스 여사는 종교에서 위안을 찾고 종교 활동을 소일거리로 삼았다. 슐레징어 박사의 비범한 인격과 가식 없는 헌신, 그리고 그가 선교 활동 중에 병을 얻어 요양중이라는 사실을 알고 그녀는 깊은 감동을 받았다. 그녀는 회복기의 성자를 간호하는 슐레징어 부인의 일을 거들어주었다. 잉글리셔 호프의 지배인 얘기로, 선교사는 온종일 베란다의 긴 의자에 누워 있었고 양쪽에서 두 숙녀가 시중을 들었다고 한다. 박사는 이스라엘 자손들의 왕국에 대한 논문을 집필하고 있었는데, 이것을 참고로 하여 성지 팔레스타인 지도를 그릴 준비를 하고 있었다. 마침내 건강을 회복한 슐레징어 박사는 부인과 함께 런던으로 돌아갔는데 프랜시스 여사는 이들과 동행했다. 그것이 겨우 3주 전 일이었는데, 지배인은 그 다음은 어떻게 됐는지 전혀 몰랐다. 하녀 마리 드뱅은 다른 하녀들에게 일을 아주 그만둘 거라는 얘기를 했고, 그런 다음 주인아씨가 런던으로 출발하기 며칠 전에 눈물을 펑펑 쏟으며 호텔을 떠났다. 슐레징어 박사는 호텔을 나가면서 프랜시스 여사의 숙박비를 포함한 모든 비용을 자신이 계산했다.

"그런데 말씀입니다."

지배인이 마지막으로 말했다.

"프랜시스 카팩스 여사의 행방을 알아보러 온 친구분이 또 있었습니다. 일주일 전에 어떤 남자가 여사를 찾으러 여길 왔었지요."

"이름이 뭐라고 하던가요?"

나는 물었다.

"이름은 밝히지 않았습니다. 하지만 영국인이었습니다. 영국인치고는 좀 괴상하긴 했지만요."

"야만인 같은 작자 아니었소?"

나는 그 급사장이 했던 말을 떠올리며 내가 알고 있는 사실을 결부시켜 물었다.

"맞습니다. 그런 표현이 꼭 들어맞는 사람이지요. 턱수염을 기르고 온몸이 구릿빛으로 탄 거인이라, 고급 호텔보다는 농부가 하는 여관이 훨씬 잘 어울릴 법했습니다. 거칠고 사나워 보여서 감히 비위를 거스르고 싶지 않은 사내였지요."

안개가 걷히면서 사람의 형체가 선명하게 드러나는 것처럼 벌써 수수께끼는 풀리고 있었다. 선량하고 신앙심이 깊은 숙녀가 음흉하고 잔인한 인물에 쫓겨 이곳저곳을 떠돌고 있는 것이다. 숙녀는 그를 두려워하고 있었다. 그렇지 않다면 로잔에서 도망칠 까닭이 없지 않은가. 그는 아직도 숙녀 뒤를 쫓고 있었다. 조만간 그녀를 덮칠 것이다. 혹시 벌써 찾아낸 것은 아닐까? 그녀가 계속 감감무소식인 것은 그 때문일까? 숙녀와 동행했다는 선량한 사람들이 그의 폭력과 협박에서 그녀를 지켜줄 수 있을까? 이토록 끈질긴 추적 뒤에는 얼마나 끔찍한 목적, 얼마나 교활한 음모가 숨어 있는 것일까? 그것이 내가 풀어야 할 문제였다.

내가 얼마나 신속하고 확실하게 문제의 근원을 파헤쳤는지를 알리기 위해 홈즈에게 편지를 썼다. 그는 내게 슐레징어 박사의 왼쪽 귀가 어떻게 생겼는지 알려달라는 답장을 전보로 보내왔다. 홈즈의 유머 감각은 이상할 뿐 아니라 간간이 불쾌할 때도 있어서 나는 그의 때늦은 농담에는 신경 쓰지 않기로 했다. 사실 나는 홈즈의 전문이 도착하기 전에 하녀였던 마리를 만나러 이미 몽펠리에 와 있었던 참이다.

프랜시스 여사의 전직 하녀를 찾아내서 애기를 듣는 데에는 별 어려움이 없었다. 그녀는 헌신적인 여자였는데, 일을 그만둔 것은 아씨가 좋은 사람들의 보호를 받고 있다고 확신했기 때문이다. 게다가 자신의 결혼이 코앞에 닥쳤기 때문에 어떤 경우든 이별은 불가피했다. 마리가 괴로운 어조로 털어놓은 바에 따르면, 프랜시스 여사는 바덴에 머무르는 동안 그녀에게 불편한 심기를 드러냈을 뿐 아니라 한 번은 그녀를 의심하는 투의 질문까지 했다고 한다. 그래서 마리는 홀가분하게 아씨를 떠나야겠다는 결정을 할 수 있었다. 프랜시스 여사는 결혼 선물로 50파운드를 주었다. 마리는 로잔에서부터 아씨를 쫓아왔던 낯선 사내에게 나처럼 깊은 불신을 품고 있었다. 마리는 사내가 호숫가 산책로에서 아씨의 손목을 우악스럽게 움켜잡는 것을 두 눈으로 똑똑히 보았다고 했다. 사내는 험상궂고 무섭게 생겼는데 아씨가 런던까지 동행해 주겠다는 슐레징어 부부의 제의를 받아들인 것은 그 사내에 대한 두려움 때문이라고 굳게 믿고 있었다. 또 아씨가 드러내 놓고 말한 적은 없지만 여러 가지 정황으로 미루어보아 끊임없는 불안에 시달렸던 것이 분명하다고 했다. 여기까지 말했을 때, 하녀는

갑자기 벌떡 일어서더니 놀라움과 공포로 얼굴을 실룩거렸다. 그녀가
소리쳤다.

"저기 좀 보세요! 그 악당이 여기까지 따라왔어요! 바로 저 남자
예요!"

활짝 열린 거실 창문을 통해 얼굴이 거무튀튀하고 검은 턱수염을
기른 거인이 거리 한복판에서 느리게 걸음을 떼어놓으며 집들의 번지
수를 유심히 살피는 모습이 눈에 들어왔다. 그도 나처럼 프랜시스 여
사의 하녀를 찾아온 것이 분명했다. 나는 반사적으로 밖으로 뛰쳐나
가 그에게 말을 붙였다.

"영국인이시군요."

"그런데?"

사내는 험악하게 인상을 쓰며 되물었다.

"성함을 여쭤봐도 될까요?"

"안 되오."

사내는 단호하게 말했다.

상황이 좀 어색해졌지만 정면 대결이 최선인 경우도 많다.

"프랜시스 카팍스 여사는 어디 있나?"

나는 물었다.

사내는 놀란 눈으로 나를 응시했다.

"당신, 그 여성한테 무슨 짓을 했나? 왜 그렇게 집요하게 따라다
니지? 어서 대답하지 못해!"

나는 이렇게 말했다.

화가 난 사내는 큰 소리로 포효하며 호랑이처럼 덤벼들었다. 나는
숱한 싸움에서 굴복한 적이 없었지만 이 사내는 힘이 장사인데다 악
귀처럼 미쳐 날뛰고 있었다. 결국 그가 목을 조르는 바람에 나는 거
의 정신을 잃을 뻔했다. 그때 수염이 더부룩한 푸른 작업복 차림의

프랑스 인 노동자가 곤봉을 든 채 맞은편 카바레에서 총알같이 튀어 나왔다. 그리고 나를 덮친 사내의 팔에 정통으로 한 방 먹여 내게서 떼놓았다. 사내는 화를 참지 못하고 씩씩거리며 다시 덤벼들어야 할 지 말아야 할지를 고민하는 듯했다. 그러더니 분노에 찬 목소리로 한 번 더 포효하고 돌아서서 내가 방금 나온 집으로 들어갔다. 나는 구 해 준 이에게 고맙다는 인사를 하기 위해 옆에 서 있는 은인에게 고 개를 돌렸다.

"왓슨, 자넨 정말 일을 엉망진창으로 만들어놓았군! 나랑 같이 야 간 급행열차 편으로 런던에 돌아가는 게 낫겠네."

1시간 뒤 원래의 모습으로 돌아온 셜록 홈즈는 내 호텔 방에 앉아 있었다. 그가 때맞춰 불쑥 나타난 경위를 들어보니 별것 아니었다. 런던을 비워도 되겠다는 판단이 들어 내가 나타날 만한 곳에 와서 기 다리고 있었던 것이다.

"여보게, 자넨 대단히 철저하게 조사를 했군. 지금으로서는 자네가 무슨 실수를 한 건지 확실하게 말할 수는 없지만 자네 활동은 총체 적으로 사방에 경보를 울리는 결과를 초래하고 말았네. 그래서 아 무것도 찾아내지 못한 거야."

"아마 자네도 나보다는 잘하지 못했을걸."

나는 퉁명스럽게 대꾸했다.

"그 문제에 대해서라면 '아마'라는 말을 쓸 필요가 없다네. 이 호텔 에 필립 그린 각하가 투숙했는데, 우리는 좀더 성공적인 조사를 위 해 그분을 출발점으로 삼을 수 있을걸세."

급사가 쟁반에 명함 하나를 받쳐 들고 들어왔고, 아까 거리에서 나 한테 덤벼들었던 털보 악당이 뒤따라 들어왔다. 그는 나를 보더니 깜 짝 놀랐다.

"홈즈 선생, 이게 어찌된 일이오? 나는 선생 편지를 받고 왔소.

그런데 이 사람이 그 문제와 무슨 관련이 있는 거요?"

"이쪽은 내 친구이자 동료인 왓슨 박사입니다. 이 사건에서 우리 일을 거들고 있습니다."

낯선 사내는 사과의 말과 함께 햇빛에 그을은 큼지막한 손을 내밀었다.

"어디 다친 데는 없으신지 모르겠소. 내가 그녀에게 해코지를 했다고 비난하는 얘길 듣고 자제력을 잃어버렸소이다. 정말이지 요즘 나는 제정신이 아니오. 신경에 전기가 통하고 있는 것 같소. 하지만 이 상황을 어떻게 헤쳐 나가야 할지 모르겠소. 홈즈 선생, 무엇보다 궁금한 것은 도대체 당신이 어떻게 내 존재에 대해 알게 되었는가 하는 점이오."

"나는 프랜시스 여사의 가정교사 도브니 양에게 연락을 하였습니다."

"모자를 쓴 그 수잔 도브니! 나는 아직도 생생하게 기억하고 있소."

"도브니 양도 그린 씨를 기억하고 있더군요. 옛날 당신이 남아프리카에 갈 수 밖에 없다고 생각하기 이전이었지요?"

"아, 나에 대해서 모르는 게 없으시군. 당신 앞에서는 아무것도 숨기지 않겠소. 홈즈 선생, 맹세코 이 세상에 프랜시스에 대한 나의 사랑보다 더 뜨거운 사랑을 한 여자에게 품었던 남자는 없을 거요. 나도 내가 거친 청년이었다는 건 알고 있소. 나와 같은 부류는 다 그렇소. 하지만 그녀의 마음은 눈처럼 순결했지요. 그녀는 거칠고 상스러운 것은 티끌만큼도 견디지 못했소이다. 그래서 내가 저지른 짓들을 알게 되자 나하고는 더 이상 말도 하지 않으려고 했소. 하지만 그녀는 나를 사랑했다오. 정말 놀라운 일 아니오! 그토록 나를 사랑했기 때문에 그녀는 오로지 나만을 생각하며 그동안 독신으로 견뎌온 거요. 세월이 흘렀고 나는 바버턴(남아프리카)에서 돈을 모았소. 그러자 그녀를 찾아서 마음을 돌릴 수 있겠다는 생각이 들었소. 나는 그녀가 아직도 결혼하지 않았다는 얘기를 들었소이다. 나는 로잔에서 그녀를 찾아냈고 마음을 돌리기 위해 내가 할 수 있는 방법을 다 써보았소. 내 생각에 그녀는 마음이 흔들렸던 것 같지만 의지는 여전히 강했소. 그런데 다음날 찾아가 보니 그녀는 이미 호텔을 떠나고 없었소이다. 나는 그녀의 발자취를 쫓아 바덴까지 왔고 한참 뒤에 하녀가 여기 산다는 얘기를 들었소. 나는 거친 사람이고, 거친 인생을 살아 왔고, 그래서 왓슨 박사가 그런 얘기를 했을 때 순간적으로 자제력을 잃어버렸소이다. 하지만 제발 부탁이니 프랜시스가 어떻게 됐는지 말해 주시오."

"그건 앞으로 알아내야 할 문제입니다."

셜록 홈즈는 묘하게 무거운 표정으로 말했다.

"그린 씨, 지금 런던 어디에 살고 계십니까?"

"랭엄 호텔로 오면 나를 찾을 수 있을 거요."

"그러면 런던으로 돌아가셔서 제가 부를 때까지 호텔에서 기다려 주시겠습니까? 헛된 희망을 갖게 해드리고 싶은 생각은 없습니다. 무슨 일을 하든 프랜시스 여사의 안전을 최우선으로 고려할 테니 그 점에 대해서는 마음을 놓으셔도 좋습니다. 지금은 더 이상 드릴 말씀이 없습니다. 명함을 드릴 테니 필요하면 연락하십시오. 자, 왓슨, 짐을 꾸리게. 나는 허드슨 부인한테 전보를 쳐서 내일 아침 7시 반에 허기진 여행자 둘이 도착할 테니 있는 대로 솜씨를 부려서 식사 준비를 해놓으라고 하겠네."

베이커 거리의 방에 도착해 보니 전보 한 통이 우릴 기다리고 있었다. 홈즈는 껄껄 웃으며 읽더니 그것을 내게 던져주었다. 전보에는

'너덜너덜하든지 찢어져 있는 득함'이라고 씌어져 있었고 발신지는 바덴이었다.

"이게 뭔가?"

나는 물었다.

"대단히 중요한 정보일세. 자네도 내가 그 목사의 왼쪽 귀에 대해 얄궂은 질문을 했던 것 기억하지? 자네한테는 아무 답장이 없었네."

"나는 그때 바덴을 떠난 상태였기 때문에 알아볼 수가 없었어."

"바로 그걸세. 그래서 나는 잉글리셔 호프의 지배인한테 같은 편지를 보냈고, 이게 그 답장일세."

"그런데 이게 무슨 말인가?"

"음, 이건 말이지, 우리가 상대하고 있는 자가 유례를 찾기 힘들 만큼 교활하고 위험한 인물이라는 말일세. 남미에서 온 선교사 슐레징어 박사는, 다름 아닌 호주 출신의 파렴치범 '성 피터스'일세. 역사가 짧은 나라치고는 꽤 머리좋은 악당을 배출한 셈이지. 그자는 외로운 여성들의 종교적인 감정을 이용해서 사기를 치는 데 능숙하네. 그 마누라는 프레이저라는 영국 여잔데, 유능한 조수일세. 나는 슐레징어 박사라는 자의 행동에 대한 애기를 듣자 성 피터스가 생각났는데, 신체적 특징을 확인해 보니 내 짐작이 맞았네. 성 피터스는 1889년 호주 애들레이드의 어느 술집에서 싸움을 벌이다가 귀를 심하게 물어뜯긴 적이 있지. 여보게, 가엾은 여사는 못하는 짓이 없는 악독한 남녀의 손아귀에 떨어진 걸세. 이미 죽었을 가능성이 대단히 높아. 그렇지 않다면 감금돼 있어서 도브니 양이나 다른 친구들에게 편지를 쓸 수 없는 상황인 게 분명해. 런던에 아예 오지 않았을 수도 있고, 아니면 런던을 그냥 지나쳤을 수도 있지만 전자의 가능성은 별로 없네. 왜냐하면 여권이 필요하기 때문에 외국인들이 유럽 경찰을 상대로 장난치는 건 쉬운 일이 아니거든. 후자의 가능성도 그렇게 높지는 않아. 그 사기꾼들에게 사람을 용이하게 감금할 수 있는 곳으로 런던만한 곳이 없을 테니까 말이야. 내 육감에 따르면 프랜시스 여사는 지금 런던에 있네. 하지만 소재를 정확히 밝혀낼 수 있는 방법이 당장은 없기 때문에, 우린 필요한 조처를 취하고 저녁식사를 하고 인내심을 갖고 기다릴 수밖에 없네. 나는 이따가 저녁때 슬슬 걸어서 런던 경찰청에 가서 친구 레스트레이드와 얘기를 좀 나누고 올 생각일세.”

하지만 경찰력도, 홈즈가 거느린 작지만 효율적인 조직도 수수께끼를 푸는 데에는 역부족이었다. 런던의 수백만 인구 중에서 우리가 찾는 셋은 아예 존재한 적도 없는 사람처럼 완전히 종적을 감췄다. 여기저기 광고를 내봤지만 헛수고였다. 이것저것 단서를 추적했지만 아무것도 알아낼 수가 없었다. 슐레징어가 드나들 만한 범죄자의 소굴도 샅샅이 뒤져봤지만 결국 허탕만 치고 말았다. 슐레징어의 옛 동료들에게도 감시를 붙여놓았지만 그들은 슐레징어와는 완전히 인연을 끊고 있었다. 일주일 동안 무력하게 조바심만 치고 있는데 갑자기 한 줄기 서광이 비쳐들었다. 웨스트민스터 거리의 보빙턴 전당포에 오래된 스페인제의 은제 다이아몬드 목걸이가 나타난 것이다. 이 물건을 가져온 사람은 얼굴을 깨끗이 면도한 성직자처럼 보이는 거구의 사내였다. 이름과 주소는 가짜라는 게 뻔했다. 주인은 사내의 귀는 미처 보지 못했지만, 그 밖에 인상착의로 미루어보아 슐레징어임이 분명했다.

랭엄 호텔에 투숙한 우리의 친구는 소식을 알아보러 세 번이나 찾아 왔다. 그런데 그가 세 번째로 찾아오기 1시간 전에 사태가 이렇듯 새로운 국면으로 발전한 것이다. 그의 큰 몸에 걸친 옷이 점점 헐렁해지고 있었다. 그는 불안과 초조로 시들어가는 것 같았다. ‘뭔가 할 일이라도 있었으면 좋겠소 ! ' 그는 끊임없이 이렇게 부르짖었다. 마침내 홈즈는 그의 소원을 들어줄 수 있었다.

"그자가 패물을 전당 잡히기 시작했습니다. 이제 그자를 잡아야 합니다."

"그건 프랜시스에게 무슨 흉한 일이 생겼다는 뜻은 아니겠지요?"

홈즈는 차분하게 고개를 가로저었다.

"그자가 여태껏 여사를 감금하고 있었다면, 고이 놓아주지는 않을 게 분명합니다. 자신들의 신변이 위태로워질 테니까요, 우린 최악의 상황을 예상해야 합니다."

"내가 어떻게 하면 되겠소?"

"그 남녀가 그린 씨를 만난 적이 있습니까?"

"없소."

"그자가 다음에는 다른 전당포에 갈 수도 있습니다. 그러면 우리는 다시 시작해야 합니다. 하지만 보빙턴 전당포에서 물건 값을 후하게 쳐주고 아무것도 묻지 않기 때문에, 현금이 필요해지면 다시 거길 찾을 가능성도 있습니다. 이 편지를 가지고 가시면 그쪽 사람들이 전당포 안에서 기다리게 해줄 겁니다. 만약 그자가 찾아오면 집까지 따라가십시오. 하지만 섣부른 행동은 안됩니다. 그리고 무엇보다 폭력은 절대 안 됩니다. 나한테 알리고 내 동의를 받기 전에는 어떤 행동도 취하지 않겠다고 명예를 걸고 약속하십시오."

이틀 동안 필립 그린 각하는 (그는 크림 전쟁에서 아조프 해 합대를 지휘한 유명한 해군 제독의 아들이다) 감감무소식이었다. 셋째 날 저녁에 그가 창백한 얼굴로 우리 집 거실로 뛰어 들어왔다. 얼마나 흥분했는지 그 강인한 육체의 근육이 부들부들 떨고 있었다.

"찾았소! 그자를 찾았소!"

그린 씨가 부르짖었다.

그는 흥분한 나머지 말을 더듬었다. 홈즈는 몇 마디 말로 달랜 다음 그를 안락의자에 주저앉혔다.

"진정하십시오. 자, 무슨 일이 있었는지 차근차근 말씀하십시오."

"1시간 전에 여자가 찾아왔소. 이번에는 마누라였소. 하지만 여자가 가져온 목걸이는 지난번 것과 같은 짝이었소. 여자는 키가 크고 핏기 없는 얼굴에 족제비 같은 눈을 하고 있었소."

"그 여자가 맞군요."

홈즈가 말했다.

"여자가 전당포를 나갔을 때 나는 뒤를 밟았소. 여자는 켄징턴 거리로 걸어갔고 나는 바짝 따라붙었소이다. 그 여자는 금방 어느 가게로 들어갔는데, 홈즈 선생, 그곳은 장의사였소."

벗은 흠칫 놀라 눈을 둥그렇게 뜨며 물었다.

"그래서요?"

그 목소리에는 뜨거운 기운이 느껴져, 무표정하고 창백한 얼굴 뒤에 가려져 있는 불타는 정열을 깨닫게 했다.

"그 여자는 카운터 뒤에 있는 여자하고 이야기를 나누었소. 나도 가게 안으로 따라 들어갔소이다. '너무 늦었군요.' 그 여자는 이런 식으로 말했소. 그러자 주인 여자가 변명조로 대답했소. '다른 것 같았으면 벌써 도착했을 거예요. 하지만 보통 물건이 아니라서 시간이 더 걸리지요.' 두 여인은 말을 멈추고 나를 쳐다보았고, 그래서 나는 뭘 물어본 다음에 가게를 나왔소."

"정말 잘하셨습니다. 그 다음에는 어떻게 됐지요?"

"여자가 나왔을 때 나는 문 옆에 숨어 있었소. 그 여자는 뭔가 의심스러웠는지 주위를 살폈소이다. 그러다니 마차를 불렀소. 나도 다행스럽게 다른 마차를 잡아타고 뒤따라갈 수 있었소. 여자는 브릭스턴, 폴트니 광장, 36번지에서 내렸소. 나는 그 집을 지나 광장 모퉁이에서 내린 다음 그 집 앞에서 망을 보았소."

"사람이 있는 게 보였습니까?"

"1층 정문 하나만 불이 켜져 있었고 온통 깜깜했소이다. 커튼을 쳐 놓아서 안을 들여다볼 수는 없었소. 거기 서서 이제 어떻게 해야 할지 고민하고 있는데 두 남자가 탄 포장마차가 와서 섰소. 두 사람은 마차에서 뭔가를 내리더니 그걸 들고 현관 계단을 올라갔소. 홈즈 선생, 그건 관이었소이다."

"아!"

"그 순간 나는 안으로 뛰어 들어가려고 했소이다. 현관문이 열리더니 두 남자가 관을 들고 안으로 들어갔소. 문을 열어준 사람은 그 여자였소. 그때 그 여자가 거기 서 있는 나를 흘끗 보았는데, 내 얼굴을 알아보는 것 같았소이다. 여자는 깜짝 놀라더니 서둘러 문을 닫았소. 나는 선생한테 한 약속을 기억하고 여기로 달려온 거요."

"정말 잘하셨습니다."

홈즈는 반쪽짜리 종이에 뭐라고 끼적거리며 말했다.

"우린 영장이 있어야 합법적으로 행동할 수 있습니다. 이걸 가지고 경찰청에 가서 영장을 받아오시면 좋겠군요. 약간 어려움이 있을지도 모르겠지만, 프랜시스 여사의 패물을 판 것만으로도 사유는 충분하다고 생각합니다. 레스트레이드가 알아서 해줄 겁니다."

"하지만 그 인간들이 그 사이에 프랜시스를 죽일지도 모르오. 그 관은 다 뭐고 그녀가 아니라면 누구 때문에 그걸 들여갔겠소?"

"그린 씨, 우린 최선을 다할 겁니다. 지체할 시간이 없습니다. 일은 우리한테 맡겨두십시오."

그린 씨가 쏜살같이 달려 나가자 홈즈가 덧붙였다.

"자, 왓슨, 이제 정규군이 출동할걸세. 하지만 항상 그랬듯이 우린 비정규군이고, 할일이 따로 있네. 상황이 긴박하게 돌아가고 있으니 어쩔 수 없이 극단적인 방식을 택할 수밖에. 지체 없이 폴트니 광장으로 가세."

"우리, 상황을 재구성해 볼까?"

홈즈가 말했다. 마차는 의회 건물을 지나 바람같이 웨스트민스터 다리를 건너고 있었다.

"사기꾼 남녀는 먼저 충실한 하녀를 주인한테서 떼어놓은 다음에 가엾은 여사를 구슬려 런던으로 끌고 왔네. 프랜시스 여사가 무슨 편지를 썼다 해도 그들이 중간에서 가로챘을걸세. 그리고 공모자를 통해 가구가 딸린 셋집을 얻었겠지. 일단 집 안에 들어가자 그들은 태도를 바꿔 숙녀를 감금하고 귀중한 보석을 가로챘네. 처음부터 그게 목적이었으니까. 그들은 그녀의 운명을 염려하고 있는 사람이 있다고는 조금도 생각하고 있지 않으므로 안심하고 보석을 팔아치우기 시작했네. 여사를 풀어준다면 그녀는 당연히 두 남녀를 경찰에 신고할걸세. 그러니 풀어줄 수 없겠지. 하지만 그녀를 영원히 가둬둘 수는 없네. 그래서 살인만이 유일한 해결책이 되는 걸세. "

"정말 그렇겠군. "

"이제 다른 방향으로 추리해 볼까? 왓슨, 서로 다른 두 방향으로 추리하다 보면 진실에 가까운 어떤 접점에 이를걸세. 이제부터 우리는 프랜시스 카팍스 여사에 대해서가 아니라, 관에 관한 일부터 역으로 거슬러 올라가 생각해보세. 그 집에 관이 들어간 것은 그녀가 죽었을 가능성이 크다는 걸 말해주고 있네. 또한 사망 진단서와 매장 허가서를 제대로 갖춘 정식 매장 절차가 진행되리라는 걸 암시하지. 여사를 살해했다면 그들은 뒷마당에 구덩이를 파고 시신을 묻어버렸을걸세. 하지만 그들은 모든 것을 절차에 따라 공개적으로 진행하고 있네. 그건 무슨 뜻일까? 그들은 의사가 자연사로 착각할 만한 방법으로 여사를 죽인 것이 분명하네. 독살 따위의 방법을 썼겠지. 하지만 여사를 의사에게 보였다는 건 아무래도 이상하네. 의사가 공범이 아닌 한 말이야. 하지만 의사가 한패일 가능성은 거의 없거든. "

"사망 진단서는 위조할 수도 있잖나? "

"왓슨, 그건 위험한 일이야. 암, 지극히 위험한 일이지. 그랬을 리는 없다고 보네. 마부! 여기서 세워주게! 방금 보빙턴 전당포를 지났으니까 여기가 틀림없이 그 장의사일걸세. 왓슨, 자네가 들어가겠나? 자네 얼굴은 누구에게나 신뢰감을 주거든. 폴트니 광장 장례식이 내일 몇 시에 거행되는지 물어보게. "

장의사 집 여자는 장례식은 아침 8시에 있을 예정이라고 선선히 알려주었다.

"왓슨, 자네도 봤지? 비밀은 없네. 모든 일을 공개적으로 처리하고 있어! 어떻게 했는지 모르겠지만 법적으로 필요한 서류도 다 갖춘 게 분명해. 그래서 걱정할 게 없다고 생각하는 거야. 자, 이제 직접 쳐들어가는 수밖에. 자네, 무기는 가져왔나?"

"내 지팡이!"

"그래 그래, 우리에게 힘은 충분할 거야. '정의의 전사는 세 배의 힘을 발휘한다'(셰익스피어 《헨리 6세》 제2부)라는 말도 있네. 우린 무작정 경찰을 기다리거나 법이 정한 대로만 할 수는 없네. 마부, 출발하세. 자, 왓슨, 전에도 가끔 그랬던 것처럼 우리 둘이서 운을 시험해 보기로 하세."

홈즈는 폴트니 광장 가운데에 있는 어둠에 묻힌 큰 집에 다가가 요란하게 초인종을 울렸다. 곧 문이 열렸고, 불빛이 희미한 현관에 키가 큰 여인이 모습을 드러냈다.

"어떻게 오셨지요?"

여자는 어둠 속에 서 있는 우리 두 사람의 모습을 살피며 날카롭게 물었다.

"슐레징어 박사와 얘기하고 싶소."

홈즈가 말했다.

"여긴 그런 사람 없어요."

여자는 대답하며 문을 닫으려고 했지만 홈즈가 벌써 문틈에 발을 집어넣은 다음이었다.

"아, 이름이 뭐든 간에 이 집에 사는 남자를 만나고 싶소."

여자는 머뭇거렸다. 그러다가 문을 활짝 열어젖혔다.

"좋아요, 들어오세요! 내 남편은 세상의 누굴 만나도 겁내지 않아요."

우리가 들어가자 그녀는 현관문을 닫고 홀 오른쪽에 있는 거실로 안내했다. 그녀는 방을 나가기 전에 가스등의 불꽃을 키웠다.

"피터스 씨가 곧 오실 거예요."

여자가 말한 대로, 먼지가 잔뜩 내려앉았고 좀이 슨 방을 둘러보기도 전에 문이 열리더니 얼굴을 깨끗이 면도한 거구의 대머리 사내가 경쾌한 걸음으로 들어왔다. 사내는 크고 불그레한 얼굴에 양 볼따구니가 축 늘어졌고 언뜻 보기엔 인자한 인상이었으나 결정적으로 입매가 잔인하고 심술궂어 보였다.

"신사 여러분, 뭔가 착각을 하셨군요."

사내는 정이 뚝뚝 듣는 목소리로 간지럽게 말했다.

"집을 잘못 찾으셨나 봅니다. 거리를 좀더 내려가시면……."

"그만. 우린 시간이 없다."

내 친구가 단호한 어조로 말했다.

"당신 애들레이드 출신의 헨리 피터스지? 최근에는 바덴과 남미에서 선교사 슐레징어 박사로 행세했고 말이야. 그건 내가 셜록 홈즈라는 것과 마찬가지로 부정할 수 없는 사실일 거다."

내가 여태껏 슐레징어 박사로 호칭한 피터스는 깜짝 놀라 무서운 추적자를 노려보았다.

"홈즈 선생, 내가 당신 앞에서 겁먹을 줄 아시오?"

그는 싸늘하게 말했다.

"나는 양심에 거리낄 것이 하나도 없기 때문에 놀랄 일도 없소. 내 집에 무슨 볼일이 있어서 왔소?"

"당신이 바덴에서 납치해 온 프랜시스 카팍스 여사를 어떻게 했는지 알고 싶다."

"나야말로 그 여자가 어디 있는지 알고 싶은 사람이오."

피터스는 차갑게 말했다.

"그 여자한테 받아야 할 돈이 100파운드는 되는데, 갖고 있는 거라

곤 상인들이 쳐다보지도 않을 겉만 번지르르한 목걸이 두어 개뿐이었소. 그 여자는 바덴에서 우리 부부한테 달라붙었소. 내가 그때 다른 이름을 쓴 건 사실이지만 어쨌든 그 여자는 런던에 올 때까지 우리한테 들러붙어 있었소이다. 내가 그 여자의 숙박료랑 여행 경비를 몽땅 부담했소. 그런데 런던에 오자 그 여자는 줄행랑을 놓고 말았소. 아까 말한 것처럼 내가 지출한 경비 대신에 그 구닥다리 패물 몇 가지를 남겨놓고 말이오. 홈즈 선생, 그 여자를 찾아내면 내 돈도 좀 받아주시오."

"그렇지 않아도 그 여자를 찾을 생각이야."

셜록 홈즈가 말했다.

"여사를 찾아낼 때까지 이 집을 샅샅이 뒤질 거다."

"영장은 어디 있소?"

홈즈는 주머니에서 리볼버를 반쯤 끄집어냈다.

"좀더 나은 게 도착할 때까지 이걸로 대신해야겠다."

"아니, 당신은 강도나 다름없군."

"나를 뭐라고 불러도 좋다."

홈즈는 쾌활하게 말했다.

"사실 여기 이 친구도 위험한 불량배거든. 우리 둘이서 당신 집을 뒤져야겠다."

피터스는 문을 열었다.

"애니! 가서 경찰을 불러와!"

그러자 여자의 치맛자락 스치는 소리가 복도를 내려가더니 현관문이 열렸다가 닫혔다.

"왓슨, 시간이 없네. 피터스, 우릴 건드렸다가는 큰코다칠 줄 알아라. 이 집에 들어온 관은 어디 있지?"

"관을 가지고 뭘 하려고? 그건 사용 중이오. 안에 시신이 들어 있소."

"그 시신을 봐야겠다."

"허락할 수 없소."

"그럼 허락 없이 봐야지."

홈즈는 신속한 동작으로 사내를 밀치고 홀로 나갔다. 바로 앞에 문하나가 반쯤 열려 있었다. 우린 안으로 들어갔다. 식당이었다. 식탁위에, 반쯤 켜진 샹들리에 불빛 아래 관이 놓여 있었다. 홈즈는 등잔불을 돋우고 관 뚜껑을 열었다. 관 속에는 깡마른 시신이 누워 있었다. 머리 위의 불빛이 늙고 주름진 얼굴 위로 부서져 내렸다. 학대, 굶주림, 질병, 그 어느 것도 아름다운 프랜시스 여사를 이렇게 말라비틀어진 노파로 만들지는 못했을 것이다. 홈즈의 얼굴에 놀라움과 안도의 표정이 떠올랐다.

"하느님 감사합니다!"

그는 중얼거렸다.

"다른 사람이야."

"셜록 홈즈 선생, 이번에는 큰 실수를 하셨구먼."

우리를 따라 들어온 피터스가 말했다.

"이 죽은 여인은 누구냐?"

"꼭 알아야겠다면 가르쳐드리지. 이 할멈은 내 아내의 유모였던 로즈 스펜더인데, 브릭스턴 구빈원 진료소에 있는 걸 우리가 찾아냈소. 우린 할멈을 이 집에 모셔놓고 퍼뱅크 빌라 13번지의——홈즈 선생, 받아 적어도 좋소——호섬 박사를 불렀소. 그리고 그리스도 교인답게 할멈을 정성껏 돌보았소이다. 할멈은 이 집에 온 지 사흘 만에 세상을 떴소. 사망진단서에는 노환이라고 적혀 있었지만 그건 어디까지나 의사의 생각일 뿐이겠죠. 당신이야 잘 아시겠지만 대개 의사들은 그렇게 처리해 버리잖소. 우린 켄징턴 거리의 스팀스 장의사에 장례식을 대행해 달라고 의뢰했는데, 내일 아침 8시에 할멈을 매장할 거요. 어떻소, 허점을 잡았소? 홈즈 선생, 당신은 바보 같은 실수를 했는데 그걸 인정하는 게 좋을 거요. 당신이 프랜시스 카팍스 여사가 누워 있을 거라고 생각하고 관 뚜껑을 열었다가 90살 먹은 가엾은 노파가 있는 걸 보고 입을 딱 벌린 사진을 찍어놓았으면 좋았을걸 그랬소."

피터스의 야유 앞에서도 홈즈의 얼굴은 여느 때와 다름없이 냉정했다. 하지만 두 주먹을 불끈 쥐고 있는 걸 보니 속으로 무척 화가 난 모양이었다.

"난 이 집을 뒤질 생각이다."

"집을 뒤지시겠다? 하지만,"

복도에서 여자의 목소리와 묵직한 발자국 소리가 들려오자 피터스가 소리쳤다.

"당신 마음대로 되는지 한번 봅시다. 경관님들, 이쪽으로 오십시오. 이 사람들이 허락도 받지 않고 남의 집에 들어와 있는데 제 힘으로는 도저히 쫓아낼 수가 없습니다. 이 사람들을 좀 내보내 주십시오."

경사와 순경이 문 앞에 서 있었다. 홈즈는 명함을 꺼냈다.

"여기 이름과 주소가 있소. 이쪽은 내 친구인 왓슨 박사요."

"이거 참, 두 분을 잘 알고 있긴 합니다만."

경사가 말을 이었다.

"영장이 없으면 여기 계실 수 없습니다."

"물론 그렇소. 그 점에 대해선 잘 알고 있소이다."

"이 사람을 체포하시오!"

피터스가 소리쳤다.

"이 신사 분을 우리가 알아서 처리할 거요."

경사가 근엄하게 말했다.

"홈즈 선생님, 하지만 나가셔야 합니다."

"알겠소. 왓슨, 나가야겠군."

잠시 후 우린 다시 거리로 나왔다. 홈즈는 평소와 다름없이 냉정했지만 나는 분노와 모욕감으로 얼굴이 화끈거렸다. 경사가 뒤쫓아 왔다.

"홈즈 선생님, 죄송합니다. 하지만 법이 그래서요."

"옳은 말이오, 경사. 달리 어쩌겠소?"

"선생님께서 저 집에 들어가신 데에는 그럴 만한 이유가 있었을 거라고 생각합니다. 혹시 제가 할 수 있는 일이 있다면……."

"경사, 한 여자가 실종됐소. 우린 그 여자가 저 집에 있을 거라고 생각하오. 곧 영장이 나올 거요."

"홈즈 선생님, 그럼 제가 저 집 사람들을 감시하겠습니다. 만약 무슨 일이 생기면 반드시 알려드리지요."

때는 저녁 9시였는데 우리는 전력을 다해 단서를 쫓았다. 먼저 마차를 잡아타고 브릭스턴 구빈원 진료소로 달려갔다. 그곳에서는 정말 며칠 전에 어느 자비로운 부부가 찾아와서 머리가 모자란 한 노파를 예전 하인이라고 주장하며 데려갔다고 했다. 노파가 여길 나가서 죽었다고 말했지만 놀라는 사람은 없었다. 다음 행선지는 의사의 집이었다. 그 집에 왕진을 간 의사는 노파가 순전히 노쇠해서 죽는 걸 보았고, 실제로 임종하는 걸 직접 보고 적법하게 사망 진단서도 끊어주었다고 했다.

"분명히 말씀드리지만 모든 게 다 정상이었고, 할머니의 죽음에 관한 한 타살로 의심할 만한 여지는 전혀 없었습니다."

의사는 잘라 말했다. 그리고 그 집에서 의심스러운 것은 없었으며 단지 인상적이었던 것이 있었다면 그만한 계층의 사람들이 하인을 두지 않고 사는 것이었다고 말했다.

우리는 마지막으로 런던 경시청으로 갔다. 영장을 발부받는 과정에서 어려움이 있었다. 약간 지체될 것이 분명했다. 내일 아침이나 되어야 치안 판사의 서명이 날 것이다. 홈즈는 아침 9시 경에 경시청에서 레스트레이드를 만나 현장에 가서 영장 집행을 참관하기로 했다. 그날 하루는 그렇게 끝났다. 자정 무렵에 우리 친구인 경사가 찾아와, 그 크고 어두운 집 여기저기에 불빛이 깜빡이는 걸 보았지만 집을 나간 사람도 집에 들어간 사람도 없었다고 보고했다. 우리는 인내심을 갖고 내일을 기약할 수밖에 없었다.

셜록 홈즈는 너무 흥분해서 대화를 나눌 수도 잠을 잘 수도 없는 형편이었다. 내가 침실로 들어갈 때 친구는 숱 많은 짙은 눈썹을 찌푸린 채 줄담배를 피우며 길고 신경질적인 손가락으로 의자의 팔걸이를 연신 두들기고 있었다. 그는 수수께끼를 풀기 위해 마음속으로 모든 가능성을 일일이 따져보는 중이었다. 밤중에 그가 집 안을 돌아다니는 소리가 몇 차례나 들렸다. 다음 날 아침, 그는 마침내 내 이름을 부르며 침실로 뛰어들었다. 실내복 차림이었지만 눈이 퀭하게 들어간 핏기 없는 얼굴을 보니 한숨도 못 잔 것이 분명했다.

"장례식이 몇 시였더라? 8시, 그렇지?"

그는 정신없이 다그쳐 물었다.

"음, 지금이 7시 20분이거든. 맙소사, 왓슨, 신이 주신 이 머리는 도대체 어떻게 된 걸까? 일어나게! 어서! 생사가 걸린 일일세. 죽을 가능성이 백이면 살아날 가능성은 일이네. 우리가 한 발 늦는다면 나는 자신을 절대로 용서하지 못할 거야. 절대로!"

우리는 채 5분도 지나지 않아 이륜마차를 타고 베이커 거리를 빠져나가고 있었다. 그래도 빅벤을 지날 때가 7시 35분이었고, 브릭스턴 거리를 질주해 간 시간은 8시였다. 하지만 늦은 것은 우리뿐이 아니었다. 예정된 시간에서 10분이 지났는데도 장의 마차는 여전히 집 앞에서 대기 중이었다. 우리가 탄 마차의 말이 거품을 물고 막 멈춰 섰을 때 세 남자가 관을 메고 문지방을 넘고 있었다. 홈즈는 총알같이 달려가 앞을 가로막았다.

"도로 들여가시오!"

그는 맨 앞에 선 남자의 가슴에 손을 대며 소리쳤다.

"어서 도로 들여가요!"

"당신 도대체 무슨 말을 하는 거야? 다시 한번 묻겠는데, 영장은 있나?"

피터스가 펄펄 뛰며 고함을 질렀다. 크고 불그레한 얼굴이 관 너머로 이쪽을 노려보고 있었다.

"영장은 지금 오고 있다. 영장이 올 때까지 관을 집 밖으로 내갈 수 없다."

　홈즈의 권위 있는 목소리가 관을 멘 사람들에게 효력을 발휘했다. 피터스는 어느새 집 안으로 모습을 감췄고, 사내들은 이제 홈즈의 명령에 복종했다.

　"어서, 왓슨! 어서! 드라이버 여기 있네!"

　관을 다시 식탁에 올려놓자 그가 소리쳤다.

　"당신은 이걸로! 1분 안에 뚜껑을 열면 금화를 주지! 질문은 하지 말고, 빨리빨리! 좋았어! 하나 더! 저기 하나 더! 자, 모두 같이 들어올립시다! 움직인다! 움직여! 아, 드디어 열리는군."

모두가 힘을 합치자 관 뚜껑이 열렸다. 그러자 안에서 지독한 클로로포름 (강력한 흡입 마취제) 냄새가 올라왔다. 안에는 시신이 누워 있었는데, 얼굴이 마취제를 적신 솜으로 덮여 있었다. 홈즈가 솜을 들어내자 아름답고 고결한 중년 여성의 조각 같은 얼굴이 드러났다. 홈즈가 얼른 달려들어 그녀를 일으켜 앉혔다.

"왓슨, 죽었나? 아직 숨이 붙어 있나? 우리가 너무 늦게 온 건 아닌지 모르겠네!"

30분 정도는 정말 그런 것처럼 보였다. 솜뭉치에 질식하고 클로로 포름의 독기에 중독 되어, 프랜시스 여사는 영영 돌아오지 못할 강을 건넌 것 같았다. 인공호흡을 실시하고 에테르 냄새로 자극하는 등 과학이 제공한 온갖 방법을 다 동원한 끝에 마침내 생명의 미약한 고동이 느껴지기 시작했다. 눈꺼풀이 조금씩 떨렸고 얼굴에 댄 거울이 콧김으로 흐려졌다. 그녀는 서서히 깨어나고 있었다. 그때 마차가 집 앞에서 멈춰서는 소리가 들렸다. 홈즈가 커튼을 걷고 밖을 내다보았다.

"레스트레이드가 영장을 가져왔네. 새들은 이미 날아가 버렸지만." 누군가 복도를 쿵쿵거리며 달려오는 소리를 듣고 그는 덧붙였다.

"여사를 간호할 권리를 갖고 계신 분이 오는군. 그린 씨, 어서 오십시오, 여사를 한시라도 빨리 옮기는 게 좋을 것 같군요. 그건 그렇고, 아직 관 속에 누워 있는 가엾은 할머니는 무덤으로 갈 수 있도록 장례식을 진행하는 게 좋겠어."

그날 저녁 홈즈가 말했다.

"여보게, 자네가 이 사건을 연대기에 추가한다면, 아마 가장 균형

잡힌 정신도 때로는 암흑 상태에 빠질 수 있다는 걸 보여주는 사례가 되겠지. 인간은 누구나 실수를 저지르네. 그것을 깨닫고 고치는 자가 위대한 거지. 내가 그 정도의 영예는 누릴 수 있지 않을까? 어제 밤새도록, 어디에선가 어떤 단서, 이상한 말, 기이한 사실을 의식했지만 너무 쉽게 흘려버렸다는 생각이 머릿속을 떠나지 않았네. 그런데 먼동이 틀 무렵, 갑자기 어떤 말이 뇌리를 스치더군. 그것은 필립 그린이 전해 준 장의사 집 여자의 얘기였어. 그 여자는 이렇게 말했네. '다른 것 같았으면 벌써 도착했을 거예요, 하지만 보통 물건이 아니라서 시간이 더 걸리지요.' 장의사 집 여자는 애니라는 여자에게 그런 말을 했었네. 그건 보통 물건이 아니었어. 그렇다면 그건 관이 특별한 치수로 제작되었다는 것을 의미하지. 하지만 왜? 그러자 관의 깊은 내부와 바닥에 누워 있던 말라비틀어진 조그마한 시신이 떠올랐네. 그렇게 작은 시신에 왜 그렇게 큰 관이 필요했던 것일까? 그것은 사람을 하나 더 넣기 위해서였지. 사망 진단서 하나로 두 구의 시신을 묻는 것이지. 모든 것이 이렇게 불을 보듯 뻔했는데 내 이성이 잠시 흐려졌던 것일세. 8시에 프랜시스 여사는 매장될 예정이었지. 관이 집을 떠나기 전에 막아야 했어. 그것만이 유일한 희망이었네.

여사를 산 채로 찾아낼 가능성은 극히 적었네. 그래도 가능성은 남아 있었지. 내가 아는 한 그 남녀는 지금까지 살인을 저지른 적이 없었네. 나는 그들이 마지막 순간까지 실제로 살인하는 것은 자제할지도 모른다고 생각했네. 또 죽이지 않고 매장하면 시신이 발굴되더라도 사인이 드러나지 않기 때문에 그들에게는 변명의 여지가 남는 셈이지. 나는 두 남녀가 그런 것을 고려해 주기를 바랐네. 자네도 무슨 일이 있었는지 충분히 상상할 수 있을 거야. 가엾은 여사가 그토록 오랫동안 감금돼 있던 2층의 그 끔찍한 소굴을 봤지 않나? 그들은 그 방으로 뛰어 들어가 클로로포름으로 숙녀를 마취시킨 다음 아래층으로 끌고 내려갔네. 그리고 그녀가 깨어나지 않도록 관 속에 마취제를 들이붓고는 관 뚜껑에 못질을 한 거야. 왓슨, 정말 영리한 수법이지. 범죄 역사상 이런 수법은 처음일세. 자칭 선교사라는 이 부부가 레스트레이드의 손아귀를 빠져나간다면 그들은 앞으로 눈부신 활약을 펼칠걸세."

The Devil's Foot
악마의 발

나는 셜록 홈즈와 오랫동안 가까이 사귀면서 겪은 기이한 경험과 흥미로운 추억을 이따금씩 책으로 펴내면서, 사람들한테 알려지는 것을 꺼리는 그의 성격 때문에 끊임없이 어려움을 겪었다. 이 우울하고 냉소적인 정신에게 대중의 갈채란 언제나 혐오스러운 것이었고, 그가 가장 즐기는 역할은 사건 수사를 성공적으로 끝낸 뒤, 실제로 발표하는 일을 경찰 수사관에게 떠넘겨 엉뚱한 사람에게 축하 인사가 쏟아지는 것을 조소를 머금고 바라보는 일이었다. 사실 최근 들어 내가 사건 기록을 발표하는 일이 드물어진 것은 흥미진진한 소재가 고갈되었기 때문이 아니라 내 친구의 이러한 태도 때문이었다. 내가 그의 모험에 참여할 수 있었던 것은 항상 신중함과 입 조심을 기한다는 전제하에서였다.

그래서 지난 화요일, 홈즈에게서 밑도 끝도 없이 다음과 같은 전보가 날아왔을 때 나는 깜짝 놀랐다.

콘월의 공포에 대해 써보는 게 어떤가. 내가 다룬 사건 중에서 제일 기괴한 사건 말일세.

친구가 어떤 추억을 반추하다가 그 사건을 떠올렸는지, 또는 무슨 변덕 때문에 내가 그 사건을 발표하기를 바랐는지는 모르겠다. 하지만 나는 그만두라는 전보가 다시 날아오기 전에 사건 기록을 대중 앞에 발표하기 위해 부랴부랴 상세한 경위가 담긴 노트를 뒤졌다.

때는 1897년 봄이었다. 홈즈의 무쇠 같은 몸도 누적된 과로를 견디지 못하고 무너져 가고 있었는데, 이것은 자신의 몸에 대한 그의 무관심 때문에 더욱 악화된 것이다. 그해 3월, 할리 거리의 무어 애거 박사――이 사람과 홈즈의 극적인 만남에 대해서는 앞으로 기회를 봐서 설명할 생각이다――는 유명한 사립 탐정에게 파국을 피하고 싶으면 사건에서 완전히 손을 떼고 휴식을 취하라고 단호히 명령했다. 그래도 홈즈는 여전히 자신의 건강 상태에 대해서는 전혀 관심이 없었지만 아예 일을 못하게 될지도 모른다는 협박에 굴복하여 공기 좋은 곳으로 요양을 가기로 했다.

이렇게 해서 그해 이른 봄, 우리는 콘월 반도 맨 끝에 있는 폴듀 만의 작은 농가에서 머물게 되었다. 그곳은 독특한 지대였는데 특히 내 친구의 완강한 기질과 잘 어울렸다. 우리가 머문 희게 회칠한 작은 농가는 풀이 무성한 곳 위에 높직이 서 있었는데, 창가에 서면 음산한 반원형의 마운츠 만이 한눈에 내려다보였다. 이곳은 옛날부터 항해하는 선박들에게 죽음의 함정이라 불렸다. 검은 절벽 가장자리와 파도가 몰아치는 모래톱 위에서 숱한 뱃사람들이 목숨을 잃었다. 북풍이 불어올 때면 이곳은 바람을 타지 않아 그지없이 평온하고 아늑해져 폭풍에 시달린 선박들이 피난처삼아 배를 대는 것이다.

그러다가 난데없이 돌개바람이 일고 남서쪽에서 강풍이 불어와 해안으로 바람이 몰아치면, 닻은 끌려가고 들끓는 바다에서는 최후의

일전이 벌어지는 것이다. 그래서 지혜로운 선원은 이 불길한 곳을 피해 멀찍이 떨어진 곳에 닻을 내렸다.

육지 쪽도 바다 못지않게 음산했다. 사방이 우중충하고 기복이 심한 황무지였고 드문드문 서 있는 교회 첨탑이 오래된 작은 마을이 남아 있음을 간신히 알려주고 있을 따름이었다. 이 외로운 황무지 곳곳에 오래 전에 사라져버린 종족의 자취가 남아 있었다. 이들의 유일한 문명의 기록으로는 야릇한 생김새의 석조 기념물(영국 남서부의 콘월 지방은 거대한 고인돌, 거석묘, 환석 등의 선사시대 유적으로 유명하다)과, 사자(死者)들의 뼛가루를 품고 있는 크고 작은 언덕, 선사시대에도 전투가 있었음을 짐작케 하는 흉벽의 흔적을 들 수 있다. 이곳의 신비스러운 매력과 잊혀진 나라들에게서 연상되는 불길한 분위기는 내 친구의 상상력에 불을 질렀다. 그는 오랜 시간 황무지를 거닐며 홀로 명상에 잠겼다. 또한 홈즈는 고대 콘월 어에 흠뻑 빠졌는데, 내 기억에 의하면 그는 고대 콘월 어가 칼데아 말과 비슷하고, 그것이 주로 페니키아 주석 상인들의 말에서 파생됐다고 생각했던 것 같다. 그는 주문한 언어학 관련 서적을 받아 이 같은 주제로 연구에 몰두했는데, 그러다 느닷없이 그 꿈의 땅에서 그동안 다뤄본 어떤 사건보다 더 격렬하고 흥미롭고 한없이 신비스러운 사건에 휩쓸리게 되었다. 사건이 코앞에서 터졌을 때 나는 망연자실했지만 홈즈는 몹시 기뻐했다. 우리의 단조롭고 평화스럽고 건전했던 일상은 무참하게 중단되어 버렸고, 우리는 콘월뿐 아니라 영국 서부 지역 전체를 흥분의 도가니로 몰아넣은 일련의 사건 속으로 강제로 떠밀려 들어가게 되었다. 이 책을 읽는 독자들 중에도 런던의 일간지에 실린 엉터리 기사를 통해 당시에 '콘월의 공포'라는 이름으로 알려진 사건을 접한 이들이 많을 것이다. 이제 13년의 세월이 지난 지금, 나는 이 믿기 힘든 사건의 진실을 공개하려고 한다.

앞서 말한 것처럼 이 지역에는 마을의 존재를 표시하는 첨탑이 점점이 흩어져 있다. 그중 제일 가까운 곳에 있는 것이 트리내닉 월러스 부락인데, 200여 주민이 사는 농가 주택이 이끼로 뒤덮인 오래된 교회를 중심으로 모여 있었다. 교구 목사는 라운드헤이 씨인데, 고고학자 비슷한 사람이라서 홈즈와 알고 지내게 되었다. 목사는 둥글둥글 살이 찌고 사교적인 중년 사내로 그 고장에 전해 내려오는 전설을 꽤 많이 알고 있었다. 우리는 그의 초대를 받아 목사관에 차를 마시러 갔다가 모티머 트리제니스 씨라는 유복한 신사를 알게 되었는데, 그가 큰 목사관에 세를 든 덕분에 목사의 보잘것없는 수입은 약간 나아졌다. 독신이었던 교구 목사는 이렇게 하숙인이 들어온 것에 대해 사뭇 기뻐했지만 두 사람 사이에 공통점은 거의 없었다. 얼굴이 가무잡잡한 트리제니스 씨는 안경을 쓴 깡마른 사내였는데, 실제로 기형이 아닌가 싶을 만큼 등이 굽었다. 우리가 목사관에서 차를 마시는 짧은 시간 동안 교구 목사는 수다스럽게 떠들어댔는데, 반면 세입자는 이상하게 과묵하고 슬픈 얼굴을 하고 있었다. 남들과 시선을 마주치지 않고 앉아 있는 품이 내성적이고 자신만의 생각에 몰두하는 사람 같아 보였다.

3월 16일 화요일 아침, 우리의 작은 거실로 다짜고짜 뛰어든 사람은 바로 이 두 사람이었다. 우리는 그때 막 아침식사를 마치고 중요한 일과가 된 황무지 산책을 나갈 준비를 하며 담배를 피우고 있었다.

교구 목사가 흥분한 목소리로 말했다.

"홈즈 선생, 밤사이에 말할 수 없이 기이하고 비극적인 사건이 벌어졌습니다. 정말 듣도 보도 못한 일이지요. 영국에서 우리한테 가장 요긴한 분이 마침 여기 와 계신 것은 하느님의 섭리라고 할 수밖에 없습니다."

나는 사나운 눈으로 나서기 좋아하는 교구 목사를 흘겨보았다. 하지만 홈즈는 입에 물고 있던 파이프를 내려놓고 사냥꾼들의 고함소리를 들은 늙은 사냥개처럼 앉은 자세를 고쳤다. 그가 소파를 손짓하자 잔뜩 흥분한 두 손님이 나란히 앉았다. 모티머 트리제니스 씨는 목사에 비하면 많이 감정을 자제하고 있었지만, 여윈 두 손이 부들부들 떨리고 검은 눈이 번쩍거리는 걸 보니 옆 사람 못지않게 흥분한 것 같았다.

"제가 말할까요, 아니면 목사님께서?"

트리제니스 씨가 목사에게 물었다.

"흠, 무슨 일인지는 모르겠지만, 트리제니스 씨가 사건을 목격하고 목사님께선 전해 듣기만 한 것 같으니까, 트리제니스 씨가 말씀하시는 편이 좋겠습니다."

홈즈가 말했다.

목사는 옷을 대충 걸쳤고 하숙인은 의복을 제대로 갖추고 옆에 앉아 있었는데, 나는 두 사람이 홈즈의 단순한 추리에 깜짝 놀라는 걸 보고 내심 흐뭇했다.

목사가 먼저 말을 꺼냈다.

"내가 먼저 몇 마디 할 테니, 그 다음에 트리제니스 씨한테 자초지종을 들을 건지, 당장 불가사의한 사건이 일어난 현장으로 달려갈 건지를 결정하는 게 좋겠습니다. 그럼 이제부터 말씀드리지요. 여기 있는 우리 친구께서는 어제 저녁에 황무지 건너편 고인돌 근처의 트리대닉 와사 저택으로 가서 그 집 형제들과 같이 저녁식사를 했습니다. 남자 형제로는 오웬과 조지가 있고 누이동생으로 브렌다가 있지요. 트리제니스 씨는 10시 조금 지나서 왔는데, 그때 형제들은 식탁에 둘러앉아 카드 놀이를 하고 있었고 건강이나 기분 상태는 최고였다고 합니다. 그런데 오늘 아침, 일찍 일어나는 트리제니스 씨가 아침식사 전에 그쪽으로 산책을 나갔다가 마차를 타고 가는 리처드 선생을 만났는데, 그 의사 선생 말이 트리대닉 와사에서 급히 호출을 해서 가는 중이라고 하더랍니다. 모티머 트리제니스 씨는 당연히 의사 선생과 동행했습니다. 트리대닉 와사에 도착하니 기이한 사건이 벌어져 있었지요. 두 형제와 누이동생은 어제 갈 때 보았던 대로 식탁에 둘러앉아 있었고, 식탁 위에는 여전히 카드가 펼쳐져 있었답니다. 촛불은 끝까지 다 타들어 간 상태였고요. 그런데 누이동생은 의자에 앉은 채 싸늘한 시신이 되어 있었고, 두 형제는 양쪽에 앉아 정신이 완전히 나간 상태에서 웃고 떠들고 노래하고 있었습니다. 사망한 여동생과 미쳐버린 두 형제의 얼굴에는 형언할 수 없는 공포심이 드리워져 있었지요. 세 사람 얼굴이 모두 쳐다보기조차 끔찍하게 두려움으로 일그러져 있었습니다. 그 집에는 요리사 겸 가정부로 일하는 늙은 포터 부인을 빼면 다른 사람이 다녀간 흔적이 없었습니다. 포터 부인은 밤에 깊이 잠 들어서 아무 소리도 못 들었다고 단언했습니다. 게다가 없어진 물 건도 없고 누가 집에 손댄 흔적도 없어서 도대체 어떤 공포 때문에 한 여자가 죽고 건강한 두 남자가 미쳐버렸는지 알 도리가 없습니다. 홈즈 선생, 간단히 말하면 상황은 이렇습니다. 만약 선생이 이 사건을 해결하는 데 도움을 주신다면 그것은 정말 대단한 일이 될 겁니다.

나는 어떻게 해서든 내 친구를 설득해서 이 여행의 본래 목적이 었던 조용한 생활로 돌아가야 한다고 생각했다. 하지만 친구의 심 각한 얼굴과 찡그린 눈썹을 보고 내 기대가 얼마나 헛된 것인지 금 세 알았다. 홈즈는 잠시 동안 묵묵히 앉아서 우리의 평화를 깨뜨린 기이한 드라마에 정신을 팔고 있었다.

"이 사건을 맡겠습니다."

그는 마침내 입을 열었다.

"언뜻 보기에도 대단히 드문 사건인 것 같습니다. 라운드헤이 목사 님, 현장을 직접 보셨습니까?"

"아닙니다, 홈즈 선생. 트리제니스 씨가 목사관에 와서 이 얘기를 하길래 선생에게 도움을 청하기 위해 부랴부랴 달려왔습니다."

"여기서 그 기이한 비극이 일어난 집까지 거리가 얼마나 됩니까?"

"내륙으로 1.5킬로미터쯤 되지요."

"그럼 같이 걸어가기로 합시다. 하지만 출발하기 전에 모티머 트리 제니스 씨에게 몇 가지 질문할 것이 있습니다."

하숙인은 그동안 계속 입을 다물고 있었지만, 요란하게 감정을 드 러내는 목사보다 흥분을 억제하고 있는 그가 더욱 강렬한 감정에 사 로잡혀 있는 것은 분명했다. 그는 창백한 얼굴을 잔뜩 찡그리고 있었고 불안한 시선을 홈즈에게 고정한 채 마주잡은 여윈 두 손을 부들부들 떨고 있었다. 자신의 형제들에게 벌어진 무시무시한 사건에 대한 얘기를 듣는 동안, 핏기 없는 입술은 가늘게 떨렸고 검은 눈동자는 사건 현장의 공포스러운 어떤 것을 되비추는 듯했다.

"홈즈 선생님, 얼마든지 질문하십시오."

그는 열띤 어조로 말을 이었다.

"말하기도 끔찍하지만 사실 그대로 말씀드리겠습니다."

"간밤에 있었던 일에 대해 말씀해 주십시오."

"그러지요. 목사님이 말씀하신 것처럼, 나는 거기서 저녁식사를 했습니다. 그런데 형 조지가 식사를 마친 뒤에 브리지 게임을 하자고 했습니다. 우리는 9시 경에 카드를 시작했습니다. 내가 일어선 것은 10시 15분이었지요. 그 집을 나설 때 형제들은 식탁에 둘러 앉아 흥겹게 카드를 하고 있었습니다."

"문을 열어준 사람은 누굽니까?"

"포터 부인은 이미 잠자리에 들었기 때문에 내 손으로 문을 열고 나왔습니다. 나는 밖으로 나와서 현관문을 닫았지요. 형제들이 앉아 있던 방 창문은 닫혀 있었고, 커튼은 젖혀놓은 상태였습니다. 오늘 아침에 갔을 때 문과 창문은 어젯밤에 본 그대로였고 누군가 다녀간 흔적도 없었습니다. 하지만 형제들은 완전히 겁을 먹고 돌아버렸고, 브렌다는 공포에 질린 얼굴로 의자 팔걸이 너머로 고개를 떨구고 죽어 있었습니다. 내가 살아 있는 한 그 광경은 절대로 잊지 못할 겁니다."

"말씀을 들어보니 정말 기묘하기 짝이 없는 사건입니다."

홈즈는 계속 말했다.

"어떻게 된 일인지 당신은 전혀 모르겠지요?"

"홈즈 선생님, 그건 악마의 소행입니다, 악마의 소행!"

모티머 트리제니스 씨가 소리쳤다.

"그건 인간이 저지른 일이 아닙니다. 뭔가가 그 방에 들어가서 형제들의 이성을 앗아가 버렸습니다. 인간이 발명한 어떤 물건이 그런 일을 할 수 있겠습니까?"

"글쎄요."

홈즈가 말을 이었다.

"인간이 저지른 일이 아니라면 내 능력으로는 해결할 수 없겠군요. 그래도 우린 그런 결론을 내리기 전에 과학적으로 설명하기 위해 최선을 다해야 합니다. 그건 그렇고, 트리제니스 씨, 다른 형제들은 같은 집에서 사는데 방을 얻어 혼자 나와 계신 걸 보면 가족과 사이가 좋지 않으신 모양입니다만?"

"홈즈 선생님, 그건 사실입니다. 하지만 그 문제는 다 해결되었고 이제는 과거의 일이 되었지요. 레드루스에 우리 집안의 주석 광산이 있었는데, 형제들은 그걸 상당한 금액에 한 회사에 넘기고 일선에서 물러났습니다. 그런데 돈을 나누는 과정에서 감정이 생겼고 형제들 사이에는 한동안 앙금이 남아 있었습니다. 하지만 우린 다 잊고 용서하기로 했고, 지금은 세상에서 가장 좋은 친구처럼 지내고 있었습니다."

"어제 저녁 때 거기서 있었던 일을 돌이켜볼 때 뭔가 마음속에 짚이는 것은 없습니까? 트리제니스 씨, 도움이 될 만한 단서가 있는지 잘 생각해 보십시오."

"그런 건 전혀 없습니다."

"형제들의 기분은 평소와 같았습니까?"

"아주 좋았지요."

"형제들이 예민한 분들이었습니까? 뭔가 위험을 예상하고 불안해 하는 모습은 없었나요?"

"그런 건 없었습니다."

"뭔가 도움이 될 만한 얘기는 더 이상 없습니까?"

모티머 트리제니스 씨는 잠깐 깊은 생각에 잠겼다.

"한 가지 생각나는 게 있습니다."

그는 마침내 입을 열었다.

"어제 저녁 식탁에 둘러앉아 있을 때 나는 창문을 등지고 있었고, 조지 형은 나와 같은 편이었기 때문에 창문을 마주보고 있었습니다. 한 번은 형이 내 어깨 너머를 유심히 쳐다보기에 나도 고개를 돌리고 창 밖을 쳐다보았습니다. 창문은 닫혀 있었지만 커튼이 젖혀 있었기 때문에 잔디밭 위의 덤불을 볼 수 있었지요. 그런데 바로 그 순간 그 사이로 뭔가가 움직이는 것 같았습니다. 그게 사람인지 짐승인지는 알 수 없었지만 뭔가 거기 있다는 느낌이 들었지요. 형한테 무얼 봤느냐고 물었는데 나하고 똑같은 느낌을 받은 것 같았습니다. 내가 말할 수 있는 건 그것뿐입니다."

"그게 뭔지 조사해 보지 않았습니까?"

"예, 별것 아니라고 생각하고 그냥 넘겼습니다."

"그럼, 거길 나올 때 흉악한 사건을 예감하지는 못하셨군요?"

"예."

"오늘 아침에 어떻게 그렇게 빨리 소식을 알게 되었는지 좀더 자세히 말씀해 주십시오."

"나는 원래 아침 일찍 일어나기 때문에 보통 아침식사 전에 산책을 합니다. 오늘 아침에는 집을 나서자마자 마차를 타고 가는 의사 선생을 만났지요. 그런데 의사 선생 말이, 포터 부인이 급히 와달라고 꼬마아이를 보냈다는 겁니다. 나는 얼른 선생 옆자리에 올라타 함께 마차로 달려갔지요. 거기 도착해서 우리는 그 끔찍한 방으로 들어갔습니다. 촛불과 난로는 몇 시간 전에 꺼진 게 분명했으니 형제들은 동이 틀 때까지 어둠 속에서 그렇게 앉아 있었던 겁니다. 의사 선생은 브렌다는 최소한 6시간 전에 사망한 것이 틀림없다고 했습니다. 누가 폭력을 휘두른 흔적은 없었지요. 누이동생은 그런 얼굴을 하고 의자 팔걸이 위로 늘어져 있었습니다. 조지와 오웬 형은 토막토막 노래를 부르면서 두 마리의 커다란 원숭이처럼 알아들을 수 없는 말을 지껄이고 있었습니다. 아, 그건 정말 처참한 광경이었지요! 나는 정말 견디기 힘들었고 의사 선생도 백지장처럼 하얗게 질렸습니다. 설상가상으로 의사 선생마저 졸도하다시피 의자에 쓰러졌지요."

"기이한 일이군요, 정말 기이한 일입니다!"

홈즈는 일어서서 모자를 집어 들며 말했다.

"이제 더 이상 지체하지 말고 트리대닉 와사에 내려가는 게 좋을 것 같습니다. 솔직히 말하면 처음부터 이렇게 독특한 양상을 보인 사건은 본 적이 없습니다."

그날 아침 우리는 사건 수사를 별로 진전시키지 못했다. 그런데 처음부터 정말 불길한 사건이 일어났다. 비극이 발생한 현장으로 가는 길은 좁고 구불구불한 시골길이었다. 마차가 그곳으로 가고 있는데 덜컹거리며 다가오는 소리가 들리기에 우리는 길을 틔워주기 위해 한쪽으로 비켜섰다. 마차가 지나갈 때 꼭 닫힌 창문을 통해 이빨을 드러낸 채 무섭게 인상을 쓰고 우릴 노려보는 얼굴이 언뜻 보였다. 이글이글 타는 눈과 악문 이빨이 마치 흉한 꿈처럼 옆을 스쳐갔다.

"내 형님들입니다!"

모티머 트리제니스 씨가 입술까지 하얗게 질려서 외쳤다.

"지금 형들을 헬스턴으로 데려가는 겁니다."

우린 갸웃거리며 달려가는 검은 마차를 두려운 마음으로 응시했다.

그리고 형제가 그토록 이상한 운명을 맞은 저주받은 집을 향해 발길을 돌렸다.

그것은 농가 주택이라기보다는 저택에 가까운 크고 밝은 집이었다. 꽤 넓은 정원에는 콘월 지역의 온화한 기후 덕분에 벌써 활짝 피어난 봄꽃으로 가득했다. 거실 창문은 이 정원 쪽으로 나 있었는데, 모티머 트리제니스 씨에 따르면 그곳에서 한번 보는 것만으로도 정신을 돌게 할 만큼 공포스러운 무언가가 튀어나왔던 것이다. 홈즈는 집 안으로 들어가기 전에 생각에 잠긴 얼굴로 꽃밭 사이로 난 길을 천천히 거닐었다. 그러다 생각에 골똘한 나머지 물뿌리개에 걸려 넘어질 뻔했고, 그때 물이 엎질러져서 사람들의 발과 길이 흠씬 젖었다. 집 안으로 들어간 우리는 계집아이를 데리고 집안일을 꾸려가는 콘월 출신의 늙은 가정부 포터 부인을 만났다. 가정부는 홈즈가 어떤 질문을 던져도 술술 대답했다. 밤에는 아무 소리도 듣지 못했다고 했다. 주인 일가는 요즘 다들 행복했고 어느 때보다 만사가 순조로웠다고 했다. 아침에 거실에 내려가서 끔찍한 광경을 보았을 때는 공포에 질린 나머지 기절했었는데, 정신을 차린 뒤에는 창문을 활짝 열어 환기시키고 길로 뛰어나가 농장에서 일하는 꼬마 녀석을 잡아 의사 선생에게 보냈다고 했다. 죽은 아씨를 보려거든 2층 침실로 올라가면 된다고 했다.

두 형제를 정신 병원 마차에 태우는 데 건장한 남자가 4명이나 달려들어야 했다. 포터 부인은 이 집에선 하루도 더 있을 생각이 없어 오후에 가족이 있는 세인트이브스로 출발할 예정이라고 했다.

우리는 2층으로 올라가 시신을 보았다. 브렌다 트리제니스는 중년을 바라보는 나이였지만 정말 아름다운 여성이었다. 이 세상 사람이 아니었는데도 이목구비가 또렷한 가무잡잡한 얼굴이 아름답기 그지없었다. 하지만 그 얼굴에는 삶의 마지막 순간에 경험했던 발작적인 공포의 흔적이 여전히 드리워져 있었다. 우리는 브렌다 트리제니스의 침실을 나와 이해할 수 없는 비극이 실제로 발생한 거실로 내려갔다. 밤사이에 불을 지핀 벽난로의 재받이에는 검은 재가 남아 있었다. 탁자 위에는 촛농이 흘러내린 다 타버린 초 4개가 놓여 있었고 카드가 흩어져 있었다. 의자는 모두 뒤로 빼서 벽에 붙여놓았지만 그 밖에 것은 전혀 손대지 않아 간밤에 있던 그대로였다. 홈즈는 빠르고 경쾌

한 걸음으로 방 안을 돌아다녔다. 이 의자 저 의자에 앉아보고, 의자를 탁자 앞으로 끌어당겨 원래의 자리에 놓았다. 그리고 정원이 얼마만큼 보이는지 확인하고 바닥, 천장, 벽난로를 조사했다. 하지만 그가 캄캄한 어둠 속에서 한줄기 빛을 보았을 때 하는 행동, 즉 갑자기 눈을 빛냈다든가 입술을 꼭 다물지는 않았다.

"왜 불을 피웠지?"

홈즈는 이런 질문을 던졌다.

"봄날 저녁인데 이 작은 방에 난로를 피웠습니까?"

모티머 트리제니스는 어젯밤은 춥고 눅눅했다고 답변했다. 그래서 자신이 이곳에 온 뒤에 난로를 피웠다는 것이다. 모티머 트리제니스가 물었다.

"홈즈 선생, 이제 어떻게 하실 겁니까?"

친구는 씩 웃으며 내 팔에 손을 얹었다.

"왓슨, 나는 또 담배를 피우기 시작해야겠네. 몸에 해롭다는 자네의 충고는 잘 알지만 말이야. 신사 여러분, 두 분께서 허락해 주신다면 우린 이제 집으로 돌아가야겠습니다. 여기 있어봤자 새로운 단서가 눈에 띌 것 같지는 않으니까요. 트리제니스 씨, 이번 사건에 대해 심사숙고해 보고 뭔가 생각나는 게 있으면 꼭 목사관으로 연락하겠습니다. 그럼, 안녕히."

홈즈는 폴두의 집으로 돌아와 한참이 지나도록 골똘히 생각에 잠겨 있었다. 안락의자에 몸을 묻은 채 검은 눈썹을 찌푸리고 이마에는 잔뜩 주름을 잡고 멍한 눈으로 먼 곳을 응시했다. 푸른 담배 연기가 자욱이 피어올라 여위고 금욕적인 얼굴이 뿌옇게 흐려보였다. 마침내 그는 파이프를 내려놓더니 자리를 박차고 일어났다.

"왓슨, 안 되겠네!"

홈즈는 껄껄 웃으며 말을 이었다.

"절벽으로 산책을 나가 돌화살이라도 찾아보세. 이 사건의 단서를 찾는 것보다는 돌화살을 찾는 게 훨씬 쉽겠어. 충분한 재료가 없는 상태에서 두뇌를 가동하는 일은 마구잡이로 엔진을 돌리는 일과 같지. 무리하면 터져버리거든. 바닷바람, 햇빛, 인내심——여보게, 이것만 있으면 다른 것들은 저절로 따라 올걸세."

절벽 가장자리를 걸으며 홈즈가 계속 말했다.

"자, 왓슨, 차분한 마음으로 상황을 정리해 보세나. 우리가 알고 있는 것은 얼마 안 되지만 그래도 확실하게 정리해 놓을 필요가 있네. 그래야 새로운 사실을 손에 넣으면 맞는 자리에 끼워 넣을 수 있으니까. 먼저, 자네나 나나 이번 사건에 악마가 끼어들었다고는 절대로 생각하지 않고 있는 점을 말하고 싶네. 그러니까 그런 이론은 완전히 제쳐놓고 시작하세나. 아주 좋아. 여기 고의든 우연이든 누군가에게 끔찍하게 당한 세 사람이 있네. 그것은 변함없는 사실일세. 자, 그러면 일이 벌어진 건 언제일까? 모티머 트리제니스 씨의 말이 사실이라면, 그것은 그가 집을 떠난 직후임이 분명하네. 이것은 대단히 중요한 점일세. 아마 그 뒤 몇 분 안에 일이 벌어졌을 거야. 카드는 여전히 탁자 위에 펼쳐져 있었네. 그리고 보통 때라면 이미 잠자리에 든 시간이었네. 그런데 그 방에 있던 사람들은 위치를 바꾸지도 의자를 뒤로 물리지도 않았고, 다시 한 번 말하지만 사건은 모티머가 떠난 직후인 밤 11시 전에 일어난 걸세.

이제 우리가 해야 할 일은, 모티머 트리제니스가 그 방에서 나온 뒤의 행적을 확인하는 걸세. 그건 별로 어려운 일이 아닐뿐더러 그에게는 의심스러운 점도 없어 보이네. 자네도 내 방식을 알고 있으니까 좀 꼴사납긴 해도 내가 물뿌리개를 엎질러서 그의 선명한 발자국을 얻어냈다는 걸 짐작하고 있을걸세. 모래가 깔린 길이 물에 젖으니까 발자국이 뚜렷이 남더군. 자네도 기억하겠지만 지난밤에도 비가 왔네. 게다가 그의 발자국 표본까지 얻었으니 다른 발자국 틈에서 그의 발자국을 찾아내는 건 식은 죽 먹기였지. 그런데 그의 발자취를 따라가 보니 간밤에 집을 나와서 지체 없이 목사관 쪽으로 간 것 같더군.

모티머 트리제니스가 지체 없이 현장을 떠났다면, 제3의 인물이 한 짓임이 분명하네. 그런데 그 제3의 인물이 누군지, 그리고 어떻게 해서 사람들을 그토록 공포에 질리게 했는지 알아낼 수 있을까? 우선 포터 부인은 제외시킬 수 있네. 어느 모로 보나 남한테 해를 끼칠 만한 사람이 아니니까. 그런데 누군가 정원에서 창가로 다가가, 사람들이 한 번 보고 미쳐버리게 만들었다는 증거가 있을까? 이렇게 말한 사람은 모티머 트리제니스뿐일세. 형이 정원에서 뭔가 움직이는 걸 봤다고 했지. 어젯밤에는 구름이 잔뜩 껴 비가 뿌리고 어두웠다는 사실을 감안하면 상당히 주목할 만한 증언일세. 누군가 방 안에 있는 사람들을 놀라게 할 의도가 있었다면 유리창에 얼굴을 바짝 대야 했을걸세. 그래야 안에서 보였을 테니까. 하지만 창 밖에는 90센티미터 너비의 꽃밭이 있는데 발자국 같은 건 전혀 없었네. 그렇다면 제3의 인물이 어떻게 같이 모여 있는 사람들에게 그렇게 공포스러운 인상을 남길 수 있었는지는 상상하기 힘들지. 또 우리는 그렇게 공들여 이상야릇한 시도를 할 만한 동기를 찾아내지도 못했네. 왓슨, 우리가 어떤 어려움에 직면했는지 알겠지?"

"잘 알겠네."

나는 강한 어조로 대답했다.

"하지만 증거가 조금만 더 있으면 우린 그런 어려움이 아무것도 아니라는 걸 증명할 수 있을걸세. 왓슨, 자네의 두툼한 사건 기록을 들춰보면 이번 사건 못지않게 애매모호한 사건들을 찾아낼 수 있을걸세. 좀더 자세한 정보가 모일 때까지 사건을 잠시 잊고, 오전에는 신석기 시대 인간의 흔적을 찾는 일이나 하세."

나는 내 친구의 초탈한 면에 대해선 이미 언급한 바 있지만, 그 콘월의 봄날 아침만큼 그에 대해 경탄한 적은 없었다. 그는 미결인 채 남아 있는 불길한 수수께끼에 대해선 깡그리 잊어버린 듯 2시간 동안 시종 가벼운 말투로 켈트 족, 화살촉, 사금파리 등에 대해 떠들어댔다. 우리는 오후에 집으로 돌아가서 우릴 기다리고 있던 손님을 만난 뒤에야 당면한 문제를 다시 마음속에 떠올리게 되었다. 손님은 우리도 잘 아는 유명인사였다. 그는 굵은 주름이 팬 우악스러운 얼굴에 쏘는 듯이 날카로운 눈매와 매부리코를 한, 반백의 머리가 천장에 닿을락 말락 하는 거인이었다. 턱수염을 길렀는데 끄트머리는 금빛이었지만, 입술 가까운 쪽은 줄곧 시거를 피워댄 탓인지 니코틴 물이 든 부분을 빼면 허옇게 세어 있었다. 어느 모로 보나 런던과 아프리카에서 이름을 날리고 있는 위대한 사자 사냥꾼이자 탐험가인 거구의 레온 스턴데일 박사임이 분명했다.

우리는 박사가 이 지역에 산다는 얘기를 들었을 뿐 아니라 황무지 길에서 장대같이 키가 큰 그를 두어 번 본 적도 있었다. 하지만 그는 우리에게 접근하지 않았고 우리도 그에게 다가갈 엄두를 내지 못했는데, 그것은 그가 탐험에서 돌아왔을 때는 대개 비첨 아리안스의 외로운 숲 속 작은 오두막에서 혼자 지내기를 즐긴다는 유명한 얘기를 잘 알고 있었기 때문이다. 그는 그곳에서 책더미와 지도에 파묻혀 혼자서 단출한 생활을 꾸려가며 이웃사촌에겐 별다른 관심을 보이지 않고 절대적으로 고독한 삶을 살았다. 그래서 그가 홈즈에게 흥분한 목소리로 이 불가사의한 사건의 진상을 얼마나 밝혀냈는지 물었을 때 나는 놀라움을 금할 수 없었다.

"군 경찰은 우왕좌왕하고 있더군요."

스턴데일 박사는 말을 시작했다.

"하지만 선생은 경험이 풍부한 분이시니 웬만큼 진상을 파악하셨을 거요. 선생에게 수사 내용을 알려달라고 부탁하는 것은, 내가 이곳에 여러 차례 머무는 동안 그 트리제니스 일가와 잘 알게 되었기 때문이오. 사실, 콘월 출신인 나의 어머니 쪽으로 촌수를 따져보면 그 일가는 내게 사촌뻘이 되기 때문에 그들의 괴상한 운명에 대한 소식을 듣고 나는 당연히 큰 충격을 받았소이다. 솔직히 말해서 나는 아프리카에 가려고 플리머스 항까지 갔다가 오늘 아침에 그 소식을 전해 듣고 조사에 도움이 될까 해서 곧장 되돌아온거요."

홈즈는 눈을 치떴다.

"그 일 때문에 배를 안 타신 겁니까?"

"다음 배를 탈 생각이오."

"맙소사! 보통 친한 사이가 아닌가 보군요?"

"나한테 친척뻘 된다고 하지 않았소."

"그렇군요, 외가 쪽 사촌이라. 짐은 배에 실어놓으셨습니까?"

"일부는 배에 실었지만 대부분은 호텔에 있소이다."

"알겠습니다. 하지만 이 사건이 벌써 플리머스 조간신문에 실리지는 않았을 텐데요."

"그렇소, 나는 전보를 받았소."

"누가 보냈는지 여쭤봐도 될까요?"

탐험가의 여윈 얼굴이 잠시 어두워졌다.

"홈즈 선생, 당신은 정말 호기심이 많은 양반이오."

"직업이 그래놔서."

스턴데일 박사는 애써 평정을 회복했다.

"당신한테 말하지 못할 이유가 없소. 나한테 전보를 친 사람은 라운드헤이 목사요."

"감사합니다."

홈즈는 말했다.

"원래 하셨던 질문에 대답 드리지요. 나는 아직 이 사건의 수수께끼를 다 풀지는 못했지만 조만간 결론을 내리게 될 겁니다. 하지만 더 이상 얘기하는 것은 아직 이릅니다."

"이느 쪽으로 의혹을 품고 있는지는 말해 줄 수 있지 않소?"

"아뇨, 대답하기 곤란합니다."

"그렇다면 나는 시간 낭비를 한 셈이니 그만 가겠소."

유명한 박사는 불쾌한 기색을 감추지 않고 성큼성큼 방을 나갔고 홈즈는 5분도 안 돼 그를 쫓아갔다. 친구는 저녁때가 돼서야 수척한 얼굴로 터덜터덜 걸어 돌아왔는데, 큰 수확을 거두지는 못한 것이 분명했다. 그는 자신을 기다리고 있던 전보를 쓱 훑어보더니 벽난로 속으로 집어던졌다.

"왓슨, 플리머스 호텔에서 온 걸세. 레온 스턴데일 박사의 말이 사실인지 확인해 보려고 목사한테 호텔 이름을 알아내서 전보를 쳤지. 그런데 스턴데일 박사가 간밤에 거기 있었던 것도 사실이고 짐 일부를 아프리카행 배에 실어놓은 다음 이 사건에 대해 알아보려고 돌아온 것도 사실인 것 같네. 왓슨, 자네는 어떻게 생각하나?"

"굉장히 관심이 많은 것 같던데?"

"맞아. 굉장히 관심이 많아. 여기에 한 단서가 있네. 그게 뭔지는 아직 모르겠지만 사건 해결에 빛을 던져줄 수 있을 거야. 왓슨, 힘내게. 모든 자료가 다 우리 손에 들어온 것은 아닐세. 하지만 그렇게 되기만 하면 사건을 푸는 건 시간문제일 거야."

홈즈의 말이 얼마나 빨리 실현될 것인지, 또는 얼마나 이상하고 불길한 사건이 발생하면서 완전히 새로운 방향으로 수사의 물꼬가 트이게 될 것인지 나는 전혀 몰랐다.

다음날 아침 창문 앞에서 면도를 하고 있는데 말발굽 소리가 들려와 고개를 들어보니 이륜마차가 전속력으로 달려오고 있었다. 마차는 우리집 대문 앞에서 멈췄고 목사가 뛰어내리더니 헐레벌떡 안으로 뛰어들었다. 홈즈는 이미 옷을 다 입었으므로, 우리는 서둘러 손님을 맞으러 나갔다.

목사는 너무 흥분해서 말도 못할 정도였지만 숨을 고르더니 마침내 비극적인 이야기가 터져 나왔다.

"홈즈 선생, 우리한테 마귀가 들렸습니다! 우리 교구에 가엾게도 마귀가 들렸단 말입니다!"

목사는 소리쳤다.

"사탄이 내려왔습니다! 우린 사탄의 손아귀에 들어 있어요!"

목사는 미친 사람처럼 방 안을 휘젓고 다녔는데, 하얗게 질린 얼굴과 놀란 눈빛만 아니라면 참으로 우스꽝스러운 꼴이었다. 마침내 그는 끔찍한 소식을 쏟아냈다.

"모티머 트리제니스 씨가 형제들과 똑같은 증상으로 간밤에 사망했습니다."

홈즈는 갑자기 힘이 솟구치는 사람처럼 벌떡 일어섰다.

"저 이륜마차에 우리 둘 다 탈 수 있을까요?"

"그럼요, 탈 수 있지요."

"그럼 왓슨, 아침식사는 미루기로 하세. 라운드헤이 목사님, 우리가 도와드리겠습니다. 빨리, 빨리 갑시다. 현장이 엉망이 되기 전에."

하숙인은 목사관의 방을 아래위로 2개 쓰고 있었다. 아래층 방은 큼직한 거실이었고 위층은 침실이었다. 그의 방 창문 바로 앞까지 크리켓용 잔디가 깔려 있었다. 우리는 의사나 경찰보다 먼저 도착했고 현장은 완벽하게 보존되어 있었다. 지금부터, 내가 그 안개 낀 3월 아침에 목격한 광경을 그대로 적어보려 한다. 그것은 내 마음에 결코 지워지지 않을 인상을 남겼다.

방 안 공기는 지독했고 숨이 막힐 정도로 답답했다. 처음에 방에 들어간 하인이 창문을 열어놓았는데 그렇게 해놓지 않았으면 훨씬 견디기 힘들었을 것이다. 방 안 공기가 답답한 것은 방 한가운데 있는 탁자에서 연기를 내며 타고 있는 등잔불 때문인지도 몰랐다. 그 옆에는 죽은 사내가 의자에 몸을 뒤로 젖히고 앉아 있었는데, 숱이 적은 턱수염을 앞으로 내민 채 안경은 이마 위에 걸려 있었다. 여위고 시커먼 얼굴은 창문 쪽을 향하고 있었는데 죽은 누이동생의 얼굴에 어려 있던 것과 똑같은 공포가 새겨져 있었다. 그는 발작적인 공포를 느끼다가 죽은 사람처럼 사지는 비비 꼬여 있고 손가락은 뒤틀려 있었다. 옷을 입을 때 서두른 흔적이 있긴 했지만 의복은 제대로 갖추고 있었다. 침대에 들어가서 잔 흔적이 있는 걸로 봐 그가 비극적인 종말을 맞은 것은 이른 아침이라는 사실을 알았다.

　홈즈는 죽음의 방에 들어간 순간부터 완전히 딴사람으로 변했는데, 그의 냉정한 얼굴 뒤에 뜨거운 정열이 숨어 있다는 걸 여실히 드러내 주었다. 순식간에 그는 팽팽하게 긴장하면서 신경을 곤두세웠다. 두 눈에서는 광채가 났고 굳어진·얼굴로 팔다리를 쉬지 않고 재게 움직였다. 잔디밭에 나갔다가 창문을 넘어 안으로 들어와서 방 안을 돌아다니다 2층 침실로 올라갔다. 영락없이 그는 킁킁 냄새를 맡고 돌아다니는 기운찬 사냥개였다. 침실에 들어간 그는 신속하게 방 안을 둘러보고 창문을 열어젖혔다. 그리고 뭔가 흥분할 만한 것을 발견해냈는지 창 밖으로 몸을 내민 채 큰 소리로 기쁨의 함성을 질렀다. 그러더니 쿵쾅거리며 계단을 내려가 창문을 넘어 밖으로 나가서 잔디 위에 몸을 던졌다가 다시 벌떡 일어나 도로 방안으로 들어왔다. 그는 마치 사냥감을 바짝 뒤쫓는 사냥꾼 같은 기세로 움직였다. 방 안에서는 평범하게 생긴 등잔을 꼼꼼하게 살펴보고 기름통의 치수를 쟀다.

그리고 등피 윗부분에 있는 활석을 확대경으로 면밀히 조사하고 윗면에 달라붙은 재를 긁어내 봉투에 담아 주머니에 넣었다. 마침내 의사와 경찰이 도착하자 그는 목사에게 손짓했고 우리 셋은 잔디밭으로 나갔다. 그가 말했다.

"내 조사가 헛수고가 아니라는 점을 말씀드릴 수 있게 돼서 정말 기쁩니다. 라운드헤이 목사님, 나는 여기 남아서 경찰과 사건에 대해 토론할 수 없습니다. 목사님께서 대신 경위에게 인사 말씀 전해 주시고, 침실 창문과 거실 등잔에 주의하라고 전해 주시면 고맙겠습니다. 하나만 봐도 의미심장한데, 둘을 합쳐 놓으면 거의 결정적이지요. 경찰이 그 이상의 정보를 필요로 하면 저의 집으로 찾아오라고 하십시오. 반갑게 맞아줄 테니까요. 자, 왓슨, 이제 우린 다른 곳으로 가보는 게 좋겠네."

경찰은 민간인이 개입한 것을 불쾌하게 생각했기 때문인지, 아니면 나름대로 수사가 잘 풀리고 있다고 생각했기 때문인지는 잘 모르겠지만 그 뒤로 이틀 동안 전혀 연락이 없었다. 그동안 홈즈는 집에서 담배도 피우고 몽상에 잠기기도 하며 시간을 보냈다. 하지만 대부분 혼자서 이 시골길을 거닐었고 한참 시간이 지난 뒤에 돌아와서도 어딜 다녀왔는지에 대해 한마디 말이 없었다. 하지만 그는 실험을 통해 자신의 조사 방향을 드러냈다. 그는 사건이 생긴 날 아침에 모티머 트리제니스의 방에서 본것과 똑같은 등잔을 사왔다. 그리고 그것에 목사관에서 쓰는 것과 같은 기름을 채우고, 기름이 닳는 데 걸리는 시간을 조심스럽게 측정했다. 다른 실험은 더 불쾌한 것이었는데 나는 죽어도 그것만은 못 잊을 것이다.

어느 날 오후에 홈즈가 말했다.

"왓슨, 자네도 알고 있겠지만, 우리가 접한 다양한 보고에는 비슷한 점이 하나 있네. 그건 사건이 일어난 방에 맨 먼저 들어간 사람이 방 안 공기에 받은 영향일세. 자네도 모티머 트리제니스가 아침에 형 집에 갔던 일을 설명할 때 의사가 방에 들어가자마자 의자에 쓰러졌다고 말한 것 기억나지? 기억 안 난다고? 흠, 트리제니스는 분명히 그런 얘기를 한 적이 있네. 그리고 가정부 포터 부인이 그 방에 들어가자마자 졸도했다가 나중에 깨어나서 창문을 열었다고 했는데, 그건 자네도 기억하고 있을걸세. 또 모티머 트리제니스가 죽은 두 번째 사건에서, 우리가 그 방에 들어갔을 때 하녀가 이미 창문을 열어놓은 다음이었는데도 방 안 공기는 지독하게 답답했네. 알아보니 그 하녀는 나중에 앓아누웠다고 하더군. 왓슨, 이런 사실 하나하나가 대단히 의미심장하다고 생각하지 않나? 두 사건 모두 공기 중에 독가스가 퍼져 있었다는 얘기가 되거든. 그런데 두 번 다 방 안에서 불이 타고 있었네. 첫 번째 사건에서는 난로가, 두 번째 사건에서는 등잔불이 타고 있었지. 난롯불을 피우는 건 필요했다고 하더라도 기름이 닳은 정도를 보니 해가 뜨고 한참 지난 뒤에도 등불을 켰는데, 그렇게 했던 이유가 뭘까? 불, 답답한 공기, 그리고 불운한 일가가 미치거나 죽은 것, 이 세 가지 사실 사이에는 모종의 관련이 있는 게 분명하네. 어때, 그렇게 생각되지 않나?"

"그런 것 같군."

"우린 이것을 가능성 있는 가설로 받아들여도 좋을 걸세. 두 번 다 뭔가가 불에 타면서 기이한 효과를 발휘하는 유독 가스를 내뿜었다고 가정하는 거지. 아주 좋아, 우선 첫 번째 사건에서는 모종의 물질이 벽난로에서 탔네. 그때 창문은 닫혀 있었지만 벽난로는 어느 정도까지는 연기를 굴뚝으로 배출했네. 그렇다면 독가스의 효과는 가스의 배출구가 따로 없었던 두 번째 사건보다 더 적었을 거라고 볼 수 있지. 결과는 그게 사실이라는 걸 보여주었네. 왜냐하면 첫 번째 사건에서는 좀더 예민했던 여자만 죽었고 두 남자는 가스 흡입시 초기 증상인 일시적 또는 영구적 정신 착란을 일으키는 데 그쳤으니까. 두 번째 사건에서 독가스는 완전한 효과를 냈네. 따라서 이러한 사실을 보면 연소에 의해 작용하는 독극물을 썼다는 가설을 확증할 수 있지.

이러한 추리가 세워졌을 때 모티머 트리제니스의 방을 둘러보고 그런 물질의 찌꺼기를 찾아내려 했던 것은 당연하지 않겠는가. 그런 게 있을 만한 곳은 분명히 등잔의 활석 덮개나 등피였네. 역시 거기엔 흰 재가 잔뜩 묻어 있고 아직 타지 않은 갈색 가루가 덮개 가장자리에 떨어져 있더군. 자네도 보았지만, 나는 그중 절반을 봉투에 담아왔네."

"홈즈, 왜 절반인가?"

"이 사람아, 난 경찰 수사를 방해할 생각은 없네. 내가 찾아낸 증거는 거기 고스란히 남아 있네. 경찰이 독극물을 찾아낼 만한 머리만 있다면 등잔 덮개 위에 남아 있는 것을 발견할 수 있을 걸세. 자, 왓슨, 우리도 등잔에 불을 붙이세. 하지만 쓸모 있는 사회 구성원 둘이 급하게 세상을 뜨는 일이 없도록 조심스럽게 창문을 열어두자고. 자네가 현명한 사람답게 이런 일에 끼어들고 싶지 않다면 여기 있지 않아도 좋지만, 그렇지 않다면 그 열려진 창가에 안락의자를 놓고 앉게. 오, 끝까지 지켜볼 작정이라고? 과연 왓슨답군. 나는 이 의자를 자네 맞은편에 놓겠네. 그러면 우리는 독약에서 똑같은 거리를 두고 서로 얼굴을 마주보게 되네. 방문은 살짝 열어놓기로 하지. 이런 위치에서 우리는 상대방을 쳐다보면서 증상이 심각한 것 같으면 실험을 끝낼 수 있네. 무슨 얘긴지 알겠지? 좋아! 그럼 봉투에서 가루를, 아니 찌꺼기겠지만 그걸 꺼내서 등잔불 위에 올려놓겠네. 이렇게. 자 왓슨, 앉아서 어떻게 되는지 기다려보세."

효과는 금세 나타났다. 나는 자리에 앉자마자 사향내 비슷한, 뭐라 형언하기 힘든 구역질나는 진한 냄새를 맡았다. 처음으로 그 냄새를 맡았을 때 내 두뇌는 완전히 기능을 잃어 버리고 말았다. 눈앞에서 시커먼 구름이 소용돌이쳤는데, 그 속에서 아직 눈에 보이지는 않지만 어쩐지 무시무시한 우주에 존재하는 기괴하고 사악한 모든 것들이 불쑥 튀어나올 것만 같았다. 시커먼 연기구름 속에서 희미한 형체들이 소용돌이치며 떠다녔는데, 하나하나가 다 섬뜩했고, 그림자만 봐도 정신을 잃어버릴 만큼 무서운 존재가 곧 튀어나올 것 같은 느낌을 주었다. 나는 온 몸이 마비될 정도로 공포에 질렸다. 머리털이 쭈뼛 곤두서고 두 눈은 튀어나올 것 같았고 입은 헤벌어지고 혀는 가죽처럼 굳어졌다. 머릿속이 완전히 뒤죽박죽된 걸 보니 뭔가 잘못된 게 분명했다. 나는 비명을 지르려고 했고 목쉰 소리가 터져 나오는 걸 희미하게 의식했다. 그것은 내 목소리였지만, 내 몸이 아닌 다른 먼 곳에서 흘러나오는 소리 같았다. 바로 그 순간, 나는 도망치려고 애쓰다가 절망의 구름을 뚫고 언뜻 홈즈의 얼굴을 보았는데, 공포에 질려 창백하게 굳은 그 얼굴은 죽은 자들의 얼굴에서 보았던 바로 그 표정이었다. 내가 순간적으로 이성과 힘을 되찾을 수 있었던 것은 바로 그 얼굴 때문이었다. 나는 벌떡 일어나 홈즈를 일으켜 세우고 같이 비틀거리며 문 밖으로 나갔다. 잠시 후 우리는 풀밭에 나란히 누운 채, 우리를 옥죄던 몸서리쳐지는 공포의 구름을 뚫고 찬란한 햇볕이 내리쬐는 걸 의식했다. 안개가 걷히듯 공포의 구름은 서서히 우리의 영혼을 빠져나갔고 평화와 이성이 되돌아 왔다. 우리는 풀밭 위에 앉아서 진땀이 밴 이마를 닦으며 방금 겪은 끔찍한 경험의 흔적이 남아 있는지 살펴보기 위해 염려스러운 눈길로 서로를 바라보았다.

"왓슨!"

홈즈는 떨리는 목소리로 간신히 입을 열었다.

"정말 고맙고 미안하네. 나 혼자만해도 안 될 실험에 친구까지 끌어들였으니 정말 할 말이 없네."

"그런 말 말게."

나는 그에게서 이토록 진정 어린 말을 들어본 적이 없었기 때문에 가슴이 뭉클해져서 대답했다.

"자네를 돕는 것은 내게 가장 큰 기쁨이자 특권일세."

홈즈는 이내 평소의 그 익살스러운 태도로 돌아갔다.

"왓슨, 우릴 미치광이로 만들기 위해서라면 굳이 저 약을 쓸 필요가 없었네. 이성을 가진 사람이라면, 우리가 저 무모한 실험을 시작하기 전부터 이미 미쳤다고 했을 테니까 말일세. 사실 나는 약효가 그렇게 빠르고 지독하게 나타날 줄은 꿈에도 몰랐네."

그는 집 안으로 뛰어 들어가더니 불 켜진 등잔을 몸에서 멀찍이 떼들고 나와 나무딸기 덤불 속으로 집어던졌다.

"방 안 공기가 맑아지려면 시간이 좀 걸릴걸세. 왓슨, 이제는 어떻게 그런 비극이 벌어졌는지 확실히 알겠지?"

"말해 무엇 하겠나."

"하지만 동기는 아직도 밝혀지지 않았네. 이 정자로 들어오게나. 여기서 같이 얘기해 보자고. 그 망할 놈의 냄새가 아직도 목구멍을 간질이고 있는 것 같군. 모든 증거가 말해주고 있듯이 우린 모티머 트리제니스가 첫 번째 비극의 범인이라는 것을 인정해야 하네. 그리고 그는 두 번째 사건에서는 희생자가 되었네. 먼저 우리는 가족 간에 불화가 있었다가 화해가 이루어졌다는 이야기를 기억해야 하네. 불화가 얼마나 심각했는지, 아니면 화해가 얼마나 공허한 것이었는지는 알 수 없네. 모티머 트리제니스의 여우 같은 얼굴과 안경 너머로 날카롭게 반짝이던 작은 눈을 생각하면, 그가 그다지 너그러운 성격의 사람은 아니었을 거라는 생각이 드는군. 그리고 자네는 누군가가 정원에서 움직였다는 얘기를 해서 엉뚱한 방향으로 사람들의 주의를 돌려놓은 당사자가 바로 트리제니스라는 걸 기억해야 하네. 그에게는 우리를 엉뚱한 방향으로 이끌만한 동기가 있었네. 또 그가 방을 나가는 순간에 난롯불에 약을 뿌린 게 아니라면, 누가 그런 짓을 했겠나? 사건이 발생한 것은 그가 떠난 직후였네. 누군가 다른 사람이 왔다면 방에 있던 사람들은 분명히 자리에서 일어났을 거야. 게다가 조용한 콘월 지방에서 밤 10시 이후에 남의 집을 찾아다니는 사람은 없네. 그러니 우리는 모든 증거가 모티머 트리제니스를 용의자로 지목하고 있다고 볼 수 있지."

"그럼 그는 자살한 게로군!"

"흠, 왓슨, 정황을 고려해 볼 때 완전히 불가능한 추측은 아닐세. 자신의 가족을 파멸로 몰아갔다는 죄책감을 뼈저리게 느끼고 있었다면 양심의 가책 때문에 자살할 수도 있는 일이지. 하지만 그렇게 볼 수 없는 분명한 이유가 있네. 다행히도 그 진상을 아는 분이 영국에 한 분 계신데, 나는 오늘 오후에 그분한테 직접 얘기를 들으려는 계획을 세워놓았거든. 아! 좀 일찍 오셨군. 레온 스턴데일 박사님, 이쪽으로 올라오시지요. 집 안에서 화학 실험을 했더니 작은 방이 귀한 손님을 맞기에는 적당하지 못한 상태가 되어버렸습니다."

조금 전에 대문이 삐걱거리는 소리가 들렸는데, 이제 보니 풍채 좋은 위대한 아프리카 탐험가가 길에 서 있었다. 그는 약간 놀란 얼굴로 우리가 앉아 있는 소박한 정자로 들어섰다.

"홈즈 선생, 나한테 사람을 보내셨더군요. 1시간 전에 선생 편지를 받고 이렇게 왔소이다. 사실 내가 선생의 부름에 응해야 할 이유가 있는지는 잘 모르겠지만 말이오."

"우리가 헤어지기 전까지는 그 점에 대해 명확하게 밝힐 수 있을 겁니다. 그건 그렇고, 저의 초대에 친절하게 응해 주셔서 정말 감사합니다. 야외에서 이렇게 격식을 차리지 않고 손님을 맞게 된 점 양해해주시기 바랍니다. 내 친구 왓슨과 저는 신문지상에서 '콘월의 공포'라고 떠들어대는 사건에 하마터면 한 건을 더할 뻔 했으므로 잠시 맑은 공기를 마시느라 이러고 있는 겁니다. 또 우리가 토론해야 하는 문제는 박사님의 신상과 깊이 관련이 있기 때문에 도청이 불가능한 곳에서 얘기할 필요가 있지요."

탐험가는 입에 물고 있던 시거를 빼들고 험악한 눈으로 벗을 응시

했다.

"선생, 무슨 말인지 통 못 알아듣겠소이다. 선생이 나의 신상과 관련된 문제에 대해 무슨 얘기를 할 수 있다는 건지 말이오."

"모티머 트리제니스를 살해한 일 말입니다."

홈즈가 말했다.

그 순간 나는 무기가 있었으면 했다. 스턴데일의 험상궂은 얼굴이 흑자색으로 변하면서 두 주먹을 불끈 쥐고 벗을 향해 덤벼드는데, 두 눈은 불을 뿜었고 이마에는 푸른 정맥이 불거져 꿈틀거렸다. 하지만 그는 별안간 마음을 돌렸는지 필사적인 노력으로 평정을 되찾았는데, 그 모습은 성질을 폭발시키려 하는 것보다 더욱 위험스러워 보였다. 그가 말했다.

"난 오랫동안 야만인들과 무법 지대에서 살면서 내가 곧 법노릇을 해왔소이다. 홈즈 선생, 난 당신이 다치는 걸 원치 않는다는 것을 잘 기억해 두는 게 좋을 거요."

"스턴데일 박사님, 저 역시 박사님이 다치는 걸 원치 않습니다. 그래서 사건의 진상을 알고 있으면서도 경찰을 부르는 대신 박사님을 부른 것입니다."

스턴데일은 숨을 헐떡이며 털썩 주저앉았다. 그의 모험에 가득 찬 생애에서 남에게 압도당한 것은 이번이 처음일 것이다. 홈즈의 침착하고 확신에 찬 태도에는 저항할 수 없게 만드는 강한 힘이 있었다. 스턴데일은 순간적으로 말을 더듬으며 불안한 태도로 큼직한 손을 쥐었다 폈다 했다. 그는 마침내 물었다.

"그 말이 무슨 뜻이오? 홈즈 선생, 지금 당신은 위협을 하고 있는 모양인데, 사람을 잘못 골랐소. 더 이상 질질 끌지 말고 단도직입적으로 말하시오. 그 말이 무슨 뜻이오?"

"말씀드리지요. 제가 박사님과 대화를 하는 이유는, 제가 솔직하게 말씀 드리면 박사님도 솔직하게 털어놓을 거라고 믿기 때문입니다. 다음에 제가 어떤 행동을 취할 것인가는 순전히 박사의 변론에 달려 있습니다."

"내 변론?"

"그렇습니다."

"내가 무엇에 대해 변론한단 말이오?"

"모티머 트리제니스를 살해한 일에 대해."

스턴데일은 손수건으로 이마를 훔쳤다.

"점입가경이로군. 선생이 크게 성공한 것은 사람들한테 이렇게 거짓말을 늘어놓는 놀라운 능력 덕분이오?"

홈즈는 날카롭게 쏘아붙였다.

"거짓말을 늘어놓는 건 제가 아니라 레온 스턴데일 박사, 당신입니다. 그 증거로, 제가 이런 결론을 내리게 된 근거를 말씀드리지요. 당신이 많은 짐을 아프리카로 보내놓고 플리머스 항에서 여기로 돌아왔다는 얘기를 들었을 때, 나는 당신이 이 드라마를 구성하는 여러 요소 가운데 하나라는 사실을 처음으로 알게……."

"내가 다시 돌아온 건……."

"그 얘기는 벌써 들었습니다. 저는 당신이 한 그 얘기가 설득력이 없고 많은 부분에서 불충분하다고 생각합니다. 그건 그냥 넘어가기로 합시다. 당신이 날 찾아온 것은 내가 용의자로 점찍고 있는 사람이 누군지 알아보기 위한 것이었습니다. 하지만 나는 당신에게 그 사람이 누군지 알려주지 않았습니다. 그러자 당신은 목사관으로 가서 한참 동안 밖에서 기다리고 있다가 집으로 돌아갔습니다."

"그걸 어떻게 아시오?"

"난 당신을 미행했습니다."

"난 아무도 못 봤는데."

"나는 미행할 때 상대방의 눈에 띄게 하지 않습니다. 당신은 집에서 불면의 밤을 보내며 모종의 계획을 세웠고 아침 일찍 그걸 실행에 옮기기로 했습니다. 그리고 동이 틀 무렵에 집을 나오면서 대문 옆에 무더기로 쌓여 있는 붉은 자갈을 주머니에 채워넣었습니다."

스턴데일은 흠칫 놀라며 홈즈를 감탄 어린 눈길로 바라보았다.

"당신은 그 다음에 빠른 걸음으로 목사관을 향해 걸었지요. 당신은 그때, 지금 신고 있는 것과 같은 테니스화를 신었다는 점을 지적할 수 있겠군요. 그리고 목사관의 과수원과 관목 울타리를 지나 하숙인 트리제니스의 창문 밑으로 접근했습니다. 그때는 해가 떴지만 집안 사람들은 아직 일어나지 않았습니다. 당신은 주머니에서 자갈을 꺼내 바로 위에 있는 창문을 향해 집어던졌습니다."

스턴데일은 벌떡 일어서며 악을 썼다.

"당신은 악마가 틀림없소!"

홈즈는 이 같은 찬사를 듣고 빙그레 웃었다.

"트리제니스는 당신이 자갈을 두세 번 던졌을 때 창가로 나왔습니다. 당신은 그에게 내려오라고 손짓했지요. 그는 급히 옷을 걸치고 거실로 내려왔습니다. 그가 거실 창문을 열어 주자 당신은 창문을 통해 방 안으로 들어갔지요. 둘 사이에 짧은 대화가 오가는 동안, 당신은 방 안을 오락가락했습니다. 그리고 밖으로 나와서 창문을 닫고 시거를 피우며 잔디밭에 서서 방 안에서 벌어지는 일을 지켜보았습니다. 마침내 트리제니스가 죽자 당신은 온 길을 되짚어서 돌아갔지요. 자, 스턴데일 박사, 그런 행위를 어떻게 변호할 작정입니까? 그런 행위를 한 동기는 무엇이었지요? 만약 당신이 대강 얼버무리거나 나를 속이려고 든다면 이 사건은 영영 내 손을 벗어나게 될 겁니다."

홈즈의 힐문에 귀를 기울이는 동안 손님의 얼굴은 회색으로 질려갔다. 이내 그는 두 손에 얼굴을 묻고 한동안 생각에 잠겼다. 그러더니 갑작스레 충동적으로 안주머니에서 사진 한 장을 꺼내어 우리 앞에 있는 소박한 탁자에 던졌다.

"내가 그런 행동을 한 까닭이 바로 그거요."

그것은 보기 드물게 아름다운 여성의 얼굴 사진이었다. 홈즈는 고개를 숙이고 사진을 들여다보았다.

"브렌다 트리제니스 양이군요."

"그렇소, 브렌다 트리제니스, 브렌다 트리제니스입니다."

손님이 연거푸 말했다.

"나는 오랫동안 그녀를 사랑했소. 그녀도 오랫동안 나를 사랑했고 말이오. 사람들은 내가 콘월에 칩거하는 걸 의아하게 생각했지만 그런 비밀이 숨어 있었던 거요. 콘월에서 나는 그지없이 사랑스러운 한 사람과 가까이 있을 수 있었소. 하지만 그녀와 결혼할 수는 없었소. 왜냐하면 내겐 아내가 있는데, 그녀가 오래전에 내 곁을 떠났는데도 망할 놈의 영국법 때문에 아직 이혼을 못했기 때문이오. 브렌다는 오랫동안 기다렸소. 나도 오랫동안 기다렸소. 그런데 우리가 기다린 결과가 고작 이거요."

거구의 사내는 몸을 떨며 통곡을 터뜨렸다. 그러다가 얼룩진 수염 아래로 목을 움켜쥐더니 애써 울음을 참고 말을 이었다.

"목사님은 알고 있었소. 우리는 그분에게 비밀이 없었소이다. 그분한테 가서 물어보면 브렌다는 지상에 내려온 천사였다고 할 거요. 그분은 그래서 나한테 전보를 쳤고, 나는 돌아왔소. 사랑하는 여자에게 그런 운명이 닥쳤다는 걸 알게 된 마당에 아프리카로 보낸 짐 따위가 다 무슨 소용이겠소? 홈즈 선생, 당신이 빠뜨린 내 행동의 동기가 바로 이거요."

"계속하십시오."

친구는 말했다.

스턴데일 박사는 주머니에서 종이로 싼 작은 꾸러미를 꺼내 탁자위에 올려놓았다. 겉에는 라틴 어로 'Radix Pdeis diabili'라고 씌어져 있었고 그 밑에 붉은 독극물 표지가 붙어 있었다. 박사는 그것을 내 쪽으로 밀어놓았다.

"난 선생이 의사라고 들었소. 이런 약제에 대해 들어본 적이 있으시오?"

"'악마의 발 뿌리'! 아뇨, 이런 약은 생전 처음 봅니다."

"그건 선생의 전문 지식이 모자라기 때문이 아니오."

그는 계속 말을 이었다.

"왜냐하면 내가 아는 한, 부다페스트의 어느 실험실에 견본으로 조금 있는 걸 빼면 이건 유럽 어디에도 없으니까 말이오. 이것은 아직 약전(藥典)에도 독극물학 문헌에도 실리지 않았소. 악마의 발 뿌리는 인간의 발과 염소의 발을 반씩 닮은 뿌리요. '악마의 발'이라는 기괴한 이름은 어느 식물학자 선교사가 붙였다고 하오. 서부 아프리카의 어느 지역에서 주술사들이 고문할 때 쓰는데, 이건 그들 사이에 비방으로 전해지는 독약이오. 나는 콩고의 우방기 지역에서 아주 우연히 이걸 손에 넣었소이다."

그는 말하면서 종이를 펼쳤는데, 코담배 가루 같은 적갈색 분말이 소복이 쌓여 있었다.

"그래서요?"

홈즈는 엄격하게 물었다.

"홈즈 선생, 난 무슨 일이 있었는지 다 털어놓을 생각이오. 당신이 벌써 그렇게 많은 걸 알고 있으니 차라리 사실을 다 알려주는 게 낫겠지요. 내가 트리제니스 가족과 맺게 된 관계에 대해서는 이미 설명했소. 나는 브렌다 때문에 그 오빠들과도 친하게 지냈소이다. 돈 문제로 가족들 간에 다툼이 생기면서 모티머가 혼자 떨어져나갔지만 그럭저럭 화해가 된 것 같았고 그래서 나는 다른 두 형제들처럼 그도 다시 만났소. 그는 교활하고 음흉한 인간이었고, 의심스런 속내를 비친 적도 몇 번 있었지만 내가 드러내놓고 시비할 이유는 없었소.

2주 전 어느 날, 모티머가 내 집으로 찾아왔기에 나는 아프리카에서 가져온 진기한 물건을 몇 가지 보여주었소. 그중에는 이 가루도 있었는데, 나는 이것의 야릇한 작용에 대해 말해 주었소. 즉 이 약이 공포감을 지배하는 두뇌 중추를 어떻게 자극하는지에 대해, 그리고 부족의 주술사에게 고문당한 불운한 원주민이 어떻게 정신착란을 일으키며 또한 죽음의 운명을 맞게 되는지에 대해서 말이오. 또 유럽의 과학으로는 이것을 검출해 낼 방법이 없다는 얘기도 해주었소. 나는 방을 비운 적이 없기 때문에 그가 어떻게 이걸 가져갔는지는 모르겠소. 아마 내가 진열장 문을 열 때 아니면 궤짝을 열기 위해 허리를 숙이고 있을 때 덜어낸 것이 틀림없을 거요. 그자는 약물이 효과를 발휘하는 데 필요한 용량과 시간에 대해 꼬치꼬치 캐물었는데, 나는 그가 다른 속셈이 있어서 그런 질문을 하는 줄은 꿈에도 몰랐소이다.

　　플리머스에서 목사님의 전보를 받기까지 나는 그 일에 대해 까맣게 잊고 있었소. 그 악당은, 나한테 소식이 전해질 무렵이면 나는 바다를 건너고 있을 거고 앞으로 몇 년 간은 아프리카에 묻혀 있을 거라고 생각했소이다. 하지만 나는 당장 돌아왔소. 물론 자초지종을 듣자마자 내가 가지고 있던 독이 쓰였다는 걸 알았소. 나는 혹시 선생이 다른 쪽으로 알아낸 사실이 없나 해서 여길 찾아왔소. 하지만 그런 게 있을 리가 없었지요. 나는 모티머 트리제니스가 범인이라고 확신했소이다. 목적은 돈이었소. 다른 가족들이 모두 미치광이가 되면 공동 재산을 자기 혼자 관리하게 될 거라고 생각했을 거요. 그는 형제들을 상대로 악마의 발 뿌리를 이용해서 둘은 정신병자를 만들고 누이동생 브렌다는 죽였소. 그녀는 내가 사랑했고, 또 나를 사랑했던 유일한 사람이오. 그가 이런 죄를 지었는데, 어떤 벌을 받아야 마땅하겠소?

법에 호소할까? 하지만 증거가 어디 있소? 나는 진실을 알고 있지만 영국의 배심원단이 그렇게 별난 이야기를 믿어주겠소? 나는 배심원단을 설득할 수도 있고 그렇지 못할 수도 있소. 하지만 절대 실패해서는 안 되는 일이었소. 내 영혼은 간절히 복수를 원하고 있었소이다. 홈즈 선생, 앞에서도 말했지만 나는 오랫동안 무법지대에서 살아오면서 나 스스로 법이 되기로 했소. 그래서 이번에도 그렇게 했소. 나는 그자가 남매들에게 한 짓을 똑같이 당해야 마땅하다는 판단을 내렸소. 그리고 내 손으로라도 직접 정의를 실현하리라 결심했소. 온 나라를 뒤져봐도 지금 이 순간 나보다 더 죽음을 두려워하지 않는 사람은 없을 거요.

나는 더 이상 할 얘기가 없소. 나머지는 당신이 알아낸 그대로요. 당신이 말한 것처럼, 나는 불면의 밤을 보내고 동틀 무렵 집을 나섰소이다. 그자가 잠을 쉽게 깰 것 같지 않아서, 집 앞에서 자갈을 주워들고 가서 그자의 침실 창문에 던졌소. 그자는 아래층으로 내려와 날 거실 창문으로 들어오게 했소이다. 나는 그자의 죄상을 죄다 말했소. 그리고 나는 재판관이자 집행인 자격으로 왔다고 했소. 그 가련한 인간은 내가 손에 든 리볼버를 보고 의자에 털썩 주저앉아 꼼짝 못하더군. 나는 등잔불을 켜고 덮개 위에 가루를 올려놓은 다음 창 밖에서 지키고 섰소이다. 나는 그자에게 방을 나가려고 하면 총을 쏘겠다고 했는데, 그 말은 엄포가 아니었소. 그는 5분 만에 죽었소. 오, 하느님! 정말 끔찍하기 이를 데 없는 최후였소! 하지만 내 마음은 돌처럼 굳어 있었소. 왜냐하면 그가 겪은 그 고통을 아무 죄 없는 나의 연인이 그보다 먼저 고스란히 느껴야 했으니까 말이오. 홈즈 선생, 내 얘기는 끝났소. 만약 당신이 한 여자를 사랑했다면, 당신도 나와 똑같은 행동을 했을 거요. 어쨌든 내 운명은 당신 손에 달렸소. 당신 마음대로 하시오. 이미 말한 것처럼 나는 죽음이 조금도 두렵지 않소."

홈즈는 잠시 동안 묵묵히 앉아 있었다.

"원래 어떻게 할 작정이었습니까?"

홈즈가 마침내 물었다.

"중앙 아프리카에 건너가 묻혀 있으려고 했소. 거기서 하던 일이 반밖에 안 끝났으니 말이오."

"그럼 가서 남은 일을 하십시오. 저는 박사의 앞길을 막고 싶은 생각은 없습니다."

스턴데일 박사는 육중한 몸을 일으켜 정중하게 고개를 숙인 다음 정자를 내려갔다. 홈즈는 파이프에 불을 붙이고 내게 담배쌈지를 건넸다.

"독성이 없는 연기는 기분 전환으로 최고지. 왓슨, 자네도 동의하겠지만 이건 우리가 간섭할 만한 일이 아닐세. 우리는 독자적으로 조사했으니까, 우리의 행동 역시 그래야 하지. 자네, 저 사람을 고발하진 않겠지?"

"그럴 리가 있나."

나는 대답했다.

"왓슨, 나는 여자를 사랑해 본 적은 없네. 하지만 만일에 내가 사랑하는 여자가 저런 최후를 맞았다면 무법자 사자 사냥꾼과 같은 행동을 했을지도 모르네. 누가 알겠는가? 여보게, 난 뻔한 얘기를 설명해서 자네의 지성을 모독하지는 않겠네. 물론, 창틀 위에 떨어진 자갈이 조사의 출발점이 되었지. 그 자갈은 목사관 정원에 있는 종류와는 전혀 달랐네. 스턴데일 박사와 그의 오두막으로 관심을 돌렸을 때 비로소 나는 그와 같은 자갈을 찾아낼 수 있었지. 대낮에 켜져 있던 등잔불과 등잔 덮개 위에 남은 가루는 명백한 사건의 빠진 고리를 연결해 주기에 충분했네. 이젠 그 사건을 마음속에서 지워버리고 홀가분한 심정으로 칼데아 어의 어근 연구나 마저 해야 할 것 같구먼. 아마 켈트 어의 분파인 콘월 어에서 그 뿌리를 찾아 낼 수 있을 걸세."

마지막 인사
—셜록 홈즈의 대단원

세계 역사상 가장 끔찍한 8월 2일 밤 9시의 일이었다. (이 작품은 제1차 세계 대전이 발발한 1914년을 배경으로 한다) 사람들은 이미 타락한 세계에 신의 저주가 내렸다고 생각하고 있었는지도 모른다. 후텁지근하게 고여 있는 대기는 어떤 무시무시한 침묵과 막연한 기대감으로 팽배해 있었다. 해가 진 지는 오래되었으나 서쪽 하늘 멀리, 벌어진 상처 같은 핏빛 상흔이 낮게 걸려 있었다. 하늘에는 별들이 밝게 빛났고 아래쪽 만에서는 선박의 불빛이 희미하게 깜빡거렸다.

유명한 독일인 두 사람이 넓고 야트막한 박공집을 배경으로 정원의 석조 난간 옆에 나란히 서서 거대한 백악 절벽 아래 펼쳐진 드넓은 모래밭을 내려다보고 있었다. 폰 보르크는 방랑하는 독수리처럼 4년 전 이 절벽 위에 둥지를 틀었다. 두 사람은 고개를 맞대고 서서 나지막하게 은밀한 목소리로 두런두런 이야기를 나누고 있었다. 밑에서 보면 이들이 입에 물고 있는 불붙은 시거는, 어둠 속을 내려다보는 악귀의 타오르는 두 눈처럼 보일 것이다.

폰 보르크는 대단한 사나이였는데, 카이저의 충성스러운 요원들 중에서도 견줄 만한 사람이 없을 정도였다. 애초부터 가장 중요한 영국 임무가 그에게 맡겨진 것도 탁월한 능력 때문이었다. 그가 일을 시작한 뒤에, 내막을 아는 단 6명의 사람들에게 그의 능력은 더더욱 빛을 발하게 되었다. 비밀을 아는 그 6명 중의 하나가 지금 그와 이야기를 나누고 있는 공사관의 수석 서기관 폰 헤를링 남작이었다. 서기관이 타고 온 거창한 100마력짜리 벤츠는 주인을 다시 런던으로 실어 나르기 위해 시골길을 가로막고 대기 중이었다.

"지금과 같은 정세라면, 당신은 이번 주 내로 베를린으로 돌아가게 될 거외다."

서기관이 말을 계속했다.

"폰 보르크, 당신은 거기 가면 놀랄 만큼 대대적인 환영을 받게 될 거요. 난 우연한 기회에 정보부의 최고위 인사들이 무슨 생각을 하는지 알게 되었거든."

서기관은 교활하고 음탕하게 생긴 거인이었다. 느릿하고 묵직한 말투는 그가 정치적 경력을 쌓는 데 중요한 자산이 되었다.

폰 보르크는 웃음을 터뜨렸다.

"영국인들을 속이는 건 별로 어려운 일이 아닙니다. 이보다 더 온순하고 순박한 사람들도 없을거요."

"글쎄, 난 잘 모르겠는걸."

서기관은 생각에 잠겨 말했다.

"이 나라 사람들은 이상한 선을 긋고 있어서 누구든 그걸 지키는 법을 배워야 하오. 겉으로는 단순해 보이기 때문에 이방인들은 큰 코다치기 쉽지. 이곳 사람들의 첫인상은 아주 부드럽소. 하지만 갑자기 아주 단단한 것에 부딪치게 되는데, 그럴 때 이방인들은 자신이 한계에 도달했다는 걸 인정하고 그것에 적응해야 하오. 이를테면, 이들한테는 섬사람 특유의 풍습이 있는데 이건 무조건 지켜야 하거든."

"'예의 범절'이니 뭐니 하는 걸 말씀하시는 겁니까?"

폰 보르크는 꽤 당해 본 사람처럼 한숨을 푹 쉬며 말했다.

"무슨 일에든 영국적 편견이 기묘하게 배어 있다는 걸 말하는 거요. 내가 저지른 최악의 실수를 하나 예로 들겠소. 당신은 내가 어떤 성공을 거뒀는지 나의 활동에 대해 속속들이 꿰고 있으니까 내 실수에 대해서도 마음 놓고 말할 수 있소이다. 내가 처음 이 나라에 왔을 때였소. 나는 어느 장관의 별장에서 열린 주말 모임에 초대받았소. 놀랍게도 그 자리에서 나눈 대화들은 대단히 개방적이었소."

폰 보르크는 고개를 주억거리며 무표정하게 말했다.

"저도 그 자리에 있었습니다."

"그랬었죠. 나는 당연히 내가 들은 정보를 요약해서 베를린으로 보냈소. 불행히도 우리 훌륭하신 수상께서는 그런 문제에 대해서는 좀 무심한 데가 있어서 다 알고 있는 내용을 보고받았다고 하셨소이다. 물론 정보의 출처는 곧 규명되어 나는 지목 받게 되었소. 덕분에 내가 얼마나 큰 타격을 받았는지 당신은 모를 거요. 그때 나를 초대한 영국인 주인들은 전혀 만만한 이들이 아니었소. 나는 2년간 바짝바짝 숨통이 죄어대는 꼴을 당했소. 하지만 당신은 스포츠맨이라고 해도 좋을 정도로 폼이 좋으니까……."

"그런 말씀 마십시오. 폼이라니요. 저한테는 아주 자연스러운 겁니다. 저는 타고난 운동가니까요. 저는 운동을 즐깁니다."

"허허, 그래서 효과가 더욱 커진 거요. 여기 사람들과 어울려서 요트 타지, 사냥 나가지, 폴로 하지, 못하는 게임이 없잖소? 올림피아 경기장에서는 당신이 몬 사두마차가 상을 받았지, 난 당신이 젊은 장교들과 어울려 권투까지 한다는 얘기를 들었소. 그 결과 아무

도 당신을 심각하게 생각하지 않는 거요. 당신은 '훌륭한 운동가'인데다 '독일인치고는 썩 괜찮은 친구'이며, 술 잘 마시고 나이트클럽에서 놀기 좋아하고 동네를 시끌벅적하게 만드는 철부지 젊은이로만 비춰지는 거지. 그러나 그동안 영국이 입게 되는 손해의 반은 이 조용한 별장이 바로 원인이었으며, 운동을 좋아하는 이곳 주인으로 말하자면 유럽에서 가장 머리좋은 비밀 첩보원이었던 게지. 폰 보르크, 당신은 정말 천재요, 천재!"

"남작님, 그건 과분한 칭찬이십니다. 하지만 제가 4년 동안 이 나라에서 놀고먹은 건 아니라는 점은 분명히 말씀드릴 수 있습니다. 저는 남작님께 저의 작은 창고를 보여드린 적이 없습니다. 잠깐 들어오시겠습니까?"

서재 문은 곧장 테라스로 통했다. 폰 보르크는 문을 열고 들어가 전깃불을 켰다. 그리고 거구의 사내가 뒤따라 들어오자 방문을 잠그고 격자창에 드리워진 묵직한 커튼을 조심스럽게 걷어 묶었다. 조심에 조심을 거듭하고 나서야 그는 햇볕에 그을은 독수리같은 얼굴을 손님에게 돌렸다. 폰 보르크가 말했다.

"서류의 일부는 여기 없습니다. 아내가 어제 가족들을 데리고 블리싱겐으로 떠나면서 별로 중요하지 않은 서류들을 가져갔지요. 물론, 나머지 서류는 대사관에서 보호해 주셔야 합니다."

"준비는 완벽하오. 당신의 이름은 내 개인 수행원 자격으로 이미 등록해 놓았으니 아무 문제 없을 게요. 물론 일이 잘 되면 이 나라를 뜰 필요까진 없겠지요. 어쩌면 영국이 프랑스의 운명을 모른척 할 수도 있으니 말이오. 게다가 영국과 프랑스가 구속력 있는 어떤 조약같은 걸 맺은 적이 없다는건 틀림없는 사실이니까."(1914년 8월 3일, 독일인은 프랑스에 선전 포고하고 벨기에를 침공한다. 그러자 영국은 이것을 이유로 독일에 선전포고했다)

"그럼 벨기에는?"

"그렇소. 벨기에도 마찬가지요."

폰 보르크는 고개를 저었다.

"어떻게 그럴 수 있는지 모르겠군요. 영국과 벨기에는 명백히 조약을 맺고 있습니다. 영국은 결코 그런 치욕에서 회복되지 못할 겁니다."

"적어도 당분간은 평화를 누리게 될 거요."

"하지만 나라의 명예는?"

"쯧쯧, 이것 보시오. 우리는 지금 실용주의 시대에 살고 있소. 명예란 중세 시대의 관념이오. 게다가 영국은 전혀 준비가 되어 있지 않소이다. 우리의 특별 전쟁세 5천만 마르크만 놓고 보더라도, 그건 〈타임스〉 표지에 실린 광고처럼 우리의 목적을 뚜렷이 드러내주고 있지만 영국인들은 잠에서 깨어나지 못했소. 참으로 믿기 힘든 일이오. 물론 여기저기서 질문이 들어오긴 하오. 내 일은 그럴듯한 답변을 해주는 것이오. 또 여기저기 불안해 하는 사람들도 있소. 내 일은 그들을 달래주는 거요. 하지만 탄약 비축이나 잠수함 공격에 대한 대비, 고성능 폭탄 제조와 같은 핵심적인 분야에서 영국은 준비된 것이 전혀 없는 게 분명하오. 그런데 어떻게 참전할 수 있겠소? 더군다나 부인참정권 문제로 폭동이니 뭐니 하며 우리가 아일랜드 내전을 일으켜 국민의 관심을 국내로 모아두었는데 어떻게 영국이 개입할 수 있겠소?"

"하지만 앞날을 생각하지 않겠어요?"

"영국은 국가의 장래를 생각해야 합니다."

"아, 그건 또다른 문제요. 우리는 영국의 장래에 대해 구체적인 복안을 가지고 있고 앞으로 당신의 정보는 대단히 중요하게 취급될 거요. 영국은 오늘 아니면 내일이오. 저들이 오늘을 선택한다면 우린 완벽하게 준비돼 있소. 내일을 선택한다면 우린 한층 더 준비가 잘돼 있을 거요. 영국은 홀로 싸우는 것보다 동맹국들과 행동을 같이하는 게 더 현명하겠지만, 그건 우리가 알 바 아니오. 이번 주가 저들에게는 운명의 시간이 될 거요. 그런데 아까 서류 얘기를 하지 않았소?"

서기관은 안락의자에 몸을 묻고 침착하게 시거를 빨았다. 훤하게 벗겨진 대머리가 불빛에 빛났다.

서재는 참나무 판자를 댄 큰 방이었고 책이 벽면을 뒤덮고 있었다. 한쪽 구석에 커튼이 걸려 있었는데 이것을 걷자 청동으로 테를 두른 커다란 금고가 나왔다. 폰 보르크는 시계 줄에서 자그마한 열쇠를 떼어내 한참 동안 자물쇠를 조작하더니 육중한 문을 열었다.

"보십시오!"

폰 보르크는 한 발짝 물러서며 손으로 가리켰다.

전등 불빛이 활짝 열린 금고 내부를 환하게 비추자, 서기관은 꽉꽉 채워진 금고 내부의 서류 칸들을 홀린 듯이 응시했다. 층층이 쌓인 서류 칸마다 표지가 붙어 있었다. 그는 '부두', '항구 방위', '항공기', '아일랜드', '이집트', '포츠머스 요새', '영국 해협', '로사이드 기지'를 비롯한 20여 가지의 다른 제목들을 쭉 훑어보았다. 칸마다 서류와 설계도가 빽빽이 꽂혀 있었다.

"대단하오!"

서기관이 말했다. 그는 시거를 내려놓고 살찐 손으로 조그맣게 박수를 쳤다.

"전부 4년 만에 모은 것들이지요. 엄청나게 퍼마시고 엄청나게 승마를 즐기는 시골 명사치고는 나쁘지 않은 성적을 거뒀습니다. 하지만 제 수집품의 보석이라고 할 만한 것이 아직 도착하지 않았습니다. 여기 자리도 다 마련해 놓았지요."

폰 보르크는 '해군 암호 체계'라는 표지 위를 가리켰다.

"하지만 이미 서류가 상당히 들어 있지 않은가?"

"그건 쓰레기나 마찬가지지요. 해군 제독이 모종의 경고를 받고 암호 체계를 완전히 바꿔버렸습니다. 남작님, 그건 엄청난 타격이었습니다. 저의 공작 전체에 대한 최악의 방해였지요. 하지만 제 수표책과 유능한 앨터몬 덕분에 오늘 밤 모든 게 다 손에 들어옵니다."

남작은 흘끗 시계를 보더니 실망감에 혀를 찼다.

"허허, 난 이제 더 이상 기다릴 수가 없소. 짐작하고 있겠지만, 지금 대사관에서는 시시각각 상황이 달라지고 있어서 모두 각자의 위치를 지켜야 하오. 당신의 역사적인 작전이 성공했다는 소식을 가져가고 싶었는데, 앨터몬이 시간은 말하지 않았소?"

폰 보르크는 전보를 건네주었다.

오늘 밤 점화 플러그를 지참하고 꼭 가겠음.

──앨터몬

"아니, 점화 플러그라니?"

"보시다시피 앨터몬은 자동차 전문가 행세를 하고, 저는 큰 자동차 정비소를 가지고 있는 척합니다. 우리 사이에서 통하는 암호는 전부 자동차 부품의 이름을 딴 것입니다. 예를 들면 냉각 장치는 전함을 뜻하고 오일펌프는 순양함을 뜻합니다. 점화 플러그는 해군 암호 체계를 의미하지요."

"포츠머스에서 정오에 보냈군."

일등 서기관은 발신자 난을 살펴보며 말했다.

"그런데 사례는 얼마나 하기로 했소?"

"이번 일에 대해서만 500파운드입니다. 물론 봉급은 따로 나가지요."

"욕심 많은 사기꾼 같으니라고, 그 배반자들은 쓸모는 있지만 그자들에게 건네는 보상금은 아깝소."

"앨터몬에게는 전혀 아깝지 않습니다. 그는 유능한 공작원입니다. 제가 돈을 두둑하게 집어주면, 그 사람 표현대로 그는 물건을 배달해 주지요. 게다가 그는 배반자가 아닙니다. 분명히 말씀드리지만, 가장 투철한 범게르만주의에 불타는 애국 귀족이라고 해도 적개심에 불타는 아일랜드계 미국인의 영국에 대한 감정과 비교해 보면 젖비린내가 날뿐이라고 하는 사람이니까요."

"그러면 그는 아일랜드계 미국인인가?"

"말하는 것만 들어도 의심이 싹 가실겁니다. 가끔 도대체 무슨 소리를 하는지 알 수가 없으니까요. 아무래도 그는 영국 국왕과 영국 그 자체, 심지어는 유서깊은 영국 언어에 대해서까지 선전포고를 했다고 밖에는 보여지지 않습니다. 꼭 가셔야 합니까? 곧 올 텐데요."

"미안하지만 가봐야겠소. 너무 지체했소. 내일 일찍 봅시다. 대사관으로 영국 해군의 암호집을 들여온다면 당신은 영국 근무의 대미를 승리로 장식하는 거요. 아니! 이런 토케이 포도주 아닌가!"

서기관은 단단하게 밀폐된 먼지투성이 병을 가리켰다. 그것은 잔 두 개와 함께 쟁반 위에 놓여 있었다.

"가기 전에 한 잔 드시겠습니까?"

"고맙지만 됐소. 그런데 무슨 파티라도 하시려고?"

"앨터몬은 포도주 맛을 아는 사람인데, 제가 가지고 있는 토케이를 좋아합니다. 상당히 예민한 사람이라 사소한 것으로 기분을 돋워줄 필요가 있지요. 분명히 말씀드리지만 저는 그 사람을 배려해줘야

합니다. ”

두 사람은 다시 밖으로 나가서 자동차를 향해 걸었다. 남작의 운전사가 차에 시동을 걸자 커다란 차는 덜덜 떨며 부릉거렸다.

“저쪽에 보이는 게 하리치 항의 불빛 같소. ”

서기관은 코트를 걸치며 말했다.

“참으로 고요하고 평화로운 풍경이오. 하지만 일주일도 안 되어 다른 불빛들이 보일 테고 그러면 영국 해안은 쑥대밭이 될 거요! 또 우리 체펠린 (Zeppelin, 경식 비행선을 최초로 제작한 독일인. 그가 만든 비행선 100여 대가 1차 세계 대전에서 군용으로 쓰였다)의 약속이 실현된다면 하늘도 그렇게 평화롭지만은 않을 거요. 그런데 저게 누구지? ”

집에서 불이 켜진 창문은 단 하나뿐이었다. 방 안에는 촌티 나는 모자를 쓰고 있는 얼굴이 발그레한 할머니가 등잔불 앞에 앉아 있었다. 할머니는 고개를 숙이고 뜨개질을 하다가 가끔씩 손길을 멈추고 옆 걸상 위에 앉아 있는 커다란 검은 고양이를 쓰다듬어 주었다.

“가정부 마사입니다. 혼자 남았지요. ”

서기관은 킬킬거렸다.

“전형적인 영국인의 모습이군. 자기도취에 빠진 것하며 편안하고 졸린 분위기가 말이오. 폰 보르크, 그럼 또 만납시다! ”

그는 마지막으로 손을 흔들고 차에 올라탔다. 잠시 후 황금빛 원뿔 모양의 전조등 불빛 두 줄기가 어둠을 갈랐다. 서기관은 호화로운 리무진 쿠션에 몸을 묻은 채, 코앞에 닥쳐온 유럽의 비극에 대한 생각에 골몰하느라 마을길을 돌아갈 때 반대편에서 달려온 작은 포드가 바로 옆을 지나는 것도 미처 보지 못했다.

자동차 불빛이 멀리 사라지자 폰 보르크는 느린 걸음으로 서재로 돌아갔다. 들어가면서 보니 늙은 가정부는 이미 등불을 끄고 침실로 올라간 뒤였다. 지금까지 대가족이 살고 있었으므로 고요하고 컴컴하니 휑뎅그렁한 집은 그에게는 새로운 경험이었다. 하지만 가족들이 모두 안전한 곳에 가 있다는 생각을 하니 이 넓은 집에 노파와 단둘이 남은 것이 오히려 다행이다 싶었다. 서재에는 정리해야 할 것이 많았다. 그래서 그는 날카로운 미남형 얼굴이 벌겋게 달아오를 때까지 서류를 태우는 일에 몰두했다. 그 다음에 책상 옆에 놓여 있던 가죽 가방을 열고 금고 속의 귀중한 내용물을 차근차근 꾸려 넣기 시작했다. 하지만 그 일을 시작한 지 얼마 안 됐을 때 그의 예민한 귀는 멀리서 들려오는 차소리를 감지했다. 그는 곧 기분 좋은 탄성을 터뜨리며 가방을 닫고 금고문을 잠근 다음, 서둘러 테라스로 나갔다. 작은 차의 불빛이 막 대문 앞에서 멈추는 것이 보였다. 승객은 차에서 뛰어내려 빠른 걸음으로 이쪽으로 다가왔지만, 회색 콧수염을 기른 뚱뚱하고 나이 지긋한 운전사는 장시간의 경계 근무를 감수하겠다는 듯 차 안에서 꿈쩍도 하지 않았다.

"어떻게 됐습니까 ? "

폰 보르크는 손님을 맞으러 뛰어나가면서 흥분한 목소리로 물었다.

대답 대신 사내는 갈색 종이로 싼 자그마한 꾸러미를 높이 들고 의기양양하게 흔들어 보였다.

"오늘 밤에는 나를 극진히 대접해야 할 거요. "

사내는 소리쳤다.

"마침내 목적을 달성했으니까 말이오. "

"암호 체계 말입니까 ? "

"내가 전보로 말한 바로 그 물건이오. 깃발 신호, 등불 암호, 마르코니 무선 신호, 모두 여기 있소. 하지만 원본이 아니라 복사본이라는 걸 잊지 마시오. 아무래도 너무 위험해서 말이오. 하지만 이건 진짜배기니까 믿어도 좋소. "

사내가 거칠게 친밀감을 드러내며 폰 보르크의 어깨를 철썩 때리자 그는 몸을 움츠렸다. 폰 보르크가 말했다.

"들어오십시오. 집에는 나 혼자뿐입니다. 이게 도착하기만을 기다리고 있었지요. 물론 원본보다 복사본이 낫습니다. 원본이 없어지면 저쪽에서는 암호 체계를 통째로 바꿀 테니까요. 복사본은 문제없겠지요?"

아일랜드계 미국인은 이미 서재에 들어가서 안락의자에 앉아 긴 팔다리를 쭉 뻗고 있었다. 그는 키가 크고 여윈 60대였는데, 윤곽이 뚜렷하고 염소수염같이 숱이 적은 턱수염을 기르고 있어서 전반적으로 만화 속의 엉클 샘(Uncle Sam은 US를 의인화한 것)과 비슷했다. 그는 반쯤 피우다 만 누진 시거를 입가에 물고 있었는데 자리에 앉자 성냥을 켜서 다시 불을 붙였다.

"이사할 준비를 하고 계시오?"

사내는 방 안을 둘러보며 말했다. 커튼이 젖혀진 채 드러나 있는 금고에 시선이 닿자 미국인이 말했다.

"아니, 당신은, 설마 저 안에 서류를 보관해 놓은 건 아니겠지?"

"왜요?"

"맙소사, 저렇게 눈에 띄는 사제 금고를 쓰다니! 사람들은 당신을 무슨 간첩으로 생각할 거요. 게다가 양키 도둑이라면 저런 금고문쯤 깡통따개 하나로 금세 딸 수 있을 거외다. 내가 쓴 편지가 저런 금고 안에서 굴러다니게 될 줄 알았다면 당신한테 어리석게 편지를 보내진 않았을 거요."

"어떤 도둑이든 저 금고를 여는 건 어려울 겁니다."

폰 보르크는 대답했다.

"어떤 연장으로도 저 금속을 잘라내지는 못할 테니까요."

"하지만 자물쇠는?"

"그것도 안 됩니다. 저건 이중 조합 자물쇠지요. 그게 뭔지 아십니까?"

"모르오."

미국인은 말했다.

"열쇠로 문을 열기 위해서는 일정한 숫자와 단어를 알아야 합니다."

폰 보르크는 일어나서 열쇠 구멍을 둘러싸고 있는 이중 원반을 가리켰다.

"바깥쪽 원반에는 문자가 씌어져 있고 안쪽 원반에는 숫자가 씌어져 있습니다."

"허허, 참 희한하군."

"그러니까 이게 영감님 생각처럼 간단한 게 아닙니다. 나는 4년 전에 이걸 주문 제작했는데, 내가 그때 어떤 단어와 숫자를 골랐을 것 같습니까?"

"모르겠소."

"에, 나는 단어로는 'August(8월)', 숫자로는 '1914'를 선택했습니다. 바로 지금이지요."

미국인의 얼굴에 놀라움과 찬탄의 빛이 교차했다.

"맙소사, 놀랍군요! 전쟁이 일어나는 시기를 정확하게 예측했구려."

"그렇지요. 우리 요원들 중에는 날짜까지 맞춘 이들도 있습니다. 이제 때가 된 겁니다. 나는 내일 아침에 이곳을 폐쇄할 겁니다."

"흠, 그럼 내 문제도 처리해 주셔야 할 것 같소. 나 혼자 이 지긋지긋한 나라에 머물 생각은 없소이다. 내가 보기에는 일주일 안에 영국 정부가 나를 잡으려고 눈에 불을 켜고 덤빌 것 같소. 하지만 난 그런 꼴을 바다 건너에서 지켜보고 싶거든."

"하지만 영감님은 미국 시민 아닙니까?"

"글쎄, 잭 제임스도 미국 시민이지만 지금 포틀랜드에서 형을 살고 있거든. 영국 경찰한테 내가 미국 시민이라고 말해봤자 아무 소용 없소. '여기서는 영국 법과 질서를 지키셔야 합니다', 이 한마디로 끝이지. 그건 그렇고, 잭 제임스 얘기가 나왔으니 말인데 당신은 자기 사람을 보호하는 일에 소홀한 것 같소."

"그게 무슨 말씀입니까?"

폰 보르크는 날카롭게 반문했다.

"당신은 사람들을 고용했소, 그렇지 않소? 그 사람들이 노출되지 않도록 조심해야 하는 건 당신이 할 일이군. 하지만 사람들이 체포됐을 때 당신이 언제 그들을 구해 준 적 있소? 제임스만 해도……."

"그건 제임스 탓이었습니다. 그건 영감님도 잘 알고 있잖습니까? 일에 대해 너무 고집불통이었어요."

"제임스는 돌대가리였소, 그건 나도 인정하오. 그럼 홀리스는 어떻소?"

"그 사람은 미쳤습니다."

"하긴, 그 친구도 마지막에 약간 멍해지긴 했소. 그렇지만 언제든 자신을 경찰에 신고할 수 있는 100명의 인간들을 상대로 아침부터 밤까지 연기해야 한다면 미치지 않고는 못 배길 거요. 하지만 스타이너는……."

폰 보르크는 벌떡 일어섰다. 혈색 좋은 얼굴이 창백해졌다.

"스타이너가 어떻게 됐습니까?"

"잡혀 들어갔소, 그뿐이오. 저쪽에서 간밤에 그의 가게를 급습했고 스타이너는 서류와 함께 지금 포츠머스 감옥에 들어가 있소. 당신은 도망치겠지만 그 가엾은 친구는 경을 칠거요. 목숨이라도 건질 수 있으면 다행이지. 내가 당신처럼 한시 바삐 바다를 건너가고 싶어 하는 건 바로 그 때문이오."

폰 보르크는 자제력이 강한 사나이였으나 이 소식을 듣고 충격 받은 기색이 역력했다. 그가 중얼거렸다.

"어떻게 스타이너를 찾아냈지? 최악의 타격이군요."

"글쎄, 그보다 더 나쁜 소식이 있소. 수사망이 내 주위로 좁혀진 것 같소."

"그럴 리가!"

"사실이오. 프래튼에 사는 내 하숙집 안주인이 무슨 조사를 받았소. 나는 그 소식을 듣고 서둘러야겠다고 판단했소이다. 하지만, 내가 알고 싶은 건 경찰이 어떻게 정보를 알게 되었는지 하는 거요. 내가 당신과 계약한 뒤로 스타이너는 다섯 번째로 체포된 요원인데, 신속하게 행동하지 않으면 여섯 번째는 내가 될 판국이오. 이런 사태를 어떻게 설명할 거요? 당신 밑에서 일하는 사람들이 그런 꼴을 당하는 게 부끄럽지 않소?"

폰 보르크는 얼굴이 주홍빛이 되었다.

"어떻게 감히 그런 말을!"

"내가 그런 말도 못할 것 같으면 당신 밑에서 일하지도 않았을 거요. 하고 싶은 말은 다하겠소. 내가 듣기에, 당신네 독일 정치가들은 정보원들이 임무를 끝내면 그 뒤에는 체포되든 말든 상관 안 한다고 하던데."

폰 보르크는 벌떡 일어섰다.

"내가 내 요원들을 팔아넘겼다는 말이오?"

"난 그런 말 한 적 없소. 하지만 어딘가 끄나풀이나 내통하는 자가 있는 거요. 그걸 찾아내는 게 당신이 할 일이오. 어쨌든 더 이상 모험을 하지 않겠소. 나는 네덜란드로 가겠소. 빠를수록 좋겠지."

폰 보르크는 분노를 억눌렀다.

"오랫동안 함께 일해왔던 사람들끼리 승리의 순간에 티격태격해서야 쓰겠습니까. 영감님은 위험을 무릅쓰고 빛나는 과업을 성취했고 나는 그걸 절대 잊지 않을 겁니다. 무슨 수를 써서라도 네덜란드로 가십시오. 그러면 로테르담에서 뉴욕행 배를 탈 수 있을 겁니다. 지금부터 일주일간 안전한 노선은 그것밖에 없습니다. 책을 주시오. 다른 서류와 함께 짐을 꾸려야 하니까요."

미국인은 작은 꾸러미를 손에 들고 있을 뿐 건네줄 생각을 하지 않았다.

"돈은 어떻게 된 거요?"

그가 물었다.

"뭐라고요?"

"돈 말이오. 사례금, 500파운드. 포병대 장교가 마지막 순간에 아주 치사하게 돌변하는 바람에, 100달러를 더 주고 매수할 수밖에 없었소. 안 그랬으면 당신이나 나는 끝장이었을 거요. '절대로 안 됩니다!' 그자가 그랬는데, 그건 엄포가 아니었소. 하지만 100달러를 더 주니까 해결되더군. 처음부터 끝까지 200파운드가 들었기 때문에 돈을 받기 전에는 이걸 내놓지 않을 생각이오."

폰 보르크는 쓴웃음을 지었다.

"영감님은 나를 별로 신용하지 않는 것 같군요. 돈을 먼저 달라 이거지요."

"예, 이건 사업이니까."

"좋습니다. 원하는 대로 해드리지요."

폰 보르크는 책상 앞에 앉아 수표를 쓴 다음 수표책에서 뜯어냈지만 미국인에게 주지 않고 들고 있었다.

"앨터몬 씨, 결국 우리가 그런 관계라면 말입니다. 당신이 나를 믿지 않는데 내가 당신을 믿어야 할 이유가 있을까? 그렇지 않습니까?"

그는 미국인을 돌아다보며 덧붙였다.

"이 책상 위에 수표를 올려놓겠습니다. 나는 영감님이 돈을 집기 전에 그 꾸러미를 살펴볼 권리가 있습니다."

미국인은 아무 말 없이 꾸러미를 건네주었다. 폰 보르크는 종이로 두 번 싸고 줄로 묶은 포장을 풀었다. 자그마한 푸른 책자가 드러나자 그는 순간적으로 말문이 막혀 아연히 쳐다보고만 있었다. 표지에는 《실용 양봉 편람》이라는 금박 글씨가 박혀 있었다. 거물 첩보원이 이 엉뚱한 책 제목을 노려본 것은 오직 한순간뿐이었다. 다음 순간 무쇠 같은 손아귀가 그의 뒷덜미를 잡아채더니 클로로포름을 적신 거즈가 찡그린 얼굴을 뒤덮었다.

"왓슨, 한 잔 더 하게!"

셜록 홈즈가 임페리얼 토케이 병을 내밀며 말했다.

그러자 책상 앞에 앉아 있던 풍채 좋은 운전사가 얼른 잔을 앞으로 밀어놓았다.

"홈즈, 좋은 포도주로군."

"왓슨, 정말 귀한 포도주일세. 소파 위에 누워 있는 저 친구 얘기로는, 쇤브른 궁전에 있는 프란츠 요제프 황제의 특별 저장실에서 나온 물건이라지. 미안하지만 창문 좀 열어주겠나. 클로로포름 냄새가 나서 술맛이 떨어지니까."

홈즈는 금고문을 열고 안에 든 서류를 한 뭉텅이씩 꺼내 신속하게 살펴본 다음 폰 보르크의 서류 가방에 깔끔하게 꾸려 넣었다. 독일인은 두 팔과 두 다리를 묶인 채 소파에 누워 코를 골고 있었다.

"왓슨, 서두를 필요 없네. 우릴 방해할 사람은 없으니까. 종을 좀 눌러주겠나? 집 안에 있는 사람은 마사 할멈뿐인데 내가 맡긴 역할을 훌륭하게 해냈지. 처음 이 일을 맡았을 때 나는 할멈에게 자초지종을 말해 주었네. 아, 마사, 다행히 일이 다 잘됐어요."

　쾌활한 할머니가 들어왔다. 할멈은 홈즈에게 웃으며 인사했지만 소파에 누워 있는 인물을 염려스러운 눈길로 바라보았다.

　"마사, 걱정 말아요. 다친 데는 없으니까."

　"홈즈 선생님, 그 말씀을 들으니 기쁘군요. 저분은 나름대로 인정 많은 주인이었답니다. 어제는 나한테도 부인과 함께 독일로 가라고 했는데 만약에 갔더라면 당신의 계획은 무너져버렸겠지요, 안 그래요, 선생님?"

"그렇고말고요, 마사. 할멈이 여기 있었기 때문에 나는 마음을 놓았지. 우린 오늘 밤에 할멈 신호를 한참이나 기다렸다오."

"서기관 때문이었어요."

"알아요. 그 사람이 탄 차가 지나가더군요."

"전 아예 안 돌아가는 줄 알았답니다. 선생님 계획대로라면 그 사람은 여기 없어야 하잖아요."

"그렇죠. 뭐, 그래봤자 반시간 정도 기다리니까 할멈이 불을 끄는 게 보여서 불청객이 갔다는 걸 알았습니다. 마사, 자세한 얘기는 내일 런던에 있는 클래리지 호텔에서 만나서 합시다."

"좋아요, 선생님."

"떠날 준비는 다 해놨지요?"

"그럼요, 선생님. 저분은 오늘 편지를 7통이나 부쳤답니다. 저는 항상 하던 대로 주소를 적어놨고요."

"마사, 아주 잘했어요. 내일 조사해 보도록 하지요. 잘 자요."

노파가 방을 나가자 홈즈는 말을 계속했다.

"이 서류들은 그렇게 중요한 게 아닐세. 물론 그건 이 속의 내용이 이미 독일 정부에 보고 됐기 때문이지. 이것들은 국외로 쉽게 반출할 수 없었던 원본일세."

"그러면 쓸모없는 것들이로군."

"왓슨, 그렇게까지 말할 수는 없네. 이걸 보면 적어도 누출된 정보와 그렇지 않은 정보가 무엇인지 알 수 있거든. 이 서류들 가운데 내 손을 거쳐 넘어간 게 상당히 많은데. 물론 신빙성은 전혀 없는 것들이지. 독일 순양함이 내가 제공한 기뢰 부설도에 따라 솔런트 해협 ^(영국 본토와 와이트 섬)_{사이의 좁은 해협} 을 항해하는 모습을 보는 게 내 말년의 기쁨이 될 것 같네. 그런데 여보게, 왓슨……. "

홈즈는 하던 일을 멈추고 옛 친구의 어깨를 붙들었다.

"아직 환한 데서 자네 얼굴을 보지 못했네. 어디 얼마나 변했나 볼까? 자넨 여전히 명랑한 소년처럼 보이는군. "

"홈즈, 난 20년은 젊어진 것 같으이. 자네한테 자동차를 가지고 하리치 항으로 나오라는 전보를 받았을 때는 정말 뛸 듯이 기뻤다네. 그런데 자넨 그 흉측한 염소수염만 빼면 변한 게 별로 없군. "

"왓슨, 이건 이 나라를 위해 바치는걸세. "

홈즈가 짧은 턱수염을 쥐어뜯으며 말을 이었다.

"내일이면 이것도 끔찍한 추억에 지나지 않을걸세. 내일은 머리를 좀 자르고 그밖에 몇 가지 부분을 고친 다음에, 미국인 행세를 하기 전 모습 그대로 클래리지 호텔로 가야지. 그런데 여보게, 내 영어가 영영 오염된 것 같아서 미안하네. "

"그건 그렇고 홈즈, 자네는 은퇴했잖나? 우린 자네가 사우스 다운스의 작은 농장에 은거하며 꿀벌을 치고 책 더미에 파묻혀 지낸다는 소식을 들었는데. "

"맞는 얘길세, 왓슨. 바로 이것이 한가롭고 평온한 삶의 열매이자 최근에 나온 나의 걸작이지 ! "

그는 책상 위에서 문제의 책을 집어 들고 제목을 끝까지 읽었다.

"《실용 양봉 편람——여왕벌의 격리에 관한 고찰》 나 혼자 쓴 걸세. 과거에 런던의 범죄 세계를 지켜본 것처럼, 부지런히 일하는 작은 집단을 지켜보며 낮에는 일하고 밤에는 사색한 성과물이지. "

"그런데 어떻게 다시 일을 시작하게 됐나? "

"아, 나도 가끔 그 생각을 하면 놀란다네. 외무부 장관뿐이었다면 거절했을 텐데, 수상께서 나의 누추한 집을 몸소 찾으셨으니……! 여보게, 사실 소파 위의 저 신사는 영국인에게는 좀 버거운 상대였네. 대단한 실력자였지. 여기저기서 정보가 샜는데, 왜 그런 일이 생기는지 아무도 알지 못했네. 간첩으로 의심받는 사람들이 생겨나고 몇몇을 체포하기까지 했지. 그러다가 모종의 강력하고 비밀스런 중심 세력이 있다는 증거를 확보했네. 그 세력을 반드시 찾아내야만 했어. 나에게 사건을 맡으라는 강한 압력이 들어왔지. 지금까지 2년이란 세월이 걸렸지만 별로 지루한 줄 몰랐네. 난 시카고에서 대장정을 시작해, 버팔로에서 어느 아일랜드 비밀단체에 들었고, 스키배린에서 경찰을 크게 괴롭히고, 그러다 결국 폰 보르크의 부하 요원의 눈에 띄어 적당한 인물로 추천받기에 이르렀네. 어때, 일이 얼마나 복잡했는지 알겠지? 그 다음부터 나는 영광스럽게도 폰 보르크의 신뢰를 한 몸에 받으면서, 그의 계획 대부분을 조금씩 어긋나게 만들어 정예 요원 5명을 감옥에 처넣었지. 나는 폰 보르크의 부하들을 지켜보고 있다가 대어로 성장하면 잡아넣었다네. 허, 조금도 괴롭지는 않으신가 보군 ! "

마지막 말은 폰 보르크에게 한 것이었는데, 한동안 숨을 몰아쉬며 눈을 깜빡이던 그는 아까부터 조용히 홈즈의 말에 귀 기울이고 있었다. 그러다가 이제는 독일 말로 사나운 욕설을 퍼붓기 시작하더니 분노로 얼굴에 경련을 일으켰다. 포로가 욕지거리를 하는 동안 홈즈는 신속하게 서류를 조사했다.

"독일 말은 음악적인 맛은 없어도 표현력은 최고란 말이야. "

폰 보르크가 기진맥진해서 입을 다물자 홈즈가 말을 이었다.

"아니, 이건 ! "

한 장의 복사 도면을 상자에 집어넣기 전, 유심히 들여다보던 홈즈가 덧붙였다.

"또 한 녀석이 걸려들었군. 경리과장이 그런 악당인 줄 몰랐는걸. 물론 오래전부터 그자를 주목하고는 있었지만 말이야. 폰 보르크,

자네는 책임질 일이 한두 가지가 아니군 그래."

포로는 소파 위에서 힘겹게 몸을 일으켰는데, 놀라움과 증오가 범벅이 된 야릇한 눈길로 자신을 체포한 사람을 응시하고 있었다.

"앨터몬, 이 원수는 꼭 갚아주마."

폰 보르크는 느리고 침착하게 말을 이었다.

"내 평생이 걸리더라도 이 원수는 꼭 갚고야 말겠다!"

"어디서 많이 듣던 가락이군."

홈즈가 말을 시작했다.

"왕년에는 참 자주 들었는데, 고 모리어티 교수의 십팔번이었다네. 세바스천 모런 대령도 같은 노래를 읊조리곤 했지. 하지만 나는 이렇게 살아서 사우스 다운스에서 벌을 치고 있거든."

"이 저주받을 이중간첩 같으니라고!"

독일인은 소리치며 결박을 풀기 위해 몸부림쳤다. 그리고 이글이글 타는 눈으로 홈즈를 잡아먹을 듯이 노려보았다.

"무슨 말씀을! 난 그렇게 형편없는 사람이 아니라네."

홈즈는 빙그레 웃으며 말을 이었다.

"지금 내 말투를 들어보면 알겠지만 시카고의 앨터몬이라는 사람은 원래 존재한 적이 없네. 내가 잠깐 이용하고 보내줬지."

"그럼 너는 누구냐?"

"내가 누구인가는 사실 중요한 문제가 아닐세. 하지만 폰 보르크, 자네가 궁금해 하는 것 같아서 말해 주겠네만 나는 전에도 자네 집안 사람을 만난 적이 있지. 나는 예전에 독일에서 꽤 많은 일을 했기 때문에 자네도 아마 내 이름을 알고 있을 거야."

"그 이름이 뭔지 알고 싶다."

독일인이 험악하게 말했다.

"자네 사촌 하인리히가 공사였을 때 아이린 애들러와 보헤미아의 타계한 왕 사이를 갈라놓은 사람이 바로 나였네. 자네의 큰 외삼촌 폰 운트 주 그라펜슈타인 백작이 무정부주의자 클로프만에게 살해당할 뻔했을 때 목숨을 구해 준 사람도 나였지. 또……."

폰 보르크는 눈이 휘둥그레져서 자세를 고쳤다.

"그런 사람은 세상에 단 한 사람뿐이오."

그가 외쳤다.

"내가 바로 그 사람일세."

홈즈가 말했다.

폰 보르크는 신음하며 다시 소파에 쓰러졌다.

그가 소리쳤다.

"내가 모은 정보는 대부분 당신이 준 거였다. 그게 무슨 가치가 있단 말인가? 내가 무슨 짓을 한 거지? 나는 이제 끝장이야!"

"정보의 신빙성이 약간 떨어지는 건 사실이지."

홈즈가 계속 빈정댔다.

"좀 확인할 필요가 있을 테지만 자네한테는 그럴 시간이 없겠군. 자네 나라의 해군 제독은 영국의 새 포가 예상 외로 좀 크고 순양함도 좀더 빠르다는 걸 알게 될 걸세."

폰 보르크는 절망스러운 듯 자신의 목덜미를 쥐어뜯었다.

"그 밖에도 여러 가지가 있는데 머지않아 밝혀질 거야. 그런데 폰 보르크, 자네는 독일인으론 정말 보기 드문 자질을 타고났더군. 자네는 진정한 운동가야. 그러니 그렇게 많은 사람을 속여 넘긴 자네가 마침내 남한테 속았다는 걸 알았다고 해서 나한테 증오심을 품지는 않겠지. 결국 자네는 자네 나라를 위해서 최선을 다했고 나는 내 나라를 위해 최선을 다했으니, 그보다 더 자연스러운 일이 어디 있겠나? 게다가……."

그는 엎드려 있는 사내의 어깨에 자못 다정스럽게 손을 얹으며 덧붙였다.

"나보다 못한 적수 앞에 무릎 꿇는 것보다야 훨씬 낫지 않은가? 왓슨, 서류가 다 준비됐네. 포로를 호송하는 걸 도울 생각이라면 지금 런던으로 출발해도 될 것 같구먼."

폰 보르크처럼 힘이 세고 필사적으로 날뛰는 사내를 옮기는 것은 쉬운 일이 아니었다. 마침내 두 친구는 양쪽에서 포로의 팔을 붙들고 아주 천천히 정원을 지나갔다. 그것은 폰 보르크가 겨우 몇 시간 전에 유명한 외교관의 축하를 받으며 자랑스럽고 자신만만하게 걸었던 길이었다. 독일인은 여전히 손발이 묶인 채 마지막으로 다시 몸부림을 쳤고 두 친구는 그를 번쩍 들어올려 작은 차의 빈 좌석에 앉혔다. 소중한 서류 가방은 그의 옆구리에 찰싹 붙여놓았다.

"갑갑하겠지만, 지금 상황에서 최대한의 대접을 해주고 있는 걸세."

모든 준비를 끝내고 홈즈가 말을 시작했다.

"시거에 불을 붙여서 입에 물려주면 결례가 될까?"

하지만 분노로 불타고 있는 독일인에게는 아무리 상냥하게 말해도 헛일이었다.

"셜록 홈즈 선생, 한 가지 알아둬야 할 것이 있소. 당신네 정부가 당신의 이런 짓거리를 배후에서 지원하고 있다면 그건 전쟁 행위나 다름없다는 걸 말이오."

"자네 정부의 이런 짓거리는 어떻고?"

홈즈는 서류 가방을 툭툭 치며 말했다.

"당신은 민간인이오. 당신한테는 체포 영장이 없소. 모든 행동이 다 불법이고 부당하오."

"지당한 말씀이지."

홈즈가 말했다.

"게다가 독일 국민을 납치하다니."

"또 개인 서류를 도적질하고 말이야."

"허, 이제야 잘못을 깨달았나 보군. 당신하고 그 옆의 공범 말이오, 만약 내가 마을을 지나갈 때 도와달라고 소리라도 지르면……."

"이보게, 자네가 그렇게 어리석은 짓을 했다가는 이곳에, '매달린 독일인'이라는 표지판만 하나 선물해서 마을 여관의 간판만 바꿔달게 할걸세. 영국인은 인내력이 강한 족속이지만 지금은 심기가 불편하니 더 이상 자극하지 않는 게 좋을 거야. 폰 보르크, 조용하고 현명한 태도로 런던 경시청까지 동행하자고. 거기 가면 자네의 친구 폰 헤를링 남작한테 연락해서, 자네를 위해 예약해 놓은 대사관 수행원 자리가 아직도 비어 있는지 알아볼 수 있을걸세. 왓슨, 자네는 예전에 하던 일을 다시 할 생각이니 서둘러 런던으로 돌아가고 싶겠지. 하지만 잠깐만 테라스로 와 보게나. 앞으로는 자네와 제대로 얘기해 볼 시간도 없을 것 같으니."

포로가 결박을 풀기 위해 헛되이 몸부림치는 동안, 두 친구는 다시한번 과거의 그 시절을 회상하며 몇 분 간 깊은 대화를 나누었다. 차를 향해 돌아섰을 때 홈즈는 달빛이 비치는 바다를 손가락으로 가리키며 감회가 깊은 듯 머리를 흔들었다.

"왓슨, 동풍이 불어올걸세."

"그럴 것 같지 않은데? 날이 아주 따뜻하네."

"이 사람! 시대는 바뀌어도 자네만은 변함이 없군. 그래도 동풍은 불어올걸세. 아직 영국에는 한번도 분 적이 없는 바람이지만, 차갑고 모진 바람일 거야. 여보게, 많은 사람들이 그 강풍 앞에 시들어 버릴지도 모르네. 그렇지만 그것은 신이 보낸 바람이고, 그래서 폭풍이 걷히면 햇살 속에 더 강하고 순결하고 나은 땅이 드러날걸세. 왓슨, 시동 걸게. 떠날 시간이 됐네. 나한테 500파운드짜리 수표가 있는데 아침 일찍 현찰로 바꿔야 하거든. 수표 발행인이 갖은 수를 써서 지불 정지를 시킬지도 모르니까 말이야."

몽상적 사변적 만년의 생애

코난 도일(Arther Conan Doyle, 1859~1930)의 《셜록 홈즈 마지막 인사》는 1907년부터 1917년까지 〈스트랜드 매거진〉에 산발적으로 발표된 단편 7편을 모은 것으로, 그의 나이 48세부터 57세에 이르는 원숙기의 작품이다.

이 기간에 해당하는 1914년 9월부터 1915년 5월까지 도일은 홈즈 시리즈의 장편 《보스컴 계곡의 참극》을 발표하였고, 제1차 세계대전 (1914~18)이 발발하면서는 전쟁과 관련된 선전문서를 쓰느라 《빈사의 탐정》 이후 거의 4년 간은 단편을 쓸 시간적 여유가 없었다고 짐작된다.

도일은 1906년 7월 4일에 사이가 원만하지 못했던 첫 부인 루이즈를 폐결핵으로 잃고, 이듬해 9월 18일에 10년 가까이 사귀어온 재색을 겸비한 진 레키와 재혼하여 1908년에는 처가에서 그리 멀지 않은 곳에 호화로운 저택을 지어 이사했다. 결국 〈마지막 인사〉의 집필기간(제1차 대전 후에 장남 킹즐리를 잃을 때까지)이 아마 그의 생애에서 가장 행복한 시기였을 것이다. 아들을 잃은 영향도 있지만, 그 후 1918년까지 그는 점차 심령술에 몰두하게 된다.

설마 루이즈(~1906)와 킹즐리(1892~1918)를 잃은 탓은 아니겠지만, 《셜록 홈즈 마지막 인사》에 나오는 7편의 단편에서 공통적으로 드러나는 인상은 죽음의 그림자이다. 미스터리소설이니 살인사건이 일어나는 것은 당연하다고 하면 그뿐이겠지만, 〈보헤미아의 추문〉〈붉은 머리 클럽〉〈신랑 실종사건〉〈신부 실종사건〉〈푸른 가닛〉처럼 죽음과는 관계가 없는 작품도 적지 않았는데, 이 《셜록 홈즈 마지막 인사》에 포함된 모든 작품에는 공통적으로 죽음이 깔려 있는 점은 주목할 만하다. 7편 가운데 〈마지막 인사〉만큼은 '죽음이 나오지 않았잖아?' 하고 의아해할 독자도 있겠지만 제1차 세계대전 자체가 이미 대학살이라고 생각한다면 이 역시도 죽음과 깊은 연관을 지니는 셈이다. 이 단편 퍼레이드에는 홈즈가 '동풍이 불고 있다'고 읊조리는 유명한 대사가 있다. 거기서 '얼마나 많은 인간이 죽을지 모른다'고 그가 왓슨에게 말하고 있는 장면을 떠올려볼 수 있다.

여기서 다시 한번 《셜록 홈즈 마지막 인사》에서 도일이 죽음을 어떻게 다루고 있는지 살펴보기로 하자.

〈등나무 집〉에서는 가르시아가 공포정치의 폭군 돈 무리요에 의해 보복을 받고 모래를 넣은 자루 같은 것에 머리를 강타 당한다. 외상은 없지만 뇌가 산산조각으로 박살이 나서 죽는 처참한 모습이다.

〈잠수함 브루스파팅턴 설계도〉의 캐도건 웨스트는 오버스타인에게 곤봉으로 얻어맞고 머리가 깨져 죽는다. 〈악마의 발〉에서는 Radix Pdeis diabile(악마의 발)라고 하는 식물의 뿌리가루를 태워서 나오는 독가스로 브렌다 트리제니스와 모티머 트리제니스가 살해된다.

〈붉은 원〉에서는 무릎까지 붉어질 정도로 살인을 하여 '죽음'이라는 별명을 갖고 있는 악한 주제페 조르지아노가 제나로 루카에 의해 나이프로 목이 찔려 살해된다. 〈프랜시스 카팍스 여사의 실종〉에서는 슐레징어 박사가 클로로포름에 적신 솜을 카팍스의 머리 주변에 둘러 관속에 넣어 산 채로 매장시키려는 위기일발의 상황에서 구출되는 장면이 나온다. 〈빈사의 탐정〉에서는 컬버튼 스미스가 보낸 쿨리 병의 병원균을 바른 바늘로 홈즈를 감염시켜 죽이려고 하는 위급한 상황이 벌어진다. 〈마지막 인사〉에서는 끝 부분에서 '생명을 잃는 사람도 많을 것이다'고 하는 말로 대참살이 예언되고 있다. 두부나 뇌를 중요시하는 점은 도일이 제1차 세계대전 때 영국 정부에 대해 '병사에게 철로 된 헬멧을 쓰게 하라'고 제안하기까지에 이른다.

여기서 주의해야 할 점은 7편의 작품 가운데 4편은 난로가 살인에 연결되는 중요한 역할을 담당한다는 사실이다. 〈등나무 집〉에서는 가르시아가 식사 중에 여성동지로부터 메모를 받고 다 읽고 난 뒤 뭉쳐서 난로 속에 집어던진다. 그러나 생각과는 달리 그 메모가 다 타지 않고 남아 있는 것을 베인스 경감이 줍게 된다. 이 메모를 받고 가르시아는 한밤중임에도 밖으로 나갔다가 살해되는 것이다. 〈악마의 발〉에서는 따뜻한 날씨였음에도 불구하고 전날 밤 난로를 피운 재가 까맣게 남아 있는 흔적을 보고 홈즈는 여기서 독가스가 발생한 듯하다는 추측을 하게 된다. 〈빈사의 탐정〉에서는 벽난로 위에 상아로 된 정교한 작은 상자가 올려져 있다. 상자에는 독침이 장치되어 쿨리 병을 일으키는 병원균이 발라져 있다. 〈마지막 인사〉의 폰 보르크의 서재에서는 그가 지금까지 얻어낸 정보를 소각하느라 발갛게 상기된 얼굴을 묘사한 장면이 나온다.

그런데 에드거 앨런 포의 작품 〈잃어버린 편지〉를 고찰한 프랑스의 정신분석학자 마리 보나파르트는, 벽난로에 박혀 있는 쇠고리에 도난 당한 편지가 걸려 있었다는 포의 기술을 분석하면서 난로가 여성성기의 상징이라는 해석을 했다. 이것은 그녀의 저서 《에드거 포 (1933)》이래 정설로 인정받고 있다. 프랑스의 철학자 자크 데리다에 의하면, D대신의 방도 거대한 여성성기라고 한다.

도일의 작품에서는 성과 살인이 강하게 결합되어 있는 것을 로젠버그도 지적하고 있는데, 그는 어머니의 바람기에 대한 복수라는 형태로 표출되고 있다고 해석했다.

도일의 어머니 메어리가 15년 연하의 의사 브라이언 찰스 워러와 애인관계를 맺고 함께 달아나 살다시피 했다는 사실, 도일의 아버지 찰스 앨터몬 도일을 알코올 의존증과 정신병으로 병원에 입원시켜 당시로서는 사회적으로 완전히 말살해버린 형태가 되었던 점, 이 두 가지 사실은 도일의 일생에서 결코 지워지지 않는 상처를 주었다. 따라서 이 책 《셜록 홈즈 마지막 인사》에서 슬며시 드러나는 난로와 죽음의 그림자는 그런 상처들이 구체화된 모습은 아닐까?

〈악마의 발〉에서 스턴데일 박사가 이혼이 안 되어 브렌다 트리제니스와의 사랑에 괴로워하는 장면은, 도일과 루이즈와 진 레키와의 관계 및 도일의 어머니와 워러와의 관계를 연상시킨다. 실제로 도일은 1909년부터 이혼법 개정동맹의 회장이 되었다.

다음은 정신분석에서 프로이트와 자크 라캉이 강조하고 있는 반복 강박에 대해 살펴보자. 〈악마의 발〉에서는 브렌다가 살해되는 장면과 모티머 트리제니스가 살해되는 장면, 그리고 홈즈 및 왓슨이 목숨을 거는 장면이 거의 비슷한 상황에서 세 번이나 반복되고 있다. 〈빈사의 탐정〉에서도 병상을 방문한 왓슨이 홈즈에게 말을 거는 장면과 컬버튼 스미스가 병상의 홈즈를 찾아와 말하는 장면도 거의 동일한 장면의 반복이다. 〈등나무 집〉에 자러 간 에클스가 가르시아의 포로가 되어 이용당하는 구도는 버넷 양(실은 빅토르 두란도 부인)이 무리요 저택에 파고들어 무리요의 포로가 되어 이용당하는 장면과 같은 구도로 되어 있다. 이처럼 반복강박은 〈붉은 머리 클럽〉과 〈세 사람의 개리뎁〉, 〈네 사람의 서명〉과 〈사라진 스리쿼터백〉, 〈노우드의 건축사〉와 〈보스컴 계곡의 참극〉들에서도 비슷한 경우를 볼 수 있다. 프로이트에 의하면 반복강박은 불안의 표현이라고 한다. 진과 재혼 후 행복한 생활을 보내고 있던 도일의 불안이라고 하면 어머니와 워러의 불륜이 세상에 스캔들로 퍼지는 것이다.

홈즈 시리즈에는 하숙비에 대한 이야기가 네 차례나 나온다.

하숙비에 대한 이야기를 하기 전에 우선 당시의 생활비부터 살펴보기로 하자. 1899년의 최저 생활비는 5인 가족을 기준으로 할 때 방세를 포함하여 한 주에 1폰트 1실링 8펜스(약 24만원)였다. 찰스 부스는 빈곤층의 수입이 주당 18~21실링(약 9만~15만원)이라고 하면서 그런 사람들이 런던에서 전 주민의 30%를 차지하고 있다고 했다(브라이언 캐치볼에서 펴낸 《아틀라스 현대사—영국》 참조). 〈주홍색 연구〉의 글머리에서는 왓슨과 홈즈가 공동으로 방을 빌리는 경위가 나온다. 상이군인 연금으로 하루에 11실링 6펜스(약 138,000원)를 받고 있는 왓슨은 처음 스트랜드에 있는 호텔에 체재하고 있었는데 돈이 점점 줄어들면서 위협을 느껴 가장 경제적인 하숙집으로 옮겨가야겠다고 생각하게 된다. 그때 우연히 만나게 된 스탬포드 청년이 '홈즈라고 하는 남자가 함께 방을 빌릴 사람을 찾고 있다. 한 사람이 부담하기에는 방세가 너무 비싸서 반씩 부담할 사람을 원한다. 혹시 누구 없을까?'라는 이야기를 전한다. 왓슨은 당장 병원 연구실에 있는 홈즈를 방문해 두 사람은 비로소 만나게 되고, 허드슨 부인 집에서 함께 하숙하게 되는 것이다.

가구가 달린 거실과 침실이 두 개로, 두 사람이 나눠 내면 하숙비는 그리 대단한 금액이 아니라고 적혀 있다. 〈주홍색 연구〉에서는 샤르팡티에 부인의 하숙이 나온다. 이곳에 머문 들레퍼와 스탠거슨은

'두 사람이 하루 2폰트(약 48만원), 일주일에 14폰트(약 336만원)씩 지불했다'고 한다. 이것이 말도 안 되는 높은 가격이었던 것이 부인의 말투에서도 짐작할 수 있다.

런던의 최고급 호텔인 랭엄 호텔조차도 하루 30만원이면 숙박할 수 있는데 일개 하숙집 요금치고는 터무니없이 높은 가격임을 알 수 있다.

〈빈사의 탐정〉에서는 홈즈가 허드슨 부인에게 지불한 하숙비가 엄청난 금액이었으므로 사실 수년 동안 지불한 돈이라면 부인의 집을 너끈히 사고도 남을 금액이라는 기술이 나온다.

〈붉은 원〉에 나오는 하숙집 워렌 부인은 거실과 침실에 대해 방세로 일주일에 50실링(약 60만원)을 청구하자, 제나로 루카라는 이름의 하숙인은 '제 조건을 들어준다면 일주일에 5폰트(약 120만원)를 내겠다'는 대답을 한다. 배나 되는 금액이다. 조건이라고 해봤자 그리 어려운 것도 아니고 그저 현관열쇠를 내달라, 그리고 절대로 방에 들어오지 말라는 게 고작이다.

이 하숙비가 아주 흔쾌히 지불되고 있음을 보면 우리는 도일의 어머니 메어리가 에든버러에서 생활비를 보태기 위해 시작한 하숙집을 떠올리게 된다. 1875년부터 하숙한 의사 브라이언 찰스 워러는 1877년부터 82년까지 6년 간이나 자신이 빌린 방값 대신 도일의 가족이 빌린 집 전체에 대한 집세를 선선히 지불해주었던 것이다(에드워드 저작 《셜록 홈즈 연구》 참고). 턱없이 비싼 하숙비였던 셈이다. 이 사실은 〈네 사람의 서명〉에서 에든버러에 사는 메어리 모스탄에게 6년 간이나 진주가 보내지는 형태로도 확인할 수 있다.

〈악마의 발〉에 등장하는 라이언즈 스턴데일 박사(콘월 지방에서는 레옹을 라이온이라고 발음한다)는 브렌다 트리제니스 양과 서로 좋아하는 사이였다. 그러나 수년 전에 박사를 버리고 달아난 부인 때문에 영국의 법률로는 이혼할 수가 없어 브랜다와 결혼하지 못하고 있다. 1896년에 만나 사랑에 빠진 진 레키 양과는 폐결핵으로 병상에 있는 루이즈가 있어서 도일도 결혼할 수 없었던 상태였다. 라이온이라는 이름이 반드시 성적 트러블과 함께 나타나는 것도 주목할 만한 점이다. 《바스커빌의 개》에서 로러 라이언스는 형편없는 건달 화가와 결혼하지만 결국 버림받고, 스페이플튼과 재혼하고 싶다고 생각한다. 〈복면 쓴 하숙인〉에서는 남편이 술주정뱅이여서 론다 부인은 남몰래 힘 센 연인의 도움을 받아 남편을 곤봉으로 때려죽이고 라이온이한 것처럼 꾸민다. 그러나 우리에서 꺼내자마자 피 냄새를 맡고 흉포해진 라이온은 부인의 얼굴을 할퀴어 심한 상처를 남기고 만다. 〈라이온의 갈기〉에서는 매독과 연인인 모드 베라미 양을 둘러싼 사랑의 쟁탈전이 범행의 동기가 아닐까 의심을 받는다. 어쩌면 도일에게는 라이온이 혹시 성욕의 상징일지도 모르겠다.

〈마지막 인사〉는 아일랜드 인 앨터몬이 정보를 훔친 독일 스파이, 폰 보르크에 대해 복수하는 이야기이다.

1169년 이래 800여 년에 걸쳐 영국으로부터 차별대우를 받아온 아일랜드 인의 반항심을 이해하지 못하면 〈마지막 인사〉의 스토리를 이해하기란 좀 어려울 것이다. 아일랜드에서 지주였던 도일의 할아버지가 영국이 법률을 바꾸는 바람에 한푼 없는 빈털터리가 되어 영국으로 건너 온 사실과, 도일의 아버지 앨터몬이 아내를 워라에게 도둑맞은 사실, 그리고 그 모두에 대한 복수가 여기서는 앨터몬에 의해 이루어지는 것이다.

1999년 12월 2일, 북아일랜드에서 대립하고 있던 프로테스탄트와 가톨릭 양방의 세력이 참가하는 자치정부가 발족했다. 양파의 대립으로 30여 년에 걸쳐 테러와 폭력이 이어졌고, 3천명 이상의 희생자가 발생했으므로, 아일랜드의 역사는 실로 양파 대립의 역사라고 말해도 지나친 말이 아니다.

1922년에 남아일랜드는 영국 내 자치령으로서의 아일랜드 자유국이 되었다. 이때 섬의 면적 가운데 20%를 차지하는 북아일랜드는 남아일랜드와는 별개로 영국의 한 지방이자 연합왕국이 되는데 그쳤다. 가톨릭교도의 수도 자유국에서는 주민의 93%, 북에서는 31.4%라는 큰 차가 있었다. 18세기에는 가톨릭교도의 정치적 경제적 권리가 박탈되면서 공직에서 밀려나거나 토지를 몰수당했다. 이 법 때문에 도일의 할아버지 존 도일도 선조 대대로 물려온 토지를 잃고 스코틀랜드로 이주해왔다. 도일이 젊은 시절에 가톨릭 신앙을 버린 것은 이러한 배경 때문이다.

도일의 어머니도 아일랜드로부터 이민 온 집안이었다. 아버지의 형인 헨리는 아일랜드 더블린 국립미술관 관장을 지냈다.

1801년부터 1921년까지 아일랜드는 영국 정부의 통치를 받으면서 주요 산업인 농산물이 영국의 농업을 압박한다는 이유로 영국에 수출이 금지되는 등, 압정에 괴로워하면서 독립운동의 항쟁이 여러 차례 일어났다. 제1차 세계대전 중인 1916년에 무력에 의한 '부활절 봉기(Easter Rising)'는 비록 실패했지만 3년 후 '아일랜드 독립선언'으로 이어졌다. 여기 나오는 단편 〈마지막 인사〉에서는 아일랜드의 독립을 지향하는 아일랜드 계 미국인 앨터몬(도일의 아버지와 이름이 같다)로 분한 홈즈가 등장한다. 위에서 기술한 아일랜드 역사를 알지 못하면 왜 그가 독일 스파이의 수하가 되어 영국의 비밀 정보를 팔아넘기는지 이해하기 어려울 것이다.

1906년 국회의원 선거에 입후보했을 때 도일은 다음과 같이 이야기했다.

'아일랜드는 대영제국에서 무엇을 얻었는가? 아일랜드 사람들이 영국에 대해 불만을 품고, 영국의 구성상에서 자신들이 약점이 되어 있는 것도 당연히 의아해하지 않겠는가? 한때 아일랜드에서는 제조업이 번창했다. 하지만 영국의 법률이 그것을 망하게 했다. 또 아일랜드에서 농업이 번창한 때도 있었지만 영국의 자유무역법이 전 세계의 농산물을 수입하면서 국내시장을 혼란에 빠뜨렸다. 아일랜드는 버터며 계란, 베이컨을 생산하지만 그것을 영국으로 수출할 때 과연 덴마크 인이나 노르웨이 인보다 유리한 위치에 처해 있는가? 같은 국민으로서 당연히 유리해야 하건만, 실제로는 아무런 이득을 보지 못하고 있다. 그 결과 만성적인 불만이 이어지고 위험한 지경에 이르렀다.'

도일은 선거에서 패하지만 나중에 로저 케스멘트에게 설득되어 아일랜드 자치를 찬성하게 된다.

1903년 콩고의 부정을 규탄할 즈음에 도일은 아일랜드의 독립운동가인 영국 영사 로저 케스멘트(1864~1916)를 알게 된다. 케스멘트는 1912년에 퇴임한 후 아일랜드로 돌아가, 제1차 세계대전이 시작되자 '적(연합국)의 적(독일)은 우리편'이라는 생각에서 독일을 아일랜드 독립을 위해 이용하고자 베를린으로 잠입한다. 그 즈음 독일군에게 잡힌 아일랜드 인 포로가 2천명 정도였는데 그는 이들을 기반으로 독립운동군을 조직하려 했던 것이다. 그러나 영국과 싸우는 항쟁에 실제로 가담한 것은 불과 수십 명에 지나지 않았다. 그 후 '부활절 봉기' 직전 독일 잠수함으로 아일랜드 서해안에 상륙하다 그는 체포되고 만다. 도일은 케스멘트가 오랜 세월 열대생활을 하면서 정신적으로나 육체적으로 병이 든 것이 틀림없다, 따라서 그를 교수형에 처하는 것은 잘못이고, 그는 자신을 변호할 온전한 상태가 아니라고 규명을 요청했다. 그러나 케스멘트를 살려주면 아일랜드를 영국에 적대하는 독립국으로 인정하는 결과가 되기 때문에 도일의 희망은 받아들여지지 않았다. 턱수염을 기르고 음영이 짙은 상아처럼 흰 얼굴을 한 그 사나이는 반역죄로 펜트빌 형무소에서 사형을 받았다. 케스멘트의 묘는 더블린 서북쪽 그라스네빌 묘지에 있는데, 영어가 아닌 게르 어로 묘비명이 새겨져 있다.

이 책의 원서인 옥스퍼드 대학 판《셜록 홈즈 전집》의 총 감수자인 오웬 대들리 에드워드는《보스컴 계곡의 참극》이야말로 가장 아일랜드다운 작품이라고 평한다.《보스컴 계곡의 참극》에 나오는 핑커튼 탐정사의 탐정 버디 에드워드는 아일랜드 출신으로 미국에 이주하여 맥머드라는 가짜 이름으로 스코라즈라는 암살단을 파멸시킨다. 이 아일랜드 인은 마치 영웅처럼 그려져 있다. '이 젊은이, 과연 아일랜드 인답게 언변은 청산유수에 사람을 설득하는 재주도 겸비하고 있고…… 경험에서 우러나오는 알 수 없는 매력을 지니고 있어서……' 라고 도일은 극찬하고 있다. '나는 쉽게 싸움을 하지만 잊어버리는 것 역시 빠르다. 그것이 아일랜드 인의 기질이지. 쉽게 달아오르고 쉽게 식어버리는.' 또한 맥나마라 부인은 바미사의 가장 외진 마을에서 하숙을 치고 있는 미망인으로, 태평스런 아일랜드 인 노파로 그려진다. 〈거물 의뢰인〉에 등장하는 아일랜드 인 제임스 데마리 경도 '아일랜드 인 특유의 잿빛 눈에는 솔직함이 빛나고 있고, 미소를 잃지 않는 표정이 풍부한 입매에는 싹싹한 성격이 드러나 있었다'고 입이 마르게 칭찬하고 있다. 도일은 아일랜드 인을 의식해서 일부러 그렇게 칭찬을 늘어놓은 것은 아니라고 생각된다. 물론 〈곱사등이 사내〉의 로열 마로우즈도 아일랜드 연대이고, 〈종이상자〉의 수잔 커싱이 방을 빌려 준 한 사람도 아일랜드 북부 출신이었지만 칭찬이나 욕을 하지 않는 경우도 있다.

아일랜드 출신의 작가인 오스카 와일드, 버너드 쇼, 윌리엄 B. 예이츠, 조지 무어, 제임스 조이스, 사무엘 베케트 등을 보면, 몽상적이고 사변적이라는 공통된 특징이 있다. 여기에 실제적인 관찰자라고 하는 아일랜드 인의 특징이 더해져 '요정은 실재한다'고 믿거나, 심령술에 빠져들어 25만 폰트(약 600억원)의 돈을 쏟아 붓기도 한다. 도일의 아버지 찰스와 그의 형 리처드도 요정의 그림을 그렸으며, 리처드의 그림은 더블린 국립미술관, 빅토리아&앨버트 미술관 등지에도 소장되어 있다. 도일의 가족은 유독 그런 몽상적 경향이 특히 강한 편이었을까? 단편 〈마지막 인사〉를 도일의 아버지 앨터몬에 의한 복수를 그린 환상으로 보는 것도 어쩌면 흥미로운 해석일지 모르겠다.